Melanie Koppius

Notiz an mich: Leben passiert einfach

Melanie Koppius

Notiz an mich: Leben passiert einfach

Impressum

© 2024 Melanie Koppius

Cover @ Dennis Vorberg

Verlag: BoD · Books on Demand GmbH,

In de Tarpen 42, 22848 Norderstedt, bod@bod.de

Druck: Libri Plureos GmbH, Friedensallee 273,

22763 Hamburg

ISBN: 978-3-7568-1593-7

Für meine Mama, die mir immer gezeigt hat, dass keine Herausforderung zu groß ist, wenn man Liebe und Mut an seiner Seite hat.
Für meinen Mann, der stets an mich geglaubt hat, selbst wenn ich an meinen eigenen Träumen zweifelte.
Und für einen besonderen Freund, der in den dunkelsten Momenten mein Licht ist und mir den Weg zeigt.

Niemand kann den Schmerz für uns tragen, aber mit den richtigen Menschen an unserer Seite wird er erträglicher.

Party, Party, Party

„Emilia, jetzt sei doch nicht so verdammt stur! Du bist doch noch keine Großmutter. Und ganz ehrlich, meine Großmutter ist cooler als du manchmal! Es ist die Party des Jahres und du willst lieber zu Hause abhängen und lernen. Ernsthaft?"

„Das hat doch nichts mit Wollen zu tun! Ich habe dir doch erklärt, dass ich lernen muss, ob ich will oder nicht. Ich schreibe nächste Woche meine letzte verdammte Prüfung. Danach bin ich gerne bereit, mit dir das Berliner Nachtleben unsicher zu machen." Elias konnte manchmal wirklich anstrengend sein. Er kannte kein Nein, und wenn er etwas wollte, dann hatte man kaum eine Chance, dagegen anzukommen. Wäre er nicht mein bester Freund seit Kindertagen, mein Seelenverwandter und meine bessere Hälfte, hätte ich ihn wahrscheinlich längst vor die Tür gesetzt. Aber das wusste ich: Das würde nie passieren.

„Ja, eben. Nächste Woche. Du sagst es doch selbst. Da bleiben dir noch fast sieben unendlich lange Tage und Nächte. Wir müssen auch nicht so lange bleiben, aber ich habe heute zufällig im Laden gehört, dass Ben auch kommt... hörst du? Ben! Der süße Barkeeper aus dem Capitool. Ich habe dir doch schon letzte Woche von ihm erzählt. Willst du wirklich daran schuld sein, dass er mir vor der Nase weggeschnappt wird? Kannst du für den Rest deines Lebens mit dieser Schuld leben?" Elias setzte diesen Blick auf – diesen Blick, bei dem niemand widerstehen konnte.

Oh Mann, Elias war wirklich manchmal ein richtiger Dramaking. Einerseits konnte ich ihn verstehen. Er hatte mir nun schon seit einer Woche mit seiner Partygeschichte in den Ohren gelegen, um Ben besser kennenzulernen. Die beiden hatten Nummern ausgetauscht und ein paar Nachrichten geschrieben, aber am Ende würde es wieder wie immer laufen: Elias würde früher oder später entweder mit Ben oder aus Frust mit irgendeinem anderen Typen verschwinden, und ich würde alleine einen Cocktail nach dem anderen trinken, während ich mir wieder mal dachte, dass Männer doch einfach alle Idioten waren und man ohne sie viel besser dran war. Am nächsten Morgen würde ich dann mit schmerzhaftem Kopf und Übelkeit im Bett liegen und mir schwören, diesen Fehler nie wieder zu begehen – bis Elias es wieder mit diesem Blick versuchte. Und genau diesen hatte er jetzt wieder aufgesetzt.

„Bitteeeee!" quengelte er weiter, wie ein kleines Kind, das unbedingt noch eine Kugel Eis haben wollte.

„Du kannst mich doch nicht einfach so hängen lassen! Und dir würde es auch gut tun, mal wieder aus diesen vier Wänden herauszukommen und was anderes als deine Bücher zu sehen!"

Ich wusste, dass er nicht aufgeben würde, bis ich nachgab. Es war eine Energie- und Zeitverschwendung, aber das war mir klar: Elias würde mich so lange nerven, bis ich zustimmte. Und nach einer Woche Uni und Arbeit hatte ich einfach keine Kraft mehr, ihm zu widerstehen.

„Okay, aber wirklich nicht lange. Ich habe morgen keine Zeit, den ganzen Tag im Bett zu verbringen und den Schlaf nachzuholen."

„Danke, danke, Emilia! Du bist die allerbeste Freundin, die man sich nur vorstellen kann!" Elias umarmte mich so stürmisch, dass ich fast vom Stuhl gefallen wäre.

„Oh! Mein! Gott! Ich muss sofort los... Was soll ich bloß anziehen? Ich hole dich um halb zehn ab, okay, Schatz?" Ich nickte, doch bevor ich auch nur ein Wort sagen konnte, fiel die Tür ins Schloss und er war verschwunden.

„So ein verrückter Kerl!" Ich schüttelte grinsend den Kopf und versuchte, mich wieder auf meine Bücher zu konzentrieren. Das menschliche Herz, Anatomie. Es konnte so schrecklich langweilig sein, das war nicht zu leugnen. Aber es war das Einzige, das ich noch nicht ausreichend gelernt hatte. Also blieb mir nichts anderes übrig.

„Hey Emilia!" Plötzlich rief Rosalie, meine Mitbewohnerin und mittlerweile wirklich gute Freundin, aus dem Flur. In einer WG hatte man nie wirklich seine Ruhe. Aber mit Rosalie hatte ich großes Glück.

Notiz an mich: Nie wieder in eine WG ziehen!

„Hi!", gab ich kurz und knapp zur Antwort in der Hoffnung, dass Rosalie so bemerkte, dass ich keine Lust auf ein Gespräch hatte. Aber Rosalie hätte locker als Elias Schwester durchgehen können. Sie merkte genauso wenig, wie er, wann es einfach mal an der Zeit war, den Wasserfall ihrer Worte zu stoppen.

„Hast du schon gehört, dass bei Carola heute die Party des Jahres steigt? Ich glaube, die halbe Stadt trifft sich dort oder so … kommst du auch?"

„Hm!" knurrte ich mürrisch, in der Hoffnung, das Thema würde endlich zu Ende sein. Aber natürlich nicht.

„Cool, dann können wir doch zusammen hingehen. Eric holt mich um neun ab. Wir wollten vorher noch eine Kleinigkeit essen. So als solide Grundlage, weißt du?", grinste sie mich an.

Rosalie war immer gut gelaunt, voller Energie – die pure Lebensfreude. Keine Party ohne sie. Sie kannte gefühlt alle, und ich vermutete, das lag an ihrem Job als Krankenschwester. So hatte ich sie auch kennengelernt und es war mehr Glück als Zufall, dass sie gerade ein freies Zimmer hatte, in dem ich nun schon seit fünf Jahren wohnte. Anfangs tat ich mich schwer mit ihrer Art, aber wie man sie nun mal kannte, musste man sie entweder lieben oder hassen. Ich hatte mich für das Erste entschieden, was das Zusammenleben definitiv erleichterte. Gute Freunde waren nicht leicht zu finden, und sie war es in jeder Hinsicht.

Sie und Eric waren mittlerweile fast vier Jahre zusammen. Er war ein echt netter Typ, wenn man das von einem Mann überhaupt sagen konnte, in meinen Augen zumindest. Ich mochte sie beide gern. Sie waren einfach perfekt füreinander – er, der ruhigere Gegenpol zu ihrer aufgedrehten Art. Manchmal fragte ich mich, wie er es schaffte, immer so entspannt zu bleiben.

Rosalie starrte mich weiter unnachgiebig an, erwartungsvoll.

„Ja, ich komme auch, aber Elias holt mich später ab. Wir können uns dann dort treffen, vielleicht?", sagte ich schließlich. Sie nickte zufrieden.

„Ich verschwinde dann mal ins Bad, wenn es dir recht ist?"

„Ja, sicher. Du hast ja noch mehr als zwei Stunden Zeit", antwortete ich, während ich versuchte, mich wieder auf mein Lernen zu konzentrieren. Ein letzter Blick auf die Anatomie des menschlichen Herzens – ein Thema, das einfach nichts von seinem Schrecken verlor. Aber es war das Einzige, was ich noch nicht gelernt hatte, also musste ich durchhalten. Es war einfach nur eine Frage der Zeit, bis meine letzte Klausur vorbei war. Dann würde endlich mein praktisches Jahr beginnen. Nur leider wartete ich immer noch auf eine Zusage von meiner Wunschklinik. Diese Klinik ließ sich gerne Zeit, fast bis zum letzten Moment. Wahrscheinlich machten sie sich einen Spaß daraus, ihre Bewerber so lange zappeln zu lassen. Zum Glück hatte ich bereits eine Alternative, wenn auch keine so gute.

„Das schwarze oder das rote?" Rosalie riss mich aus meinen Gedanken.

Ich klappte mein Buch zu und beschloss, das Lernen heute aufzugeben. Es hatte keinen Sinn. Heute war Freitagabend, und ich wollte ein für alle Mal eine normale junge Frau sein, die einfach mal feierte, statt zu arbeiten oder zu lernen. Für eine Partymuffel wie mich war das schon eine Herausforderung, aber ich war bereit.

„Das rote Kleid", antwortete ich, ohne wirklich hinzusehen. Rosalies Kleider sahen für mich ohnehin alle ziemlich gleich aus – zu kurz, zu eng und ein viel zu tiefer Ausschnitt, fand ich.

„Meinst du wirklich?" Sie zog eine Augenbraue hoch und starrte mich an.

„Ja, es passt heute super zu deiner Frisur", versuchte ich, meine Entscheidung zu begründen. Rosalie brauchte immer eine Begründung. Hoffentlich würde sie das jetzt nicht hinterfragen, sonst war ich geliefert. Sie nickte zufrieden und wackelte in ihr Zimmer. Puh, Glück gehabt. Ich legte mein Buch auf den Schreibtisch und blickte auf die Uhr. Es war fast neun. Zeit für mich, schnell zu duschen und mich umzuziehen.

„Kann ich ins Bad?"

„Sekunde noch… Ich muss mich nur eben nachschminken!"

Nachschminken. Wieder so eine Rosalie-Sache. Diese Frau war echt verrückt, immer etwas zum Lachen. Sie war doch gerade erst aus dem Bad gekommen. Wo sollte ihre Schminke denn so schnell hin verschwunden sein? Gab es in ihrem Gesicht etwa ein Bermuda-Dreieck? Ich wollte es mir immer schon mal genau erklären lassen, wenn ich Zeit dafür gehabt hätte. Aber das würde sicher eine lange Erklärung werden. Sehr lang.

„Ok, fertig! Wie sehe ich aus?" Sie drehte sich einmal im Kreis, voller Stolz.

„Super. Eric wird wie immer hin und weg sein!", antwortete ich, weil ich wusste, dass sie das hören wollte. Es war das Beste, was man in solchen Momenten sagen konnte, ohne ihren bekannten hysterischen Anfall zu provozieren. Einen Fehler hatte ich da einmal gemacht. Nie wieder! Nach einem Tag, an dem sie ihren gesamten Kleiderschrank auf den Kopf stellte, um jedes einzelne Kleidungsstück zu probieren, hatte ich aus meinen Fehlern gelernt.

Rosalie sah immer großartig aus. Manchmal beneidete ich sie darum, dass sie selbst nach einer 12-Stunden-Schicht noch perfekt aussah.

„Danke! Dann bin ich jetzt weg. Wir treffen uns dann dort. Bis gleich!", sagte sie und drückte mir ein Küsschen auf die Wange.

„Bis gleich!", antwortete ich und verschwand unter der Dusche. Zehn Minuten später stand ich vor meinem Kleiderschrank, zog meine blaue Jeans und ein schwarzes Shirt an, dazu Sneakers und eine Strickjacke. Fertig. Meine Haare hatte ich zu einem Pferdeschwanz gebunden und ein wenig Lipgloss aufgetragen. Was Rosalie immer so lange im Bad trieb, war mir ein Rätsel. Aber heute war es mir egal.

Natürlich war es bei Elias nicht viel anders.

„Kann ich so gehen?", fragte er aufgeregt als Erstes, nachdem ich ihm die Tür geöffnet hatte. „Ich habe für den Notfall noch ein anderes Outfit im Auto!"

„Du siehst gut aus, Elias. Wenn dir Ben so nicht zu Füßen liegt, dann muss er total blind sein." Elias errötete leicht, doch ich konnte das Grinsen in seinen Augen sehen. Er war wirklich jemand, der mit seinem Aussehen nie Schwierigkeiten hatte, und jeder wusste, dass er einer dieser Männer war, die so gut aussahen, dass ihnen alle Blicke der Frauen zuflogen. Er trug seine blonden Haare immer perfekt gestylt, und seine Augen waren so schwarz, dass man fast das Gefühl hatte, sie würden einem ins Innerste blicken.

Doch genau diese Attribute, die für die meisten Frauen so anziehend waren, machten für Elias keine Bedeutung. Es war ein offenes Geheimnis, dass er seit seinem zwölften Lebensjahr schwul war. Vielleicht war es damals noch nicht eindeutig, aber mit der Zeit hatte er sich das eingestanden, und für uns alle war es nie ein Thema gewesen, das es zu verstecken galt. Wir hatten ihn begleitet, als er sich langsam selbst entdeckte und sein Coming-out durchlebte. Ich konnte mich noch genau an die Momente erinnern, als Elias seine ersten zaghaften Schritte in diese neue Welt wagte. Es war ein zäher Prozess, der voll von Unsicherheiten, Ängsten und so vielen Zweifeln war, dass wir ihm oft wie ein Felsen in der Brandung zur Seite standen. Wir hatten all diese Phasen zusammen durchlebt – vom ersten nervösen Gespräch über seine Gefühle bis zu den ersten enttäuschten Erfahrungen, als er mit den verschiedenen Herausforderungen seiner sexuellen Identität konfrontiert wurde. Aber es war auch eine Reise voller starker Momente, in denen er sich selbst endlich als der akzeptierte und liebenswerte Mensch zu sehen begann, der er heute war.

„Du weißt, wir haben das schon als Kinder zusammen durchgemacht, oder?" Ich sagte es, ohne nachzudenken. Ich hatte ihn damals in seinen schwierigen Momenten unterstützt, ihm zugehört, als er das erste Mal verunsichert war, weil er niemanden kannte, der ähnlich fühlte. Dann war er plötzlich dieses selbstbewusste, charismatische Wesen, das zu dem Elias geworden war, den ich kannte und mit dem ich aufwuchs. Aber dieser Prozess hatte seine Spuren hinterlassen, die auch heute noch immer in ihm waren, auch wenn er sich selbst nie wirklich versteckte.

„Ja, das stimmt." Elias grinste und zuckte mit den Schultern, als ob all das für ihn mittlerweile kaum noch von Bedeutung wäre. Es war schon lange kein Thema mehr, aber in manchen Momenten, wie jetzt, konnte ich die Erinnerungen an all die schwierigen Zeiten bei ihm erkennen. Ich wusste, dass er trotzdem manchmal noch an dem Knacks von damals zu knabbern hatte, auch wenn er es nach außen hin nicht zeigte.

„Es hat uns trotzdem noch mehr zusammengeschweißt", fuhr ich fort. „Und wir haben es alle irgendwie geschafft. Du hast dich nie dafür geschämt, du bist derjenige, der uns allen beigebracht hat, was echte Freundschaft bedeutet." Ich wusste, dass er meine Worte nicht wirklich brauchte, weil wir uns so gut kannten, aber in solchen Momenten, wenn die Vergangenheit wieder an die Oberfläche kam, war es für uns beide eine Art, die Bedeutung unserer Verbindung zu betonen.

Elias nickte, als er sich an den langen Weg erinnerte. „Ja, aber damals, als es noch so neu war... da wusste ich nicht, wie ich damit umgehen sollte. Da habe ich mich manchmal gefragt, ob es jemals gut werden würde. Und dann wartest du da, in deinem Kinderzimmer, mit 14, und bist einfach nur froh, dass dich jemand versteht." Ein sanftes Lächeln bildete sich auf seinen Lippen, und er sah mir tief in die Augen. „Das war mehr wert als alles andere."

Ich konnte nicht anders, als ihn zu umarmen. Es war selten, dass er so nachdenklich war, und ich war froh, dass ich ihn begleiten durfte, dass ich ein Teil dieses Weges gewesen war. Unsere Freundschaft war etwas, das all die Jahre überdauert hatte – und mehr noch, sie war gewachsen, stärker und bedeutungsvoller, als es damals als Kinder jemals möglich gewesen wäre.

„Nun, jedenfalls weißt du, dass wir zusammen alles durchstehen. Egal, wie verrückt die Jungs aus unserer Clique sind oder wie verwirrend das Leben manchmal sein kann. Wir schaffen das."

„Ja, du hast recht", sagte er und schüttelte den Kopf, als wollte er sich von diesen ernsthaften Gedanken befreien. „Aber genug davon! Heute geht's um Ben, und ich bin total aufgeregt!"

Ich schmunzelte, als er seine Energie wieder zurückfand. Elias hatte nie lange Zeit für Melancholie. Und genau das war es, was ich an ihm so liebte. Egal, was das Leben uns brachte, er hatte immer das Herz auf dem richtigen Platz, und das war es, was unsere Freundschaft so besonders machte.

„Ok! Dann lass uns los!", sagte Elias und strahlte mich an. Seine Vorfreude auf Ben war ihm nun deutlich anzumerken. Ich schnappte mir meine Tasche, und wir gingen zum Auto. Die Fahrt war kurz, aber die Parkplatzsuche zog sich wie Kaugummi. Erst zwei Straßen weiter fanden wir endlich einen freien Platz, und mir wurde langsam bewusst, wie groß diese Party wirklich war.

„Sie scheint ja echt die halbe Stadt eingeladen zu haben!", stellte ich fest, als wir uns dem Haus näherten.

„Habe ich dir doch gesagt. Es ist ein Muss, dort heute zu erscheinen!", antwortete Elias aufgeregt. Mit jedem Schritt, den wir zu Fuß näherkamen, wurde die Musik lauter und dröhnte durch die Straßen. Ich war irgendwie sprachlos. Wie konnte jemand so eine riesige Party in einem normalen Haus veranstalten? Doch als ich das Gebäude, oder besser gesagt die Villa, vor mir sah, wurde mir klar, dass hier wirklich alles auf einer anderen Dimension ablief.

„Schickes Haus, was?" sagte ich und blickte ehrfürchtig auf die beeindruckende Fassade.

„Hm!", nickte Elias nur und grinste. „Na dann würde ich sagen: Auf geht's in die Hölle. Soll ich uns erst mal direkt was zu trinken besorgen?"

„Das wäre großartig. Ich warte hier und sehe mich ein bisschen um, ob ich jemanden kenne oder so. Vielleicht ist Ben auch schon da", antwortete ich und versuchte, meine Nervosität abzulegen. Elias nickte und verschwand dann in der Menge.

Klar, dass er sofort nur noch an Ben dachte. Ich hatte es ja nicht anders erwartet, aber da ich mich darauf eingelassen hatte, musste ich nun wohl das Beste daraus machen. Die Party war riesig, die Stimmung ausgelassen, und ich fühlte mich hier völlig fehl am Platz. Als Elias mit zwei Gläsern Wodka Cola zurückkam, war ich schon wieder auf dem besten Weg, mich in Gedanken zu verlieren. Ich hatte mich dieses Mal gegen Cocktails entschieden. Aus Erfahrung wusste ich, dass sie den Kater am nächsten Tag nur noch verschärfen würden.

„Hier! Wodka Cola. Ich hoffe, es ist okay für dich?", fragte Elias, als er mir eines der Gläser reichte. Ich nickte und nahm es dankbar an.

„Da ist er, siehst du ihn? Oh mein Gott, ist er nicht der Hammer? Emilia... ich bin ja sowas von verknallt in ihn. Er sieht noch viel besser aus als in meiner Erinnerung", sagte Elias, während seine Augen auf den Typen aus der Ferne gerichtet waren. Ich konnte mir ein schiefes Grinsen nicht verkneifen.

Typisch Elias. Er hatte so viele Phasen der Verknalltheit hinter sich. Er sah einen Typen, war sofort verknallt, landete mit ihm im Bett und stellte dann fest, dass es vielleicht doch nicht der Richtige war. Ich wollte für ihn hoffen, dass es mit Ben anders wäre. Er hatte es wirklich verdient, endlich jemanden zu finden, mit dem er langfristig zusammen sein konnte. Doch ich musste ihm recht geben – Ben sah auch wirklich gut aus. Er und Elias zusammen, das war wirklich ein Hingucker.

„Ich geh ihn mal eben begrüßen, okay? Warte einfach hier, ich bin gleich wieder da!", riss mich Elias plötzlich aus meinen Gedanken.

„Ja, sicher, geh nur. Darum sind wir schließlich hier. Ich hol mir noch was zu trinken und sehe mich dann auch mal ein bisschen um. Vielleicht finde ich Rosalie und Eric irgendwo", sagte ich und versuchte, nicht zu sehr an das Chaos um mich herum zu denken.

Elias nickte schnell und verschwand in der Menge. So schnell würde ich ihn heute Abend sicher nicht wiedersehen, aber das war in Ordnung. Ich wusste, wie sehr er sich nach einem tollen Abend sehnen konnte. Solange es ihm gut ging, war ich auch zufrieden.

Die Party war überfüllt, und ich fühlte mich zunehmend unwohl. Ständig wurde ich angerempelt, und die Musik – die in meinen Augen schrecklich war – dröhnte viel zu laut durch den Raum. Ich konnte kaum glauben, dass ich hier war. In einem großen Raum, der wohl unter normalen Umständen das Wohnzimmer war, tanzten die Leute eng umschlungen miteinander. Es war die totale Überforderung für mich. Ich würde niemals ein Party-Typ werden, das wusste ich. Ich fühlte mich einfach nicht wohl, umgeben von so vielen fremden Menschen, die einem ständig viel zu nah kamen.

Nachdem ich nun schon zwei Gläser getrunken hatte, um die Situation etwas erträglicher zu machen, füllte ich mein Glas erneut und beschloss, einen ruhigen Platz zu suchen. Ich brauchte dringend frische Luft. Die Atmosphäre in den Räumen war fast schon erdrückend. Meine Kehle schien sich immer weiter zuzuziehen. Draußen war es deutlich angenehmer, also machte ich mich auf den Weg zum Garten und setzte mich auf eine der Liegen, die direkt am Pool standen. Hier war es deutlich ruhiger, und ich konnte endlich mal durchatmen. Es war erstaunlich, wie wenig Menschen sich hier draußen versammelt hatten. Die Luft war kühler und frischer, und es war eine willkommene Abwechslung. Man konnte kaum glauben, dass man mitten in Berlin auf einer Party war, die so viele Menschen anlockte.

Hätte ich doch nur mein Buch dabei, dachte ich plötzlich, dann könnte ich hier draußen sogar ein bisschen lernen. Ein leises Lächeln stahl sich auf mein Gesicht, als ich über mich selbst nachdachte. Manchmal machte ich mir wirklich Sorgen um meinen eigenen Verstand, aber ich wollte einfach ein gutes Examen ablegen. Schließlich hatte ich hart dafür gearbeitet. Ich hatte mir mein Studium nicht einfach so erarbeitet. Es war nicht immer einfach gewesen, aber ich wusste, dass ich mit meiner Disziplin und meinem Ehrgeiz irgendwann das Ziel erreichen würde.

Aber im Moment war ich hier, inmitten des Lärms, der Hektik und der ganzen verrückten Atmosphäre. Und während ich da saß, dachte ich bei mir, dass es vielleicht gar nicht so schlecht war, ab und zu einen Schritt zurückzutreten und einfach mal den Moment zu genießen.

„Hi!"

Ich zuckte zusammen, als die plötzliche Stimme mich aus meinen Gedanken riss. Ich hatte gar nicht bemerkt, wie sich jemand genähert hatte.

„Hi!" antwortete ich und wandte mich wieder ab. Wieder so ein Typ, der sich vermutlich eine nette Abwechslung für eine Nacht suchte. So war es schließlich immer auf solchen Partys. Na, da war er bei mir ja an der richtigen Adresse. Weder für eine noch für mehrere Nächte war ich zu haben.

„Furchtbare Party hier, oder?" Der Versuch einer Anmache. Blöde, wie immer. Männer schienen nie kreativ zu sein, wenn es um Gespräche ging. Ganz im Gegenteil, manchmal dachte ich, sie hätten nicht genug Platz im Gehirn für mehr als die oberflächlichen Phrasen.

„Naja, die Musik ist nicht so mein Ding, und dazu ist es auch sehr überfüllt drin," antwortete ich bemüht freundlich. Ich wollte schließlich nicht allzu unhöflich rüberkommen. Es war durchaus denkbar, dass dies die einzige Kommunikation sein würde, die ich heute noch hier führen würde, bevor ich mir heimlich ein Taxi rufen würde und verschwände. Schließlich schien Elias' Plan mit Ben aufzugehen. Ich hatte ihn nicht mehr gesehen.

Rosalie und Eric hier irgendwo zu finden, hatte ich längst aufgegeben, als ich die vielen Menschen erblickt hatte. Sonst kannte ich hier niemanden. Ich hatte nie viel Zeit oder Lust, neue Leute kennenzulernen.

„Mmh, geht mir auch so. Ich bereue auch schon seit ich hier bin, dass ich mich habe überreden lassen. Naja, nun bin ich einmal hier und versuche das Beste daraus zu machen."

„Dito. Mein Freund hat mich überredet mitzukommen und nun ist er… naja, sagen wir mal so anderweitig beschäftigt, denke ich." Ich sah lächelnd nach oben. Der Alkohol zeigte erste Nebenwirkungen, denn ich war sonst nicht so gesprächig zu Typen auf solchen Partys. Ich war nicht diejenige, die jemanden suchte oder kennenlernen wollte. Ganz im Gegenteil.

Schließlich nahm er auf der Liege neben mir Platz und hielt mir seine Hand entgegen.

„Hi! Ich bin übrigens Oliver."

„Emilia!"

„Schön, wenigstens einen normalen Menschen hier entdeckt zu haben, Emilia." Oh nein, ich spürte tatsächlich, wie Wärme in mein Gesicht stieg. Was sollte das nun wieder? Das war nicht mal ein Kompliment, und trotzdem wurde ich rot wie ein Teenager. Super, Emilia!

„Ich glaub, ich hol' mir noch was zu trinken. Soll ich dir was mitbringen?" fragte er und wirkte dabei wirklich nett.

„Wodka Cola! Das wäre echt super!" Oliver nickte und ging. Das war meine Chance, einfach zu verschwinden.

Hier waren schließlich genug Menschen, dass man sich verstecken konnte. Obwohl er auf den ersten Blick echt okay wirkte und sogar erstaunlich gut aussah. Er war sicher auch schwul, das wäre die Erklärung, und wollte über mich an Elias herankommen. Das musste es vermutlich sein. Noch bevor ich meine konfusen Gedanken und meine Fluchtmöglichkeiten weiter ausfeilen konnte, war er zurück. Okay, ich würde es beim nächsten Mal besser planen müssen.

„Danke, wirklich nett von dir!"

„Gern… und was treibst du so, wenn du nicht gerade auf solchen Partys am Pool sitzt?" Er wollte sich offenbar ein wenig unterhalten, und ich wusste nicht, was dagegen zu sagen war. Unterhaltungen waren erst mal vollkommen harmlos, und so würde ich die Zeit hier vielleicht doch etwas angenehmer empfinden. Davon abgesehen schien dieser Oliver echt nett zu sein, und ich würde ihn nach diesem Abend ohnehin nicht wiedersehen. Also, völlig ungefährlich, dachte ich und ließ mich einfach auf seine Unterhaltung ein.

„Ich studiere Medizin, arbeite als Aushilfe nachts ab und zu im Krankenhaus und in einem kleinen Café und wenn ich dann doch mal etwas Zeit habe, quält mich entweder mein Freund oder meine Mitbewohnerin damit, mich auf solche Partys mitzuschleppen. Da hätten wir Spaß, sagen sie immer." Ich verdrehte übertrieben die Augen.

„Absolut unspektakulär, ich weiß. Und wie sieht's bei dir aus? Was treibst du, wenn du nicht auf solchen Partys abhängst?"

„Was ist das denn für ein Mann, der seine hübsche Freundin auf so eine Party bringt und sie dann hier allein sitzen lässt?" Eine Gegenfrage, wie unfair fand ich, musste aber lächeln, weil er dachte, Elias wäre mein Freund.

„Was ist so witzig?" fragte er mich etwas verunsichert.

„Mein Freund ist nicht das, was du denkst. Also, er ist schon mein ganzes Leben lang mein bester Freund, schwul und völlig verschossen in so einen Typen, der heute hier ist. Das ist auch der Grund, weshalb wir hier sind. Ich weiß nicht, wie ich mich wieder habe überreden lassen, mitzukommen."

„Oh, okay…" Jetzt lachte er auch. „Dann hast du also keinen Freund?" Ich schüttelte den Kopf. Oh je, keine gute Idee. Ich war nicht gewohnt zu trinken, und dies spürte ich jetzt eindeutig. Alles drehte sich um mich herum, allerdings ließ mich der Alkohol auch entspannter werden.

„Macht es dir denn Spaß, Medizin zu studieren? Ich stelle es mir sehr schwer vor."

„Ja, es macht mir wirklich meistens Spaß, aber ich denke, das ist bei allem, was man macht, der Fall, oder? Ich habe mir nie etwas anderes vorstellen können, als Ärztin zu werden. Eigentlich sollte ich auch lieber lernen als jetzt hier zu sitzen, und bis du gekommen bist, habe ich es auch echt bereut, meine Bücher nicht dabei zu haben." Ich plapperte wie ein verfluchter Wasserfall. Was war denn in mich gefahren? Man, er hatte echt verboten schöne Augen. Blau. Fast türkis. Ich musste aufhören, ihn so anzustarren, das war ja peinlich. Schnell, ich musste irgendwas Sinnvolles sagen.

„Und was machst du hier in Berlin? Ich habe dich noch nie auf einer dieser Partys gesehen oder so? Also nicht, dass ich oft auf derartigen Partys bin, aber an dich könnte ich mich vermutlich erinnern." Innerlich schlug ich mir mit der flachen Hand vor die Stirn. Was war das denn bitte? Wie konnte so ein bisschen Alkohol sämtliche Schüchternheit so schnell wegzaubern? Ich könnte ihm auch direkt sagen, dass ich ihn interessant fände, wenn ich so weiter machte.

„Danke. Dieses Kompliment kann ich nur zurückgeben. Ich bin nur übers Wochenende zu Besuch bei meiner Schwester und ihrem Mann. Er war es, der mich hier hingeschleppt hat. Sollte ein Männerabend werden." Er zuckte mit den Schultern, bevor er weitersprach.

„Keine Ahnung. Ich habe ihn irgendwo verloren. Eigentlich wohne ich in Hamburg." So weit weg. Das fand ich schade, aber erklärte auch, warum ich ihn noch nie gesehen hatte, vermutlich. Denn auch wenn Berlin groß war, so traf man doch immer die gleichen Menschen auf derartigen Partys.

„Dann ist unser Schicksal hier heute ja ziemlich ähnlich." Ich lächelte ihn an. „Studierst du denn auch noch?"

„Möchtest du noch was trinken?" wechselte er abrupt das Thema. „Soll ich dir noch was holen?" Er wollte also nicht darüber reden. War klar. Nett. Gutaussehend. Es musste einen Haken haben.

„Eigentlich wollte ich gar nicht mehr so lange bleiben, aber ich glaub ein Glas würde ich jetzt doch noch nehmen."

Er lächelte mich an, und so schnell wie er aufgestanden war, war er auch schon wieder da. Gut, dass ich meine Fluchtpläne längst über den Haufen geworfen hatte. Oliver reichte mir gerade das Glas, als Elias neben ihm auftauchte.

„Da bist du ja. Ich habe dich schon die ganze Zeit gesucht. Also Ben und ich... naja, wir wollten gehen... also ich wollte dir nur Bescheid sagen und dir den Autoschlüssel geben... damit du damit nach Hause fahren kannst. Ich hol' ihn dann morgen bei dir ab, okay Süße? Also den Wagen mein ich natürlich." Typisch Elias. Genauso wie ich es erwartet hatte, aber ich freute mich natürlich, dass er es geschafft zu haben schien, Ben näherzukommen. Er drückte mir noch einen Kuss auf die Wange und weg war er. Ohne auch nur eine Antwort abzuwarten. Super. Hätte ich doch besser nichts getrunken. Ich wusste schließlich, dass es immer so ablief, aber nüchtern hätte ich das hier vermutlich noch weniger ertragen können. Obwohl mir die Gesellschaft von Oliver hier heute alles etwas angenehmer machte. Ich sollte wohl trotzdem am besten doch nach Rosalie suchen. Vielleicht könnten sie und Eric mich mit nach

Hause nehmen, da selbst fahren für mich nicht mehr zu denken war.

„Das war also dein besagter Freund?" fragte Oliver und nickte in die Richtung, in die Elias gerade verschwunden war.

„Ja, genau. Elias, mein etwas verrückter Freund. So wie immer hat er mich hier einfach abgestellt und ist auf und davon. Manchmal frag ich mich wirklich, wie man mit so jemandem überhaupt schon so lange befreundet sein kann, aber dann fallen mir all die guten Seiten ein und ich kann es ihm einfach nicht übelnehmen."

„Gute Freunde sind sehr schwer zu finden im Leben." Er wurde mir immer sympathischer. Er verstand scheinbar auch, worauf es im Leben ankam. Es wurde Zeit für mich zu gehen, bevor diese Unterhaltung noch weiterging und ich ihn noch interessanter fand, als ohnehin schon gut für mich war. Also stand ich langsam auf. Irgendwie war das gar nicht so einfach. Ich merkte, wie ich leicht schwankte. Zuviel Wodka für zu wenig Emilia.

„Willst du jetzt etwa auch schon gehen?" Seine Augen wirkten fast traurig, als er mich fragte.

„Ja, Elias ist weg und damit der Grund meiner Anwesenheit hier auch. Ich befürchte, meine Mitbewohnerin werde ich hier auch nicht mehr finden. Dann kann ich also auch endlich von dieser furchtbaren Party hier verschwinden... also so furchtbar war es hier mit dir jetzt gar nicht... aber der Rest...also...vielleicht sieht man sich mal wieder. Es war schön, sich mit dir zu unterhalten. Danke, dass du den Abend gerettet hast für mich..." Was redete ich da eigentlich für wirres Zeug? Das war nicht auszuhalten. Ich schwor mir, Wodka auf die gleiche Liste wie Cocktails zu setzen. Verboten!

„Du willst doch jetzt nicht noch Auto fahren, oder?" Nein, natürlich nicht, dachte ich. Dazu war ich nicht mehr in der Lage. Das Denken und Laufen waren schon schwer. Kurz ging ich meine Möglichkeiten im Kopf durch. Die beste Lösung war, mir ein Taxi zu rufen, auch wenn es mir schwerfiel, dafür so viel Geld aus dem Fenster zu werfen. Das müsste Elias wieder gut machen, beschloss ich gedanklich. Denn eine andere Option hatte ich hier und heute nicht.

„Komm, ich fahr dich heim. Ich habe nur Cola getrunken." Oliver sagte es ohne eine Antwort von mir abzuwarten, als er meine Bedenken bemerkte.

„Das kann ich doch nicht annehmen. Danke ehrlich, das ist total süß von dir, aber ich kann auch laufen oder mir ein Taxi rufen..." Ich merkte selbst, dass meine Stimme nicht besonders überzeugend klang. Es war einfach, den Weg nach Hause in Gedanken zu planen, aber ich wusste, dass ich in diesem Zustand nicht mehr selbst fahren wollte.

„Mitten in der Nacht? Hier? Auf gar keinen Fall. Komm, ich hol' nur eben meine Jacke, und dann bring' ich dich, okay?" Oliver sprach ruhig, ohne jeglichen Druck auszuüben, und ich nickte schließlich. Was gefährlicher war, konnte ich nicht wirklich sagen, aber bei Oliver hatte ich einfach nicht das Gefühl, dass ich ihm nicht vertrauen konnte. Langsam stolperte ich hinter ihm her. Gehen konnte plötzlich so kompliziert sein – ein Fuß vor den anderen. Rechts, links. Rechts, links. Ich hatte eindeutig ein Glas zu viel getrunken. Warum hatte ich es nur nicht früher bemerkt?

Oliver passte sich langsam meinen Schritten an, ging voraus und drehte sich immer wieder zu mir um, ein leichtes Lächeln auf den Lippen. Während er sich einen Weg durch die Menschen bahnte, hatte ich das Gefühl, die Musik sei noch lauter und die Tanzfläche noch überfüllter geworden. Schließlich hatten wir es aus der Tür geschafft, die frische Nachtluft strömte mir entgegen.

„Mein Wagen steht gleich da. Schaffst du es noch?" Oliver fragte mit einem leicht ironischen Unterton, als wäre es eine blöde Frage. Was wollte er tun, wenn ich jetzt „nein" sagen würde? Mich hier stehen lassen? Mich tragen? Bei dieser Vorstellung musste ich kichern.

„Was ist denn jetzt auf einmal so lustig?" fragte er, blieb stehen und sah mich an.

„Ach, ich habe mich nur gerade gefragt, was du tun würdest, wenn ich jetzt nein sage! Willst du mich etwa tragen, oder was?" Ich musste immer noch kichern, als ich ihn anblickte, leicht belustigt von seiner Selbstverständlichkeit.

„Denkst du etwa, das schaffe ich nicht? An dir ist doch nichts dran!" Oliver grinste und machte eine spöttische Geste, als er die Luft mit einer Hand schnitt.

„Was? Das klingt jetzt aber doch schon ziemlich gemein! Ich bin durchaus kräftig!" Ich tat beleidigt und schaute auf den Boden, während ich versuchte, das Lachen zu unterdrücken.

„Hey, hey, so war das nun auch wieder nicht gemeint!" Oliver hob beschwichtigend die Arme, als wolle er sich entschuldigen, bevor er schnell hinzufügte: „Du bist perfekt, so wie du bist… also ich meine…!" Er wurde rot und verhaspelte sich. Ich konnte nicht anders, als ihn anzusehen und selbst wieder zu lachen. Alkohol und Peinlichkeiten – die perfekte Mischung.

Bevor ich weiter darüber nachdenken konnte, kam Oliver plötzlich auf mich zu, legte einen Arm um meine Schulter, den anderen um meine Knie und hob mich einfach hoch. Mein Herz machte einen Sprung. Das war… nicht gut. Der ganze Abend verlief hier eindeutig nicht nach meinem Plan. Oliver roch so gut, und als er mich hochhob, war ich einfach außer Gefecht gesetzt. Es war wie ein Stromschlag. Was war gerade passiert? Warum ließ ich das zu?

„Siehst du. Es ist kein Problem." Seine Stimme war ein leises Flüstern, und ich spürte sogar, wie sein Herz schneller schlug. Wie kam er mir nur so vertraut vor, obwohl ich ihn kaum kannte? Trotzdem fühlte es sich nicht unangenehm an, eher… irgendwie sicher.

Er trug mich bis zu seinem Auto, stellte mich behutsam auf den Boden und ließ mich nicht sofort los. Ich war mir ziemlich sicher, dass er seinen Arm länger als nötig auf meinen Schultern ließ.

„Alles okay, Emilia?" fragte er, als ich zu lange in seine Augen starrte, während ich versuchte, mich zu fangen.

„Ja! Danke! So sind wir wirklich viel schneller gewesen. Ist das da echt dein Auto?" Ich versuchte, mich wieder zu fangen, und schaute auf das Auto, das vor uns stand. Ich war nie besonders autoverliebt, aber dieses Auto war so groß, dass es fast schon überdimensioniert wirkte. Ich konnte mir kaum vorstellen, dass es zu Oliver passte.

„Nein, eigentlich habe ich nur die Schlüssel gerade auf der Party mitgehen lassen", sagte er grinsend, und ich starrte ihn mit großen Augen an. War er wirklich so schräg drauf? Hatte er etwa…

„Nein, das glaubst du doch nicht etwa? Natürlich ist es mein Auto. Ich mag es eben groß und bequem und vor allem sicher!"

Einen Moment lang hatte ich ihm tatsächlich geglaubt. Als hätte er den Schlüssel einfach so mitgenommen. Doch da war etwas an seiner Ausstrahlung, das mich vermuten ließ, dass er nicht der Typ für solche Späße war. Ich schüttelte den Kopf, verdrängte schnell die Gedanken an meinen Exfreund und versuchte, mich auf den Moment zu konzentrieren.

„Warte, ich mach dir eben den Sitz frei. Fall jetzt aber nicht um oder so, in Ordnung? Ich bin sofort wieder bei dir."

„So betrunken bin ich doch gar nicht…" Ich rollte mit den Augen und wollte das Gespräch locker halten, aber zu meiner eigenen Überraschung machte Oliver einen

Witz über „Kindersitze" – und ich reagierte mit einem überraschten Lächeln.

„Ein Kindersitz?" fragte ich, bevor ich das Gefühl hatte, er würde gleich alles aufdecken.

„Vom Sohn meiner Schwester...!" antwortete er ohne mit der Wimper zu zucken, und ich konnte nicht anders, als ihn fragend anzusehen.

„Okay, ich dachte schon, du hättest ein Kind. Aber so alt bist du doch noch gar nicht, oder? Wie alt bist du eigentlich, Oliver? Hatte ich dich das eigentlich schon gefragt?" Das Wodka schien langsam die Kontrolle über mich zu übernehmen, aber zumindest brachte es mich dazu, Fragen zu stellen, die ich sonst vielleicht nicht gestellt hätte.

„Komm, steig ein, du zitterst ja. Ist dir so kalt? Ich bin 34, und du hast es mich noch nicht gefragt." 34. So alt war er also. Ich hatte ihn für jünger gehalten. Aber wie sah man mit 34 schon aus? Sah ich mit meinen 25 Jahren auch älter aus?

„Alles okay mit dir? Bist du jetzt überrascht, weil ich im Gegensatz zu dir schon ein alter Sack bin?" fragte er lachend. „Wo wohnst du? Wo darf ich dich hinbringen?"

So viele Fragen für meinen vernebelten Kopf. „Elisenstraße 12", sagte ich schließlich.

Er nickte und tippte die Adresse in sein Navigationsgerät.

„Ich bin nicht überrascht", antwortete ich nach einer Weile auf seine andere Frage. „Aber?" fragte Oliver nach.

„Nein, nichts aber… ich habe mich gerade nur gefragt, ob du auch so aussiehst, aber wie soll man aussehen? Es gibt schließlich keinen Standard dafür, oder?" Ich versuchte, die Dinge wieder ins rechte Licht zu rücken.

„Nein, den gibt es nicht, da hast du recht… du bist das beste Beispiel dafür." Ich sah ihn fragend an.

„Wie meinst du das?" fragte ich neugierig.

„Naja… versteh mich jetzt bitte nicht falsch, ich kenne dich ja erst seit", er sah kurz auf seine Uhr. „Knapp drei Stunden. Aber als du vorhin dort am Pool gesessen hast und so nachdenklich geschaut hast, da hast du schon recht erwachsen und älter gewirkt. In unserem Gespräch eher jung und erfrischend und jetzt, wo du vielleicht doch ein bisschen zu viel Wodka getrunken hast…" Er warf mir einen Blick zu, bevor er wieder auf die Straße sah. „… bist du so verdammt niedlich und unschuldig, was dich noch viel jünger wirken lässt. Also muss ich zugeben: Ich habe keine Ahnung, wie alt du sein könntest."

Niedlich… großartig, Emilia, du bist also ein Hamster. Ich wollte wirklich nicht über solche Dinge nachdenken. Aber das war es, was er wirklich dachte.

„25. Ich bin 25 und definitiv kein Hamster!" antwortete ich schnell, als Oliver das Auto endlich parkte.

„Ach, vergiss es," fügte ich hastig hinzu, als ich merkte, dass er mich verwirrt ansah.

„Ich glaub, wir sind leider schon da." Oliver deutete auf die große, leuchtende Straßennummer.

„Oh ja, das ging jetzt aber wirklich schnell. Danke, Oliver, für die wirklich nette Gesellschaft heute und dass du mich nach Hause gebracht hast, natürlich. Vielleicht sehen wir uns mal wieder. Bis dann." Ich wollte aussteigen, doch er hielt mir die Hand hin.

„Hier ist meine Nummer… vielleicht hast du ja Lust und meldest du dich. Dann müssen wir uns nicht zufällig wieder treffen und können zusammen einen Kaffee trinken gehen oder so…Ich steh nämlich nicht so sehr auf Zufälle."

Ich fühlte mich schlagartig nüchtern, als ich die Nummer in seiner Hand sah. Noch nie hatte mir jemand, den ich kaum kannte, seine Nummer so aufdringlich angeboten. Aber irgendwie schien er anders zu sein als die anderen. Ich nickte ihm zu, stieg aus und machte mich auf den Weg ins Haus, während mein Kopf und meine Gefühle Achterbahn fuhren.

Im Haus angekommen, warf ich schnell die Schuhe ab, verschwand ins Bad und fiel direkt ins Bett. Puh, seine Augen schwirrten immer noch in meinem Kopf. Sollte ich ihm vielleicht direkt schreiben, bevor mich morgen der Mut verließ? Ich durchsuchte meinen Nachttisch nach meinem Handy.

Emilia: *„Hi Oliver, ich wollte mich noch einmal für den schönen Abend und das Sichere nach Hause bringen bedanken. Ich würde mich freuen, wenn wir es bald wiederholen würden. Vielleicht an einem schöneren Ort als*

heute, mit weniger Menschen, schlechter Musik und vor
allem mit viel weniger Wodka. LG Emilia"

Ich drückte auf „Senden", bevor ich auch nur noch
einmal überlegen konnte, was ich tat, und legte mein
Handy zurück. Die Antwort kam schneller als erwartet.

Oliver: *„Süße Emilia, danke für deine Nachricht. Das ist*
mehr als ich erwartet hatte. Ich fand die Stunden mit dir auch
wunderschön. Sowas habe ich noch nie erlebt. Was machst du
morgen? LG Oliver"

Blödes Herz, sei still. Was sollte das denn schon wieder?
Ich hatte für sowas keine Zeit und eigentlich auch viel zu
viel Angst, wenn sich daraus mehr entwickeln würde.
Dafür war ich in keine Weise bereit. Trotz allem konnte
ich dem Drang nicht widerstehen, ihm zu antworten
oder ihn vielleicht sogar wiederzusehen.

Emilia: *„Morgen? Lernen, aber vorher muss ich sicher*
meinen Kater pflegen, denke ich."

Oliver: *„Dann helfe ich dir, ihn zu pflegen. Was hältst du*
davon? Ich hol' dich gegen 13 Uhr ab, okay?"

Emilia: *„Okay, ich freu mich."*

Oliver: *„Ich freu mich auch. Schlaf gut und träum schön."*

Ich legte mein Handy zurück. Mein Gott, was tat ich hier eigentlich? Das war doch sonst nicht meine Art. Ich hatte das Thema Männer doch ein für alle Mal abgehakt. Es passte nicht in mein Leben. In meine Pläne. Männer waren doch nur da, um einen zu verletzen. Diese Erfahrung hatte mir meine Vergangenheit deutlich gemacht. Viel zu groß war meine Angst, jemanden so nah an mich heranzulassen, dass es wieder passieren könnte. Außerdem hatte ich doch keine Zeit morgen oder auch später nicht. Oliver. Ich stellte mir sein Gesicht vor. Ging noch einmal unser Gespräch im Gedanken durch. Er war sehr interessant und auch verdammt süß. Einfach so ganz anders, als die Männer, die ich bisher kannte. Wieder begann mein Herz zu schnell zu schlagen. Ich sollte nicht so fühlen. Es würde doch kein gutes Ende nehmen, aber damit wollte ich mich jetzt einfach nicht mehr beschäftigen. Jetzt wollte ich nur dieses Kribbeln genießen, das durch mich lief, wenn ich an ihn dachte. Mit seinem Geruch in der Nase schlief ich traumlos ein.

Notiz an mich: Nie wieder Alkohol

Pinguine und andere Katastrophen

Mein Kopf war schuld daran, dass ich am nächsten Morgen aufwachte. Ein Blick auf den Wecker zeigte mir, es war erst neun Uhr. Mühevoll ließ ich den Abend Revue passieren. Sofort sah ich blaue Augen vor mir. Oliver. Oh mein Gott! Ich griff nach meinem Handy und fiel beinahe aus dem Bett dabei. Ich sah meine Nachrichten durch. Eindeutig, es war kein Traum gewesen. Ich war wirklich mit diesem unglaublich gutaussehenden Mann in seinem Auto nach Hause gefahren und hatte mich für heute mit ihm verabredet. Was hatte ich mir nur dabei gedacht? Ich brauchte erst mal dringend eine Kopfschmerztablette und eine Dusche. So wühlte ich im Küchenschrank und verschwand im Bad. Als ich eine halbe Stunde später wieder in meinem Zimmer saß, fühlte ich mich schon etwas besser, und da meine Kopfschmerzen nachgelassen hatten, konnte ich wieder einen klaren Gedanken fassen. Ich musste dringend mit Elias sprechen, was ich jetzt machen sollte, also rief ich ihn an – aber leider nur Mailbox. Rosalie. Ob sie wohl da war und wenn ja, alleine? Ich klopfte an ihrer Tür. Nix rührte sich. Vorsichtig öffnete ich sie, aber sie war auch nicht da.

Okay, Emilia, ganz ruhig, du musst jetzt allein durch. Sollte ich ihm besser absagen? Vermutlich würde ich ihn nüchtern nicht mal mehr gutaussehend finden und selbst wenn doch, so hatte ich mir doch selbst geschworen, keinen Mann während meines Studiums und am besten sogar für den Rest meines Lebens. Die letzten Semester hatte ich das auch ganz gut hinbekommen. Aber so jemand wie Oliver war mir bisher auch noch nicht begegnet. Er wirkte so anders als die Männer, die ich bis jetzt kennengelernt hatte. Ich musste absagen. Unmöglich konnte ich mich mit ihm treffen. Gerade als ich mein Handy nahm und ihm eine Nachricht schicken wollte, vibrierte es in meiner Hand.

Oliver: *„Guten Morgen, Emilia, ich hoffe sehr, dass ich dich nicht wecke. Ich wollte dir nur sagen, wie sehr ich mich schon freue, dich gleich wiederzusehen. Ich musste die ganze Nacht an dich denken. Liebe Grüße, Oliver. Ich hoffe, ich habe dich mit meiner Direktheit nicht verschreckt.“*

Er freute sich auf mich. Der Typ war eindeutig anders. Wie konnte er sich denn auf mich freuen? Ich konnte ihm unmöglich absagen. Ich wollte es auch gar nicht. Schließlich ging er mir die letzten 3 Stunden, die ich hier vor mich hingestarrt hatte, nicht aus dem Kopf. Damit hatte ich mit an ihn zu denken schon mehr Zeit verbracht als an sonst einen Mann in den letzten Jahren, vermutlich sogar in meinem ganzen Leben. Was sollte ich ihm denn jetzt antworten? Gar nichts würde vermutlich unhöflich wirken oder ihm das Gefühl geben, dass es mir nicht so ging. Ging es mir auch nicht, oder? Ich konnte nicht klar denken. Das musste noch an den Nachwirkungen vom Alkohol liegen. Eindeutig. Schließlich war es doch ganz einfach. Ich musste ihm nur sagen, dass ich gestern einfach zu viel getrunken hatte und es mir leidtut, ich aber... ja was... dass ich bisher immer nur enttäuscht und verletzt worden sei. Unmöglich konnte ich das schreiben, auch wenn es der Wahrheit am nächsten kam. Dreimal löschte ich wieder alles, bevor ich ihm endlich antwortete. Ich war noch nicht in der Lage, meinen Kopf entscheiden zu lassen.

Emilia: „Hallo Oliver, danke für die liebe Nachricht. Leider war es erst 9 Uhr, als mich mein Kopf bereits weckte. Falls du mich irgendwann nochmal auf einer Party treffen solltest, bitte halt mich vom Wodka fern. Ich freu mich auch."

Gut, diese Nachricht hörte sich doch ganz gut an. Aber trotzdem fühlte ich, wie sich eine Unruhe in mir aufbaute. Ich hatte keine Ahnung, was ich mit Oliver wirklich wollte. Ich war mir über meine Prinzipien und Grenzen im Klaren. Keine Männer während meines Studiums. Es war eine klare Entscheidung gewesen. Ich wusste, wie oft ich enttäuscht worden war. Es war nicht nur einmal passiert, dass ich mein Vertrauen in jemanden gesetzt hatte und dann auf die harte Tour lernen musste, dass ich nur verletzt worden war. So viele Jahre hatte ich mir geschworen, dass ich niemanden so nah an mich heranlassen würde. Es würde mich nur wieder verwirren, mich von jemandem ablenken lassen, der eigentlich nicht in mein Leben passte.

Oliver... er war so anders als die anderen Männer, die ich kannte. War das nicht auch der Grund, warum ich mich so zu ihm hingezogen fühlte? Die Art, wie er mich ansah, als ob ich nicht nur eine von vielen war. Vielleicht war das der Grund, warum er mir in der kurzen Zeit, die wir miteinander verbracht hatten, so im Kopf blieb. Aber war ich wirklich bereit, das alles zuzulassen? Was, wenn er nur ein weiterer Mann war, der mir letztendlich wehtat? Ich konnte nicht wieder in diese Falle tappen, nicht schon wieder.

Und trotzdem, da war dieses Kribbeln, das immer noch in mir schwirrte. Diese Erinnerung an die Stunden mit ihm. Es war, als ob er mehr in mir hervorrief, als ich für möglich gehalten hätte. Ich spürte, wie ich mich in Gedanken an ihn verlor, wie sich meine Prinzipien in Frage stellten. Hatte ich mir nicht schon oft genug gesagt, dass es keinen Sinn hatte, sich in irgendetwas zu verlieren, was keine Zukunft hatte? Ich wusste, wie es war, sich zu öffnen und dann mit leeren Händen dazustehen. Ich wollte keine solche Erfahrung wiederholen. Und doch... warum konnte ich nicht aufhören, an ihn zu denken?

Ich überlegte noch einmal, was ich ihm antworten sollte. Ein einfaches „Ich freue mich auch" war zu wenig. Ich wollte ihm nicht das Gefühl geben, dass ich an ihn interessiert war, wenn ich in Wirklichkeit nur wieder in alte Muster zurückfiel. Aber gleichzeitig wollte ich nicht unhöflich sein oder ihm das Gefühl geben, dass ich nicht wirklich zu schätzen wusste, was er sagte. Warum musste ich mir immer so viele Gedanken machen?

Warum konnte ich nicht einfach genießen, dass er mich mochte?

Ich setzte meine Gedanken fort, immer wieder hin und her gerissen zwischen meinen Prinzipien und dem Drang, ihm zu antworten. Was, wenn ich ihm eine Chance gab? Was, wenn er wirklich anders war? Aber dann kam wieder die Stimme in meinem Kopf, die mir sagte, dass es genau das war, was ich vermeiden sollte. „Keine Männer während des Studiums", hatte ich mir selbst immer wieder gesagt. Warum also dieses Risiko eingehen? Warum nicht einfach das, was ich so lange für mich selbst aufgebaut hatte, bewahren?

Schließlich atmete ich tief durch, löschte alle Gedanken, die mich nur verwirrten, und schrieb die Nachricht, die ich im Moment für am besten hielt – sicher und in Übereinstimmung mit dem, was ich mir immer vorgenommen hatte. Die Antwort war neutral, aber höflich. Es war der Weg, den ich gehen konnte, ohne mich zu sehr zu öffnen. Ohne zu viel zu riskieren. Und trotzdem konnte ich den leisen Zweifel nicht abschütteln, dass ich mich selbst in einen Käfig setzte, während ich versuchte, die Kontrolle zu behalten.

Ich drückte auf „Senden" und legte das Handy zur Seite.

Ich wagte einen Blick auf die Uhr. Ohje, es war schon kurz vor eins. Das war auch mal wieder typisch für mich. Da saß ich hier rum und träumte vor mich hin. Dabei sollte ich mich doch lieber anziehen. Kurzerhand entschied ich mich für Shorts und ein Top. Gut, dass ich nicht wie Rosalie oder Elias war und Stunden im Bad verbringen musste. Heute hatte ich allerdings das Gefühl, nicht gut genug auszusehen. Meine Haare fielen langweilig über meine Schultern und wellten sich, da mir jetzt unmöglich noch Zeit blieb, sie zu glätten. Meine grauen Augen konnte ich auch durch leichten Lidschatten meiner Meinung nach nicht aufpeppen. Ich legte doch sonst keinen Wert auf solche Dinge, aber ich hatte den Wunsch, Oliver zu gefallen. Leider hatte ich nun allerdings keine Zeit mehr und ärgerte mich über mich selbst. Schnell steckte ich noch meinen Schlüssel und Handy in die Tasche und ging vor die Tür. Ich wollte nicht länger darüber nachdenken.

Von Oliver war weit und breit noch keine Spur, dabei war ich mir doch sicher, dass es schon längst nach 13 Uhr war. Vielleicht würde er gar nicht kommen, schoss es mir durch den Kopf. Ich spürte, wie sich ein Hauch von Traurigkeit auf mich legte. Aber dann hätte er sicher heute Morgen nicht noch eine Nachricht geschrieben.

„Mensch Emilia, vorhin wolltest du ihm doch selbst noch absagen und jetzt bist du traurig?" Manchmal verstand ich mich selbst nicht mehr. Gerade als ich nach meinem Handy suchte, um nach der Uhrzeit zu sehen, hörte ich meinen Namen rufen.

„Emilia!"

Ich sah auf die Straße, und dort stand er an seinen Wagen gelehnt und winkte in meine Richtung. Bei Tageslicht wirkten das Auto und er noch viel mächtiger.

Völlig fehl am Platz hier, wie ich fand, und das alles wegen einer Frau wie mir.

„Hi!" begrüßte ich ihn mit einem Lächeln. Er öffnete die Beifahrertür und sah mich an.

„Hi Emilia, schön, dass du gekommen bist. Bevor du einsteigst, muss ich dir aber unbedingt noch etwas sagen." Er trat nervös von einem Fuß auf den anderen. Warum wirkte er denn auf einmal so verunsichert? Und verdammt, warum sah er denn noch viel besser aus als ich ihn in Erinnerung hatte? Sein Blick ließ meinen Puls sofort rasen. Reiß dich zusammen, Emilia! Einatmen! Ausatmen!

Ich sah von ihm zum Wagen und bemerkte einen kleinen Jungen in seinem Kindersitz auf der Rückbank schlafen.

„Wer ist das?" fragte ich schockiert. Hatte mich der Kindersitz heute Nacht schon schockiert, war der Inhalt gerade noch viel schockierender für mich. Ich sah Oliver mit großen Augen an.

„Der Babysitter hat sich plötzlich krankgemeldet und meine Schwester und mein Schwager mussten zu einem dringenden Termin. Da habe ich mich breit schlagen lassen, meinen Neffen mitzubringen. Ich wollte dir auf keinen Fall absagen."

Was redete er denn da? Ich verstand nur Bahnhof. Ich war mit meinen Gedanken noch bei dem kleinen schlafenden Bündel im Inneren des Wagens.

„Emilia? Ist es ein Problem für dich? Ich hoffe nicht. Noah ist auch lieb!"

„Was?" Ich musste dringend aufhören, ihn so anzustarren, sonst hielt er mich noch für völlig verrückt. Er sah mir in die Augen, und ich vergaß direkt alles, was er gerade noch gesagt hatte. Wieder war ich vollkommen von seinen Augen verzaubert. Ob er wohl eine Sondergenehmigung dafür brauchte, dass er mich mit diesem Blick ansehen durfte? Ich konnte mir vorstellen, dass es durchaus verboten sein könnte, denn man verlor jeglichen Bezug zur Realität, wenn man in sie sah.

„Das ich meinen kleinen Neffen ohne Vorankündigung mitgebracht habe."

„Neffen? Oh nein, gar kein Problem. Ich liebe Kinder!" Ich hasste Kinder. Sie schreien die ganze Zeit und wollen die ungeteilte Aufmerksamkeit. Das konnte lustig werden.

„Puh, das fällt mir aber ein Stein vom Herzen. Ich hatte schon Angst, dass du mich jetzt wieder wegschicken würdest." Er wirkte erleichtert. Ich würde diesen Nachmittag sicher überstehen.

„Also das da im Auto ist Noah!" Ich blickte erneut den kleinen schwarzhaarigen Jungen an. Er wirkte recht friedlich und unschuldig. Vielleicht würde es auch gar nicht so schlimm werden, wie ich dachte. Vielleicht schlief er einfach die ganze Zeit oder tat eben das, was sonst so kleine Kinder taten.

„Oh… wie alt ist er denn?"

„Er ist gerade 3 Jahre alt geworden. Komm, steig ein. Auf was hast du Lust?" fragte er mich schließlich, als er auch eingestiegen war. Ich zuckte mit den Schultern.

Was für ein erstes Date. Wenn ich davon Elias erzählte, würde er sich sicher halb totlachen. Sowas konnte auch nur mir passieren. Da ließ ich mich tatsächlich darauf ein, mich mit einem Mann zu treffen, und dann kam das dabei raus. Ich hatte erwartet, wir würden vielleicht etwas essen gehen oder einen kleinen Spaziergang machen, aber diese Situation überforderte mich doch etwas.

„Okay!" sagte Oliver schließlich, als von mir keine großartige Idee zu kommen schien.

„Was hältst du davon, wenn wir in den Tierpark gehen? Noah liebt die Pinguine und wir könnten uns dort in Ruhe unterhalten. Ich möchte so vieles von dir wissen. Tut mir ehrlich leid. Ich hatte mir unser erstes Date auch etwas anders vorgestellt." Er lächelte mich entschuldigend an. Es war ein zauberhaftes Lächeln, damit konnte er vermutlich jeden um den kleinen Finger wickeln.

„Ich finde, das klingt super. Ich liebe den Tierpark. Warst du schon einmal in dem hier?" Oliver nickte.

„Ja, bis vor fünf Jahren habe ich auch noch hier gewohnt. Ich bin hier aufgewachsen." Er sah mich kurz an und blickte dann wieder konzentriert auf die Straße.

„Ach so, und wie kommt es, dass du jetzt am anderen Ende der Welt lebst?"

„Naja, soweit ist Hamburg nun auch nicht weg, aber es hatte berufliche Gründe. Mittlerweile gefällt es mir auch ganz gut. Es ist alles nicht so hektisch wie hier. Die Menschen sind entspannter, und das Meer ist so unglaublich nah. Man setzt sich nur kurz ins Auto und schon kann man am Strand spazieren gehen."

Sofort stellte ich mir vor, wie ich gemeinsam mit Oliver am Strand spazierte. *Emilia, hör auf.* Du kennst ihn doch nicht mal 24 Stunden, holte ich mich in die Realität zurück. Mittlerweile hatten wir den Tierpark erreicht und Oliver parkte ein. Holte den Kinderwagen aus dem Kofferraum und setzte Noah, der ihn mit großen Augen ansah, hinein.

„Hallo Noah, ich bin Emilia!" stellte ich mich bei dem Kleinen vor. Doch er starrte einfach durch mich hindurch. Ich blickte Oliver fragend an, der entschuldigend mit den Schultern zuckte.

„Nimm es nicht persönlich. Noah ist nicht wie andere Kinder. Er spricht nicht. Meistens hat man den Eindruck, dass er in seiner eigenen Welt lebt." Auf einmal hatte ich Mitleid mit diesem kleinen Jungen, dessen blaue Augen mindestens so schön waren wie die seines Onkels. In dieser Familie mussten wohl alle von einem guten Aussehen geplagt sein. Schlimme Sache. Wirklich zu bedauern.

Ich wandte mich wieder Oliver zu. „Warum?"

„Das wissen wir auch nicht. Die Ärzte haben ihn von Kopf bis Fuß untersucht, aber medizinisch scheint er völlig gesund zu sein."

„Das tut mir leid. Deine arme Schwester. Ist sicher nicht leicht für sie, oder? Ist sie älter als du?" Wir hatten den Eingang erreicht, und noch bevor ich nach meinem Geld suchen konnte, hatte Oliver bezahlt.

„Danke!"

„Ist doch selbstverständlich. Ich habe dich schließlich eingeladen! Meine Schwester ist ein paar Jahre älter als ich." Er lächelte mich an, und das erste Mal, seit er mich abgeholt hatte, erreichte sein Lächeln auch seine Augen. Er wirkte bisher eher bedrückt, aber sicher hatte er wirklich Angst gehabt, dass ich direkt weglaufen würde oder etwas in der Art, wenn er mit seinem Neffen um die Ecke käme. Doch dieses Kind war mir sympathisch. Wenn er nicht sprach, konnte er auch nicht nerven. Das waren böse Gedanken, musste ich ja zugeben, aber immerhin war das hier mein Date mit diesem unverschämt gutaussehenden Mann. Da durfte ich doch auch ein wenig egoistisch sein, oder? Ich hatte schließlich nur diesen einen Tag mit ihm.

„Kommst du sie denn oft besuchen?" fragte ich ihn schließlich und fand es überaus schlau von mir, da ich so direkt herausfinden konnte, wie oft er hier war. Durch seinen gekonnten Umgang mit Noah konnte es meiner Meinung nach nicht so selten sein, auch seine Handgriffe im Umgang mit Buggy und Kindersitz wirkten routiniert und sicher.

„Wen?"

„Na deine Schwester, mein ich. Sie ist sicher froh, dass sie einen Bruder wie dich hat, oder?" Plötzlich fing dieser kleine Junge doch an, Geräusche von sich zu geben. Ich erschrak.

„Pinguine!" antwortete Oliver nur knapp. Oh mein Gott, Noah war plötzlich wie ausgewechselt und zappelte quietschend in seinem Kinderwagen. Das war niedlich.

„Komm, wir setzen uns hier auf eine Bank." Ich nickte und nahm neben Oliver Platz, der den Buggy so stellte, dass Noah weiter begeistert die Pinguine beobachten konnte, und drehte sich dann zu mir. Der Zoo war trotz Wochenende und schönem Wetter zum Glück recht leer, sodass Noah die Pinguine ungestört beobachten konnte, ohne dass ihm der Blick durch zu viele Menschen versperrt wurde.

„In letzter Zeit war ich eher selten hier. Leider. Ich hatte viel um die Ohren und wenig Zeit."

„Also studierst du nicht. Daran kann ich mich erinnern. Was machst du denn, wenn es so viel Zeit in Anspruch nimmt?"

„Ich leite zusammen mit meinem besten Freund ein Unternehmen in Hamburg. Nichts besonders, aber es läuft ganz gut. Besser als wir anfangs gedacht hätten." erklärte er. Ich meinte zu spüren, wie etwas Stolz in seinen Worten lag.

„In welcher Branche?" fragte ich daher nach, und es interessierte mich auch wirklich. Ich wollte einfach mehr von ihm erfahren, auch wenn es keine Rolle spielte, da es an meinem Grundsatz nichts ändern würde. Doch jetzt wollte ich nun mal nicht über später nachdenken oder über das, was wir taten. Ich wollte nur ein paar ungestörte Stunden mit ihm verbringen. Es tat gut, endlich nur ich selbst sein zu können.

„Medizinprodukte, aber lass uns lieber von dir reden! Du studierst also Medizin und meistens macht es dir Spaß. Weißt du schon, was du für eine Richtung nach deinem Studium einschlagen willst?" Gerade als es interessant wurde, lenkte er wieder ab. Medizinprodukte. Das war auch für mich spannend, und was gab es bei mir schon viel zu erzählen.

„Na ja, eigentlich wollte ich mich nicht auf ein spezielles Gebiet beschränken. Ich wollte erst mal in der Chirurgie anfangen, aber mein Traum ist, nach ein paar Jahren Erfahrung und meinem Doktor eine eigene Praxis zu eröffnen."

„Wow, das klingt super. Ich finde Ärzte nach wie vor beeindruckend, und ich weiß, wovon ich rede, denn wir arbeiten viel mit ihnen zusammen. Eine eigene Praxis bedeutet viel Verantwortung und auch viel Wissen. Das verdient Respekt. Willst du in Berlin dafür bleiben?"

Er gab völlig selbstverständlich Noah einen kleinen Becher mit Wasser. Dabei fiel ihm eine Haarsträhne ins Gesicht. Verdammt, wie konnte ein Mann nur so sexy sein. Am liebsten hätte ich sie ihm einfach aus dem Gesicht gestrichen. Automatisch gingen meine Gedanken an letzte Nacht zurück, als ich ihm auf seinem Arm so nah war. An seinen Geruch und wie sicher ich mich trotz allem einfach fühlte. In meinem Bauch kribbelte es unaufhörlich.

„Ich denke schon. Warum?" fragte ich ihn. Er sah wieder zu mir, und sein Blick traf dieses Mal genau in mein Herz.

„Weil ich dich gerne näher kennenlernen möchte, Emilia." Das saß. Damit hatte er ganze Bienenschwärme in mir zum Leben erweckt, und ich spürte die Wärme, die in mein Gesicht stieg. Konnte das mit dem Rotwerden denn nie aufhören? Immerhin war ich doch keine 15 Jahre mehr alt.

„Natürlich nur, wenn du das auch willst?" Jetzt wirkte er etwas verschüchtert. Was sollte man denn auf so eine Frage antworten? Dass ich keinen Mann mehr in mein Leben lassen wollte, war im Moment wohl nicht sonderlich glaubhaft. Schließlich war ich es, die ihm zuerst geschrieben hatte und sich so auf dieses Date mit ihm eingelassen hatte. Zum Glück rettete Noah die Situation, indem er anfing zu weinen. Zum ersten Mal war ich froh, dass wir nicht allein waren. Andererseits auch enttäuscht, denn sofort hatte er die ungeteilte Aufmerksamkeit von Oliver.

„Was ist denn los? Sind die Pinguine alle weg? Die müssen jetzt sicher schlafen. Weißt du, die sind bestimmt ganz müde vom vielen Rumschwimmen. Na komm mal her!" redete er auf ihn ein, nahm ihn schließlich auf seinen Arm, wischte seine Tränen weg und drückte ihm einen Kuss auf die Wange.

Ich warf einen kurzen Blick auf die Aquarien, und tatsächlich waren sie plötzlich alle weg. Blöde Viecher. Hätten sich nicht warten können?

„Sssch… komm, wir gucken mal nach den Bären. Die sind doch auch toll." Ich sah, wie Noah nickte und sich an Olivers Schulter kuschelte. Verflixt, in diesen Mann konnte man sich doch nur verlieben. Er ging so liebevoll mit diesem kleinen, weinenden Kind um, dass einem ganz warm wurde und man am liebsten auch anfangen würde zu schreien, nur um auch von ihm auf den Arm genommen zu werden und sich an ihn zu kuscheln. Ich fragte mich so langsam, ob ich den Verstand verlor. War ich gerade eifersüchtig auf ein kleines Kind? Was stimmt eigentlich nicht mehr mit mir?

Oliver stand langsam auf, ohne Noah wieder in den Wagen zu setzen.

„Tut mir echt leid." Sah er mich entschuldigend an.

„Ach, ist doch kein Problem. Mir wurde eh langsam kalt vom Sitzen." Log ich. Immerhin hatten wir Mitte August und vermutlich 30 Grad im Schatten. Einen Moment liefen wir schweigend weiter, während Oliver mit einer Hand Noah hielt und mit der anderen den Buggy vor sich herschob. Mittlerweile hatte er sich wieder etwas beruhigt und sah sich interessiert um. Irgendwie war er schon niedlich, schoss es mir in den Kopf. Gerade mir, die nächtelang Albträume gehabt hatte, als sie nur einen Tag mit der Tochter ihrer Cousine auf deren Hochzeit verbracht hatte. Die Kleine schrie, was das Zeug hielt, und hatte mir einmal, als ich versuchte, nett zu sein, mitten in mein Gesicht übergeben. Alle fanden das auch noch süß, doch ich hatte tagelang später immer noch den Gestank in den Haaren. Doch dieser kleine Junge hier schien anders zu sein. Seine Augen hatten so geleuchtet, als er die Pinguine sah, und jetzt hatten sie wieder einen Schleier. Er schien in seiner eigenen Welt traurig zu sein. Was hatte er in seinem kurzen Leben nur für Sorgen, die ihn nicht reden ließen?

Ich spürte plötzlich Olivers Blick auf mir.

„Ist alles okay? Es tut mir echt leid, Emilia. Ich hatte es mir auch anders vorgestellt. Ich konnte die ganze Nacht nicht schlafen, weil ich immer an dich denken musste und mich schon so gefreut habe, dich endlich wiederzusehen. Keine Ahnung, was du gestern mit mir angestellt hast."

Bitte, was hatte er da gerade gesagt? Konnte er das nochmal wiederholen? Ich war gedanklich noch bei Noah. Gab es hier irgendwo eine Return-Taste?

„Es ist alles okay, mach dir keine Gedanken. Du musstest also an mich denken?" Ich musste es nochmal hören. War mir nicht mehr so sicher, ob ich es mir vielleicht nur eingebildet hatte.

„Ja, wundert dich das etwa? Ich fand die Stunden gestern echt schön mit dir. Klingt das jetzt bescheuert?" Ich schüttelte den Kopf.

„Nein, finde ich nicht. Ganz im Gegenteil. Das klingt irgendwie süß… ich musste…,"

„Was hast du denn, Noah?" Schon wieder fing er an zu weinen. Hatte ich ihn gerade echt noch niedlich gefunden? Oliver sprach immer wieder auf ihn ein, aber dieses Mal wollte er sich echt nicht beruhigen.

„Ich denke, es ist besser, wenn wir fahren. Noah ist sicher müde." Ich versuchte, verständnisvoll zu lächeln. Er konnte schließlich auch nichts dafür. Also gingen wir

Richtung Ausgang. Noah weinte nun etwas leiser, aber auch als Oliver ihn in seinen Sitz gesetzt hatte, wollte er nicht ganz aufhören. Ich sah, wie er mir immer wieder entschuldigende Blicke zuwarf, als er zu mir fuhr. Ich entschied mich, lieber auf die Musik zu konzentrieren. Es lief gerade der neueste Song von Ed Sheeran, und im Gedanken stand ich mir ein, er hatte immerhin einen guten Musikgeschmack.

Als Oliver schließlich das Auto zum Stehen brachte, ging meine Hand sofort zur Tür, und ich wollte nur noch aussteigen. So unangenehm und erdrückend fand ich die Stimmung, die entstanden war.

„Emilia!" Ich drehte mich noch einmal um.

„Habe ich noch eine zweite Chance?" Ich sah in zwei traurig wirkende Augen. Er schien mich echt nett zu finden und es ernst zu meinen.

„Du schon!", antwortete ich knapp und stieg schließlich aus. Erst an der Tür drehte ich mich nochmal um, aber da war er längst weg. Jetzt dachte er sicher, ich wäre eine Zicke, aber das war mir egal. Schließlich war ich an ihm interessiert und nicht an einem 3-jährigen Quälgeist. Mist, hatte ich mir gerade echt eingestanden, dass ich interessiert war? Ich ließ mich völlig erschöpft auf mein Bett fallen und wühlte nach meinem Handy. Sieben Anrufe in Abwesenheit. Allesamt von Elias. Ich warf einen Blick auf die Uhr. Es war schon kurz nach sechs Uhr abends. Ich war überrascht, denn ich hatte nicht gedacht, dass ich so lange mit Oliver unterwegs war. Es hatte sich so kurz angefühlt. Kurz tauchten seine

Augen vor mir auf. Wie sie mich entschuldigend ansahen. Jetzt tat es mir leid, dass ich mich so blöd von ihm verabschiedet hatte. Ich würde ihn schließlich nicht wiedersehen. Später sollte ich eine Nachricht mit einer Entschuldigung schicken und dass es ohnehin keinen Sinn mit uns gehabt hätte, aber jetzt musste ich erst mal Elias anrufen.

Ich wählte die Nummer und wartete, bis er abnahm.

„Mensch, endlich, Emilia! Ich habe mir schon Sorgen gemacht! Ich war schon bei dir, aber Rosa hat dich auch nicht gesehen heute. Ist alles okay bei dir? Bist du gut nach Hause gekommen? Mein Wagen stand noch bei Carola. Ich habe ihn vorhin mit Ben dort abgeholt. Ohhh… Emilia, er ist soooo wunderbar!!" Elias holte einfach nie Luft. Er redete ohne Punkt und Komma auf mich ein. Dabei waren meine Gedanken noch ganz woanders, aber woher sollte er das wissen? Immerhin war die Wahrscheinlichkeit eines Dates bei mir geringer als ein Lottogewinn.

„Es ist alles okay. Ich war unterwegs. Außerdem hatte ich getrunken gestern Abend und konnte nicht zurückfahren. Und jetzt erzähl, was ist mit Ben?" Damit hatte ich quasi das Stichwort gegeben und er glich eher einem Maschinengewehr mit unendlicher Munition. Ich schnappte immer wieder Worte wie süß, zärtlich und verliebt auf. Ich gab ab und zu ein „Oh" oder „Hm" von mir, und das schien Elias zu reichen. Was war ich nur für eine Freundin heute, die ihm nicht mal richtig zuhörte? Elias nahm das mit dem Verliebtsein echt leicht. Ich konnte mir nicht vorstellen, dass man immer gleich von Liebe sprechen konnte. Schwärmerei traf es doch eher. So wie ich vielleicht auch begonnen hatte, für Oliver zu schwärmen, ohne dass ich es wollte.

„Ok Em? Hast du Lust?" riss mich Elias aus meinen Gedanken. Oh, was hatte er gesagt? Verdammt, ich hatte ihm vermutlich die letzten Minuten nicht einmal mehr zugehört.

„Was?" fragte ich deshalb nach.

„Hörst du mir eigentlich überhaupt zu? Mensch Emilia, ich habe dich gefragt, ob du Lust hast, mit uns noch etwas in die Stadt zu gehen. Ben möchte dich gerne als meine beste Freundin kennenlernen. Ich glaub, er meint es echt ernst!" Meinten sie das bei Elias nicht immer alle? Ich musste schmunzeln. So war er eben. Ich kannte ihn gar nicht anders. Ein bisschen konnte man ihn für diese Leichtigkeit in diesen Dingen beneiden.

„Nein, tut mir leid, nicht heute, okay? Ich muss echt noch lernen, schließlich habe ich schon gestern Abend und heute den ganzen Tag verloren!"

„Wo warst du überhaupt?" Heute Morgen war Elias noch der Erste, dem ich alles erzählen wollte, doch jetzt war ich mir nicht mehr so sicher, ob es überhaupt der Rede wert war. Er würde sicher alles bis ins kleinste Detail wissen wollen und es analysieren, aber dazu hatte ich jetzt einfach keine Lust mehr. Ich wollte in Ruhe über alles nachdenken und mich bei Oliver für mein zickiges Verhalten vorhin vielleicht noch entschuldigen. Also antwortete ich Elias nur knapp.

„Ich war in der Stadt! Brauchte ein bisschen Pause vom Lernen." Was so in etwa der Wahrheit entsprach. Der Tierpark lag in der Stadt und es gab dort reichlich frische Luft. Dass ich dort mit Oliver, dem Typen von der Party gestern, und seinem Neffen war, erwähnte ich nicht. Zum Glück gab Elias sich damit zufrieden. Er schien ohnehin viel zu beschäftigt mit seinem Ben, als dass er heute irgendwas anderes wahrnahm, und so verabschiedeten wir uns schließlich.

Notiz an mich: Dates waren einfach nichts für mich!

Eine zweite Chance?

Ich spürte, dass ich allmählich Hunger bekam und durchsuchte schließlich unsere Küche, doch scheinbar waren weder Rosalie noch ich zum Einkaufen gekommen, und außer einem abgelaufenen Joghurt war nichts mehr da. Selbst Rosalie schien weiterhin nicht hier zu sein. Manchmal fragte ich mich, ob sie überhaupt noch hier wohnte, so selten wie sie noch da war. Ich konnte sie verstehen. Eric wohnte immerhin allein, und dort fühlten sie sich sicher wohler und ungestörter.

Ich entschied mich dann schließlich nur für einen Kaffee und wollte mich lieber mit meinen Büchern als mit meinem Hunger beschäftigen. Vielleicht fiel mir dabei auch die passende Entschuldigung für mein Verhalten ein, die ich Oliver schreiben könnte. Gerade als ich mein Buch aufschlug und das Herz vor mir sah, fragte ich mich, ob es in einem meiner schlauen Bücher auch eine Erklärung dafür gab, dass es immer in Verbindung mit der Liebe gebracht wurde, vibrierte mein Handy. Was hatte Elias denn noch vergessen zu erzählen? Schließlich hatte er fast zwei Stunden auf mich eingeredet, wie mir ein Blick auf die Uhr verriet.

Oliver: *„Hunger?"*

Ich starrte auf mein Display. Nur sechs Buchstaben, mehr nicht, und trotzdem bekam ich Herzklopfen. Wie schaffte dieser Typ das nur? Sowas passierte mir doch sonst nicht. Ich drehte mein Handy lange hin und her, bevor ich mich entschied zu antworten.

Emilia: *„Kannst du Gedanken lesen?"*

Oliver: *„Das ist nur eine meiner geheimen Fähigkeiten! Ich bin in fünf Minuten bei dir!"*

Eins musste man ihm lassen: Er war sehr überzeugt von sich. Ich hatte schließlich nicht gesagt, dass ich mit ihm zusammen etwas gegen mein Hungergefühl tun wollte, aber natürlich wollte ich das. Ich sprang vom Stuhl ins Bad. Was sollte ich denn noch in fünf Minuten retten? Ach egal. Ich tauschte nur mein Oberteil gegen ein leichtes Sweatshirt, nahm meine Tasche und Jacke und ließ die Tür ins Schloss fallen. Als ich zur Straße kam, stand Oliver dort bereits und wartete auf mich. Er sah so unverschämt gut aus, wie er dastand. Er trug eine dunkle Jeans und ein schlichtes weißes Hemd, dessen Ärmel er hochgekrempelt hatte. Ich fand, dass seine Augen durch das Weiß noch viel mehr strahlten. Ich fand ihn unglaublich und atemberaubend, ich musste es mir eingestehen.

„Hi!", sagte er schüchtern, als ich schließlich vor ihm stehen blieb.

„Hi! Neuer Versuch?" Sieh ihm nicht in die Augen! Sieh ihm nicht in die Augen! Oh nein, ich konnte nicht anders. Sofort wurde mir wieder warm, und dieses verdammte Herzklopfen war zurück.

„Ja, neuer Versuch. Danke! Tut mir echt leid wegen heute Nachmittag! Sonst ist Noah immer ganz lieb. Ich weiß auch nicht, was los war! Es war wohl kein guter Tag für ihn heute."

„Machst du das also öfter, deinen Neffen mit zum ersten Date nehmen, um bei den Frauen zu punkten, oder was?" Jetzt sah er mich erschrocken an. Er fühlte sich scheinbar entlarvt. Aber schnell änderten sich seine Gesichtszüge zu einem Lächeln.

„Klar, die anderen sind immer ganz hin und weg von ihm und seinem Charme … Nein, ehrlich Emilia, es tut mir wirklich leid, und ich bin froh, dass wir jetzt eine zweite Chance bekommen. Lass uns nicht länger darüber reden, okay? Also worauf hast du Hunger? Ich lad dich ein!" Vermutlich mochten die meisten Frauen Kinder und waren von seinem Umgang mit ihnen ganz hin und weg, weil sie sofort den perfekten Vater für ihre Kinder in ihm sahen. Ich musste auch zugeben, er war schon ausgesprochen süß, wie er mit ihm so im Arm dastand, aber ich war eben immer anders als die meisten. Ich wollte keine! Darin lag der Unterschied! Meine Familie hatte mir eben nicht gerade die perfekte Grundlage dafür gegeben.

„Wie wäre es mit Chinesisch?", antwortete ich schließlich, und Oliver hielt mir die Tür auf.

„Wie Sie wünschen, Madame! Darf ich bitten?" Ich stieg lächelnd ein.

Während der Fahrt unterhielten wir uns dieses Mal die ganze Zeit, und Oliver wirkte viel entspannter als noch heute Mittag. So, als wäre ihm eine Last von den Schultern gefallen. Er war wieder ganz der Mann, den ich gestern Abend am Pool getroffen hatte.

„Und dann hat er mir ganze zwei Stunden von ihm erzählt, und ich kann dir nicht mal sagen was, außer dass Ben süß und zärtlich ist und die Liebe seines Lebens." Ich erzählte ihm gerade mein Telefonat mit Elias. Oliver lachte.

„Du bist aber echt eine miese Freundin. Solltest du dich nicht ein bisschen mehr für ihn freuen?", tadelte er mich scherzhaft und sah mich kurz an.

„Das tue ich ja auch, aber man kann doch nicht schon nach einem Tag von Liebe reden, oder??" Ich lachte immer noch, als Oliver einparkte und sich zu mir drehte.

„Das dachte ich auch immer, aber ich bin mir gar nicht mehr so sicher plötzlich! Ich denke, es gibt dafür einfach keine Regeln oder Gesetze. Manchmal passiert das einfach so, wenn man schon gar nicht mehr damit rechnet oder es erwartet. Los, komm, du hast Hunger und ich auch!" Ich blickte ihn verwirrt an. Dachte er das wirklich? Konnte da was dran sein? Ich schüttelte innerlich meinen Kopf und stieg schließlich aus. Gemeinsam traten wir in das kleine Lokal und bekamen einen Tisch auf der Terrasse. Ich konnte mich gar nicht mehr daran erinnern, wann ich das letzte Mal essen war. Eigentlich hatte ich für sowas einfach keine Zeit, da ich das einzige freie Wochenende im Monat sonst damit verbrachte, all die Dinge zu erledigen, für die ich sonst keine Zeit hatte.

„Guten Abend. Wünschen Sie Buffet oder Karte?", wurden wir von einer Kellnerin begrüßt, besser gesagt, Oliver wurde von ihr begrüßt. Ich schien Luft zu sein für sie. Unverschämt. Oliver warf mir einen fragenden Blick zu.

„Karte, mein Liebling! Wie immer", antwortete ich schließlich mit einem übertrieben arroganten Unterton. Die Kellnerin warf mir einen bösen Blick zu und gab uns schließlich die Karten.

„Was möchten Sie trinken?"

„Eine Flasche Cabernet Sauvignon und dazu eine große Flasche Wasser, bitte!", antwortete Oliver, und ich sah ihn an.

„Den magst du doch so gerne, Liebling!" Seine Betonung lag dabei so sehr auf dem Wort Liebling. Ich konnte mein Lachen kaum unterdrücken. Damit wackelte die Kellnerin zickig weg. Da prustete ich los und schüttelte den Kopf.

„Was ist? Du hast damit angefangen!", gab er entschuldigend von sich.

„Na, wie unhöflich ist das bitte, dir hier einfach schöne Augen zu machen. Was denkt sie sich denn? Ich könnte schließlich deine Freundin oder so sein", erklärte ich mich und fand es großartig. Er verstand meine Art von Humor.

„Vielleicht sollte ich sie daran erinnern." Seine Worte hatten einen spielerischen Unterton, aber sein Blick – der war ernst. Ich versuchte, die Hitze in meinem Gesicht zu ignorieren, die bei dieser Aussage unvermeidlich aufstieg.

„Und was ist bitte Cabernet Sau-irgendwas?" Jetzt war es an Oliver, der herzhaft lachte.

„Sind Sie etwas eifersüchtig, Emilia? Cabernet Sauvignon ist ein Rotwein! Er schmeckt sehr fruchtig." Hatte er mich gerade ernsthaft gefragt, ob ich eifersüchtig gewesen bin? Ich? Eifersüchtig? Blödsinn. Das war mir ein vollkommen unbekanntes Gefühl, da es im Zusammenhang mit Liebe stand. Ich ging nicht näher darauf ein.

„Okay, ich bin gespannt. Fruchtig klingt gut. Hauptsache kein Wodka! Nie wieder!" Sofort fiel mir der gestrige Abend wieder ein. In meinen Augen hatte ich mich ziemlich peinlich benommen und konnte das Interesse von Oliver an mir nach diesem Abend nicht wirklich verstehen.

„Ich fand dich gestern süß. Also, falls du lieber Wodka möchtest, können wir später da sicher noch was dran machen." Er grinste mich frech an, was ihn Noah plötzlich wahnsinnig ähnlichsehen ließ, musste ich feststellen.

„Aber du hast mir gar nicht geantwortet. Warst du etwa eifersüchtig auf die nette Bedienung?", hinterfragte er erneut. Scheinbar hatte er bemerkt, dass ich nicht näher auf seine Frage eingehen wollte. Er durchschaute mich nach ein paar gemeinsamen Stunden besser, als gut war. Ich überlegte noch einen Moment, bevor ich antwortete, und tat so, als würde ich die Karte gründlich studieren. So konnte ich etwas Zeit schinden und mir eine plausible Antwort ausdenken. Schließlich waren wir zum Essen und nicht zum Reden hier. Ich spürte, wie sein Blick die ganze Zeit auf mir lag. Sofort beschleunigte sich mein Herzschlag wieder. Ganz zu Beginn meines Studiums hatte ich mir immer alle Krankheiten, von denen ich las, eingebildet. Ich war froh, dass das mittlerweile vorbei war, sonst würde ich jetzt vermuten, dass ich kurz vor einem Herzinfarkt stand, so wie mein Herz hier rumstolperte. Absolute Herzrhythmusstörungen. Definitiv intensivpflichtig!

„Okay, vielleicht ein bisschen schon … oder ich weiß nicht, ich fand nur, dass sich das einfach nicht gehört, und darum wollte ich ihr zeigen, dass du eben zu mir gehörst … na ja, das tust du ja eigentlich gar nicht, aber … ach, ich weiß auch nicht, was ich sagen will … vergiss es einfach." Super. Irgendwie fielen mir plötzlich Elias' Worte ein, der in solchen Situationen immer sagte, bevor man in einem Glashaus mit Steinen wirft, sollte man sicher wissen, ob das Glas nicht bruchsicher ist, damit der Stein nicht zurückkommt und gegen den eigenen Kopf schlägt. Ich schaffte es, mich schon immer gut in unangenehme Situationen zu bringen, weil mein Mund dann plötzlich schneller war als mein Kopf. Glücklicherweise kam es sehr selten vor, was allerdings den Nachteil hatte, dass ich dann nicht mehr wusste, wie mich daraus noch zu retten.

„Haben Sie schon gewählt?" riss mich eine Stimme aus meinen Gedanken. Beide nickten wir und bestellten schließlich. Zum Glück kam dieses Mal jemand anderes, um die Bestellung entgegenzunehmen.

„Weißt du eigentlich, wie süß du aussiehst, wenn du so nachdenklich bist? Fast genauso süß, wie wenn man dir ein Kompliment macht. Du versuchst dann immer schnell das Thema zu wechseln und wirst ganz rot ... so wie jetzt schon wieder!" Ich musste mir keine Gedanken machen um Steine. Ich war ein Glashaus, und Oliver konnte genau in mich hineinsehen.

„Du bist wirklich eine unbeschreibliche Frau, das wusste ich schon, als ich dich gestern am Pool sitzen sah. Dass du irgendwie anders bist. Aber eben definitiv anders gut. Keine Ahnung warum. Außerdem bist du unglaublich hübsch, dessen du dir scheinbar nicht mal bewusst bist."

Schlag weiter, Herz! Hör jetzt nicht auf! Ich will weiterleben! Bilde dir nicht ein, jetzt einfach aufzugeben!

„Ich war gestern etwas betrunken. Ich weiß nicht, ob das so wirklich ich war. Es fällt mir schwer zu glauben, dass du das gut fandest."

„Siehst du, du tust es schon wieder. Nimm es doch einfach hin, dass ich dich wirklich umwerfend und wahnsinnig interessant finde, Emilia! Ich muss es nicht sagen, wenn es in meinen Augen nicht so wäre. Aber jetzt Schluss damit, ich will nicht, dass du mich den ganzen Abend nur anschweigst. Ich mag es, wenn du mit mir sprichst, geschwiegen hast du heute Nachmittag schon genug. Du magst Kinder nicht wirklich, oder?" Ich sortierte meine Gedanken. Ich hatte später genug Zeit, über seine Worte nachzudenken, wenn ich allein war. Unser Essen wurde serviert, und ich begann gedankenverloren darin herumzustochern.

„Nein, nicht wirklich, das heißt, besser gesagt, ich kann nichts mit ihnen anfangen, aber ich hatte auch noch nicht so viele Erlebnisse mit ihnen, außer einmal, als meine Großcousine … nein, darüber will ich beim Essen lieber nicht reden. Ich wollte nur nicht unhöflich klingen. Sie sind nur laut und wollen die ganze Zeit Aufmerksamkeit, verstehst du, wie ich das meine? Du warst so lieb zu Noah, ich glaub, so könnte ich nie sein. Für mich stand eben einfach immer fest, dass ich nie Kinder haben werde." Sofort kam mir wieder das Bild vor Augen, wie sich Noah an Oliver gekuschelt hatte und ich gerne an seiner Stelle gewesen wäre. Ich verstand selbst nicht, wie dieser Mann so schnell derartige Gefühle in mir auslöste. Dass er es geschafft hatte, so schnell mein Vertrauen zu bekommen, und ich mit ihm essen ging.

„Man lernt damit umzugehen. Ich dachte auch immer, dass ich das nicht könnte, aber so schwer ist es gar nicht, und na ja, Noah ist wirklich pflegeleicht. Er hört gerne zu, wenn man mit ihm redet oder ihm Geschichten erzählt. Er kann sich auch stundenlang allein mit seinen Spielsachen beschäftigen."

„Du hast ihn sehr gern, oder?" Oliver nickte. Irgendwas war eigenartig, fand ich, wenn er von dem kleinen Jungen sprach, aber darüber wollte ich jetzt nicht nachdenken oder reden. Schließlich war er jetzt nicht da, und was spielte er da für eine Rolle? Also wechselte ich das Thema.

„Wie lange bist du noch in Berlin?" Diese Frage brannte mir schon die ganze Zeit auf der Seele, aber jetzt, wo ich sie ausgesprochen hatte, wünschte ich, ich könnte die Worte zurücknehmen.

Er seufzte leise, und die wenigen Sekunden, die er schwieg, fühlten sich an wie eine Ewigkeit. „Ich mag gar nicht daran denken, aber morgen muss ich zurück. Mein Flug geht um 19 Uhr."

Ich nickte, als hätte ich das ohnehin erwartet, doch innerlich zog sich alles in mir zusammen. Morgen. Das bedeutete, dass all das hier. Sein Lächeln, seine Nähe, dieses unfassbare Gefühl – in weniger als 24 Stunden vorbei sein würde.

„Du fliegst? Lässt du dein Auto hier?"

„Ja, ich lass es am Flughafen stehen, damit ich mir kein Taxi nehmen muss oder so. Ich pendele ziemlich häufig hin und her", erklärte er mir, als wäre es das Normalste der Welt.

„Okay, du benutzt also ernsthaft dieses Auto nur hier in Berlin, um ab und zu mit deinem Neffen durch die Gegend oder betrunkene Frauen nach Hause zu fahren?", versuchte ich zu verstehen. Oliver nickte nur etwas verlegen. Wer war bloß dieser Mann? Und wie viele Geheimnisse umgaben ihn? Ich wusste einfach nichts über ihn. So viel stand natürlich fest.

„Und was hast du in Hamburg stehen? Deine eigene Limousine?", scherzte ich, aber er zuckte nur leicht mit den Schultern.

„So was in der Art, aber was spielt das schon alles für eine Rolle? Auto ist Auto. Es bringt mich von einem Ort zum anderen. Hauptsache es ist sicher. Ich find es einfach schade, dass ich nicht mehr Zeit habe, dein Herz zu erobern. Die Männer stehen sicher schon Schlange. Da wirst du nicht warten, bis ich wieder zurück bin." Ich schluckte schwer. Er meinte es ernst, und ich musste zugeben, auch ich wollte diesen Mann von Sekunde zu Sekunde mehr näher kennenlernen, selbst wenn er in einer alten verwaschenen Jeans und Holzfällerhemd vor mir stehen würde anstelle seines in meinen Augen perfekten Outfits. Wenn er nur wüsste. Es gab seit Jahren keinen einzigen Mann. Keiner, der auch nur annähernd mein Interesse so sehr weckte, wie er es im Augenblick tat. Es war ein unbeschreibliches Gefühl, welches mich vom ersten Moment an zu ihm zog. In seiner Nähe fühlte ich mich überraschenderweise sofort wohl und sicher. Bei ihm war es möglich, dass meine Ängste nicht die erste Stelle bei meinen Gefühlen annahmen. Sie rückten in den Hintergrund und schlummerten leise vor sich hin. Das fühlte sich völlig fremd und neu an für mich. Dieses Gefühl gab mir sonst nur Elias, und wir kannten uns bereits unser ganzes Leben. Davon ab, war Elias eben auch nie ein Mann gewesen, der andere Gefühle in mir geweckt hatte als die, die ich vermutlich auch für einen

Bruder gehabt hätte. Ich trank schnell einen großen Schluck Wein, bevor ich schließlich antworten konnte.

„Die Schlange ist nicht sehr lang, da hast du gute Karten. Ich würde sogar sagen, du bist der Erste und Einzige in ihr." Oliver strahlte mich an. Seine Augen hatten dann diesen besonderen Glanz. Es machte ihn noch schöner. Ich versuchte weiter zu essen, aber mittlerweile waren meine Nudeln kalt und mein Hunger auch nicht mehr vorhanden.

„Möchtest du noch einen Nachtisch?" Ich schüttelte den Kopf.

„Ich bekomm nichts mehr runter, danke!"

„Du hast aber gegessen wie ein Spatz. Ich glaub, Noah hat einen besseren Appetit als du. Sollen wir dann bezahlen und vielleicht noch ein bisschen spazieren gehen? Es ist noch so warm heute Abend, und ich bin noch nicht dazu bereit, dich gehen zu lassen."

„Sehr gern." Oliver ließ also die Rechnung kommen und zahlte natürlich auch für mich. Gemeinsam gingen wir Richtung Stadtpark, der direkt am Restaurant grenzte. Eine Zeitlang gingen wir nur schweigend nebeneinanderher, aber es fühlte sich nicht unangenehm an. Es war ein angenehmes Schweigen dieses Mal, nicht wie am Nachmittag. Jeder schien seine Gedanken und Gefühle für sich zu sortieren. Schließlich waren es ziemlich viele Eindrücke in den letzten 24 Stunden.

„Ich habe so etwas noch nie erlebt", brach Oliver es schließlich. Ich sah ihn fragend an.

„Was meinst du?"

„Dass ich mich so schnell zu einer Frau hingezogen fühle. Ich bin nicht mehr der Typ Mann, der auf der Suche ist. Aber du ziehst mich einfach in deinen Bann. Ich kann nicht anders, so etwas ist mir noch nie passiert. Was ist mit dir? Was denkst du?", antwortete er.

„Ich weiß nicht, wie ich es beschreiben soll, aber ich hatte auch von der ersten Sekunde das Gefühl, ich würde dich schon ewig kennen. Bei dir hatte ich direkt das Gefühl, sicher zu sein. Eigentlich kenne ich das nicht", fügte ich zögerlich hinzu, während ich meinen Blick auf den Kiesweg vor uns richtete. Es fühlte sich seltsam an, so offen zu sein, vor allem vor jemandem, den ich kaum kannte. Doch bei Oliver war es anders. Bei ihm schien es fast, als würde jede Mauer, die ich je gebaut hatte, von selbst einstürzen.

„Das freut mich", sagte er leise und ließ den Moment zwischen uns wirken. Seine Stimme war warm, fast sanft, und ich spürte, wie sich meine Anspannung ein Stück weit löste.

„Sicher zu sein, das ist wichtig. So sollte man sich fühlen, oder? Bei der richtigen Person."

Ich nickte, unfähig, ihm in diesem Moment in die Augen zu sehen, weil ich wusste, dass sein Blick mich endgültig aus der Fassung bringen würde.

„Ja, wahrscheinlich schon. Aber ich… ich weiß nicht, ob ich bereit bin." Die Worte waren kaum mehr als ein Flüstern, doch sie schienen schwer in der Luft zu hängen.

Oliver blieb stehen, und ich musste innehalten, um nicht weiterzugehen. Er drehte sich zu mir, seine blauen Augen suchten meinen Blick.

„Man ist nie ganz bereit, Emilia", sagte er ruhig. „Man kann warten, hoffen, planen, aber am Ende passiert das Leben einfach. Und dann muss man entscheiden, ob man den Mut hat, es zuzulassen."

Sein Blick durchbohrte mich, und für einen Moment vergaß ich alles um uns herum. Es war, als würden wir beide in einer eigenen kleinen Welt stehen, abgeschottet von all den Zweifeln und Ängsten, die sonst in meinem Kopf tobten.

„Ich weiß nicht, ob ich mutig genug bin", gab ich zu und spürte, wie meine Stimme brach. Es war das Ehrlichste, was ich je zu jemandem gesagt hatte, und es machte mich gleichzeitig verletzlich und befreit.

Oliver lächelte leicht, trat einen Schritt näher und streckte die Hand aus. Seine Finger berührten sanft meine, ein Hauch von Berührung, der ein warmes Kribbeln durch meinen Körper schickte. „Vielleicht musst du das auch nicht allein sein. Vielleicht bin ich genau deshalb hier."

Seine Worte ließen mein Herz schneller schlagen, doch sie jagten mir auch Angst ein. Aber statt zurückzuweichen, ließ ich mich von ihm führen. Seine Hand blieb nur einen Moment länger auf meiner, bevor er sie zurückzog.

„Ich bin bereit, mir Zeit zu nehmen", sagte er mit einer Ernsthaftigkeit, die mich überraschte. „Du musst mir nichts beweisen, nichts überstürzen. Aber ich hoffe, du lässt mich dir zeigen, dass es sich lohnen könnte."

Ich atmete tief ein, während ich über seine Worte nachdachte. Es gab so vieles, was mich zurückhielt, doch vielleicht war genau das der Moment, an dem ich aufhören sollte, mich dagegen zu wehren.

„Vielleicht könnte ich es versuchen", sagte ich schließlich, leise, aber bestimmt. „Vielleicht."

Oliver lächelte. Dieses warme, strahlende Lächeln, das mich seit gestern in seinen Bann zog. „Vielleicht reicht mir völlig aus."

Wir gingen weiter und plötzlich wechselte Oliver abrupt das Thema. Er schien wirklich gut darin zu sein, das Gespräch zu lenken. Aber damit hatte ich dank Elias jahrelange Erfahrung. Damit kam ich klar. Ich hatte mich damit abgefunden, dass Gespräche schnell in eine andere Richtung gingen, besonders wenn jemand so charmant war wie Oliver. Vielleicht war er selbst von seinen und meinen Worten überrascht. Doch auch ich verstand genau, was er meinte, denn ich fühlte mich ähnlich.

„Wer ist dein Lieblingssänger?"

„Ed Sheeran. Ich liebe ihn einfach. Ich weiß, du hättest jetzt vermutlich eher etwas wie Justin Bieber vermutet, oder?" Oliver lachte und schenkte mir dieses zauberhafte Lächeln, das einem den Atem raubte.

„Nein, so schlimm auch wieder nicht. Aber immerhin habe ich heute Nachmittag deinen Musikgeschmack getroffen, wenn der Rest schon ein Reinfall war. Deine Lieblingsfarbe?" Ich grinste. Das war ein klassisches

Frage-Antwort-Spiel. Okay, ich ließ mich darauf ein, auch wenn ich mich plötzlich wie 16 fühlte, als würde ich irgendwelche Freundschaftsbücher ausfüllen.

„Oh, das ist nicht so einfach zu sagen. Ich mag viele Farben. Es kommt ganz auf meine Stimmung an. Im Augenblick ist es blau." Ich dachte kurz nach, fügte aber in Gedanken hinzu: *wie deine Augen.* Doch das würde ich ihm niemals sagen.

„Lieblingsessen?"

„Alles, was mit Schokolade zu tun hat, aber am liebsten Schokoladentorte!" Ich grinste ihn an.

„Okay! Lieblingsblume?"

„Schneeglöckchen."

„Schneeglöckchen?" fragte er überrascht nach, als wäre es etwas Ungewöhnliches.

„Ja, es sind die ersten Blumen, die es im Jahr durch die Kälte schaffen. Ich finde, das ist ein Zeichen von Stärke. Keine andere ist so robust und zeigt dem Winter die kalte Schulter. Sie setzt sich durch. Manche Menschen sollten sich eine Scheibe von ihr abschneiden, finde ich." Ich hatte ihn wieder zum Lächeln gebracht, und es fühlte sich gut an. Es gab mir nicht das Gefühl, dass er mich auslachen würde, sondern eher, dass er mich verstand. Mit Oliver schien einfach alles irgendwie Spaß zu machen.

„Lieblingstier?" Ich überlegte kurz. Ich mochte die meisten Tiere. Hunde zum Beispiel, sie waren absolut treu und würden ihr Leben für einen opfern. Pinguine, seit heute, eventuell etwas weniger. Die waren echte

Stimmungskiller, wie ich feststellen musste. Innerlich verdrehte ich die Augen beim Gedanken an den missglückten Nachmittag.

„Raupen." antwortete ich schließlich, ohne nachzudenken. Oliver schien auf eine Erklärung zu warten, denn er sah mich fragend an.

„Naja, eigentlich kann ich es gar nicht so genau beschreiben, aber sie werden geboren und niemand schenkt ihnen Beachtung, nur weil sie optisch nicht ins Bild passen, dabei liegt ihre wahre Schönheit im Verborgenen und nur wer es zulässt, hat die Chance, sie auch zu sehen. Leider sind die meisten Menschen nicht geduldig genug und zu oberflächlich, das zu erkennen. Sie sehen immer nur eine Raupe und niemals einen Schmetterling."

„Siehst du, du kannst es sogar sehr gut erklären." Dann, völlig unerwartet: „Wann hattest du das letzte Mal Sex?"

Das wurde immer besser. Ich merkte, wie ich wieder rot wurde. Verdammt! Gehörte das wirklich schon in die Kennenlern-Phase?

„Das ist sehr lange her und du?"

„Das ist auch schon eher sehr lange her." antwortete er, und ich konnte es mir nur schwer vorstellen. Ein Mann wie Oliver konnte doch sicher an jedem Finger zwei Frauen haben, aber seine Antwort klang vollkommen ehrlich.

Mittlerweile wurde es doch recht frisch, und ich rieb mir über die Arme.

„Dir ist kalt. Komm, wir gehen wieder zum Auto." Er war so aufmerksam. So etwas kannte ich nicht.

„Warst du schon mal richtig verliebt?" Jetzt war es auch mal an mir, eine Frage zu stellen und hoffentlich eine Antwort zu bekommen.

„Vor ein paar Jahren gab es eine Frau, bei der ich gehofft hatte, dass mehr daraus werden würde, aber ich war definitiv nicht verliebt. Mittlerweile glaube ich, ich war noch nie so richtig verliebt. Denn echte Liebe fühlt sich anders an." Er wirkte nachdenklich, als ob da viel mehr dahintersteckte.

„Aber du bist doch Single, oder?" Ich war mir auf einmal doch nicht mehr so sicher, doch Oliver lachte.

„Für wen hältst du mich denn bitte? Meinst du, ich würde jetzt hier mit dir durch den Park spazieren, dir sagen, wie gerne ich dich kennenlernen möchte, wenn ich es nicht wäre? Oh nein, so jemand bin ich nicht. Wenn ich mich auf eine Beziehung einlasse, dann ganz oder gar nicht. Alles andere kommt für mich nicht in Frage. Mit der Liebe ist es nicht so einfach, und wie gesagt, ich hatte in letzter Zeit viel um die Ohren. Ich suche jemanden fürs Leben, Emilia, nicht für eine Nacht. Da muss man nicht lange suchen. So jemanden findet man leider überall sehr schnell."

Und endlich ging mir ein Licht auf, was hier los war. Ich musste gestern zu viel getrunken haben und war noch im Alkoholrausch oder träumte noch. Denn sonst konnte ich mir nicht erklären, was hier gerade los war. Sowas gab es doch eigentlich nur in kitschigen

Liebesfilmen oder Büchern. Ein Single-Mann, gutaussehend, scheinbar sehr intelligent, spazierte hier ausgerechnet neben mir durch den Park und wollte mir dann auch noch weiß machen, er suche eine Frau fürs Leben? Das war unfassbar. Aber in diesem Moment war es mir absolut egal, ob ich alles träumte oder nicht. Ich wollte noch etwas hier in diesem Augenblick oder Traum verharren, denn es fühlte sich schön an hier zu sein. Ich war noch nicht bereit, mich wieder der realen Welt zu stellen.

Wir hatten viel zu schnell den Parkplatz erreicht. Nachdem Oliver mir die Tür aufgehalten hatte, stieg ich ein. Ein schweres Gefühl legte sich auf mich, als der Abend sich seinem Ende näherte. Warum musste die Zeit immer dann so schnell vergehen, wenn sie schön war? Konnte das nicht mal in der Uni passieren? Das Leben war einfach ungerecht.

Ich fühlte mich ein wenig wie Aschenputtel, die kurz vor Mitternacht zurück nach Hause musste, bevor der Traum zu Ende war. Nur, dass ich kein armes Mädchen war, sondern Emilia. Die Frau, die sich geschworen hatte, keine Beziehung einzugehen. Die Frau, die zu beschäftigt war für Männer. Die Frau, die sich in ihrem Schneckenhaus eingesperrt hatte und nicht wusste, wie sie hinauskommen sollte, weil sie sich dort sicher fühlte und es eigentlich nicht wollte.

„Geht es dir gut?" Olivers Stimme riss mich aus meinen Gedanken. Sein Blick wanderte von der Straße kurz zu mir, sanft und doch aufmerksam.

„Ja", antwortete ich, doch meine Stimme klang kaum überzeugend. „Sehr gut sogar. Ich fand den Abend mit dir schön... Schade, dass er schon vorbei ist." Meine Worte waren ehrlich, doch sie fühlten sich unvollständig an, als hätte ich noch so viel mehr sagen wollen.

Er lächelte. Dieses Lächeln, das mir den Atem raubte. „Das freut mich. Ich fand es auch schön. Am liebsten würde ich die Zeit anhalten. Ich könnte stundenlang mit dir reden. Du bist so unglaublich interessant. Und weißt du, woran ich mich wirklich gewöhnen könnte?"

Ich blickte ihn fragend an, unfähig, die Spannung zwischen uns zu ignorieren.

„Als du mich Liebling genannt hast", sagte er und grinste verschmitzt. „Daran könnte ich mich echt gewöhnen."

Innerlich musste ich lachen. *Ich mich auch*, dachte ich, aber ich sprach es nicht aus. Stattdessen erwiderte ich nur ein kleines, verlegenes Lächeln.

„So, ich glaube, wir sind da." Erst jetzt bemerkte ich, dass wir tatsächlich vor meiner Wohnung standen. Meine Synapsen hatten heute wirklich Überstunden gemacht, denn ich hatte nicht einmal bemerkt, dass wir schon angekommen waren.

„Stimmt." Ich stieg langsam aus dem Wagen, zögernd, weil ich nicht wusste, wie ich mich verabschieden sollte. „Danke, Oliver, für den Abend. Es war wirklich schön. Und... danke für den Spaziergang."

„Ich danke dir." Er lehnte sich ein wenig vor. Mein Herz setzte aus, als mir klar wurde, dass er mir näher kam. *Oh nein. Das ist es. Er will mich küssen.* Meine Gedanken überschlugen sich, mein Herz raste, und für einen Moment schien die Welt stillzustehen. Doch er tat nichts dergleichen. Stattdessen hauchte er mir einen sanften Kuss auf die Wange.

Ein warmes Gefühl durchfuhr mich. Seine Berührung war kaum mehr als ein Hauch, doch sie schien alles um mich herum zu verblassen. „Atme, Emilia", sagte er leise, mit einem schelmischen Lächeln, das mich beinahe zum Schmelzen brachte.

Atmen. Ja, genau, das sollte ich tun. Ich zog tief die Luft ein, spürte, wie meine Lungen sich füllten, und nickte stumm.

„So ist es gut", fügte er hinzu. „Ich will doch nicht, dass du erstickst, gerade jetzt, wo ich dich endlich gefunden habe."

Seine Worte durchbrachen meinen letzten Schutzwall. Ich war überwältigt von seiner Nähe, seinem Blick, seiner Stimme. Es war fast zu viel. Ich lächelte schwach und flüchtete schnell aus dem Wagen. „Wir sehen uns!", rief ich, ehe ich die Tür hinter mir zuschlug und in Richtung meiner Wohnung eilte.

„Das will ich hoffen", rief er mir nach, seine Stimme warm und ernst zugleich. „Ich melde mich bei dir, wenn ich darf."

Wenn er darf? Natürlich durfte er. Aber ich nickte nur knapp, ohne mich noch einmal umzudrehen. Stattdessen schwebte ich fast die Treppe hoch, fühlte mich gleichzeitig erleichtert und überwältigt. Erst in meiner

Wohnung lehnte ich mich an die Tür, atmete tief durch und spürte, wie mein Herzschlag sich langsam beruhigte.

„Hi Emi, was ist denn mit dir los? Du bist ganz blass um die Nase!" Rosalies Stimme ließ mich aufschrecken. Ich hatte gar nicht damit gerechnet, sie zu sehen.

„Rosa, du wirst es nicht glauben, aber… ich habe da jemanden kennengelernt. Und ich glaube… ich bin kurz davor, mich zu verlieben." Die Worte kamen über meine Lippen, bevor ich sie stoppen konnte. Es war das erste Mal, dass ich sie laut aussprach, und es fühlte sich seltsam real an.

„Wer bist du? Und was hast du mit meiner Mitbewohnerin gemacht?" Rosalies Augen weiteten sich vor Überraschung, doch ich konnte den Schalk darin erkennen.

„Ich weiß es nicht." Ich lachte nervös und ließ mich aufs Sofa fallen. „Ich glaube, ich verliere langsam die Kontrolle."

„Setz dich, ich hole was zu trinken, und dann erzählst du mir alles", forderte sie mich auf. Wenig später saß sie mit zwei Gläsern Wein vor mir und ich begann, ihr von Oliver zu erzählen.

„Wie gesagt, er war gestern auch auf dieser Party. Oliver. Er sieht unglaublich gut aus, und seine Augen… sie sind die schönsten, die ich je gesehen habe. Und wenn er lacht, ist es, als würden kleine Blitze darin tanzen." Ich stockte kurz, während ich das Bild vor meinem inneren Auge sah. „Unglaublich." Ich musste lächeln, bemerkte aber, wie sehr ich mich gerade, wie Elias anhörte. Zum ersten Mal verstand ich, warum er sich so leidenschaftlich über seine Schwärmereien ausließ.

„Und was macht er? Wo kommt er her? Warum ist er dir vorher nie aufgefallen?", fragte Rosalie, ihre Neugier kaum zügelnd.

„Er ist nur zu Besuch bei seiner Schwester und ihrer Familie. Er wohnt in Hamburg und leitet dort mit seinem besten Freund eine Firma für Medizinprodukte." Ich zuckte mit den Schultern. „Er wollte nicht näher darauf eingehen."

Rosalie nickte und sah mich an, als hätte ich ihr gerade von einem Märchenprinzen erzählt. Jetzt, wo ich ihr alles erzählte, kam mir selbst alles wie ein Märchen vor. Wie wahrscheinlich war es, dass jemand wie Oliver in mein Leben trat? Es fühlte sich zu schön an, um wahr zu sein – wie etwas, das eigentlich nicht in mein Leben passte.

„Oh Mann, Emi, das klingt ja wie ein Sechser im Lotto! Und? Wann seht ihr euch wieder? Ich würde ihn auch gerne kennenlernen – den Mann, der es geschafft hat, deine Mauern ein bisschen einzureißen."

„Ich weiß es nicht. Leider." Die Worte kamen mir nur schwer über die Lippen. „Er muss morgen schon wieder zurück. Und ehrlich gesagt, will ich ihn auch gar nicht näher kennenlernen. Ich glaube… ich bin einfach nicht bereit für mehr. Es ist zu viel. Diese Gefühle überfordern mich total."

Ich nahm einen weiteren großen Schluck Wein und schüttelte leicht den Kopf. Das Wort „leider" hatte sich eingeschlichen, und ich wusste genau, was das bedeutete. Die Wahrheit war, dass ich diesen Mann viel mehr in mein Leben lassen wollte, als ich mir selbst eingestehen konnte. Doch meine Ängste klammerten sich an mich wie Ketten, die mich festhielten.

„Emi", sagte Rosalie sanft, „meinst du nicht, es wird langsam Zeit, nach vorne zu schauen? Nicht jeder Mann ist wie Mark."

„Im Grunde weiß ich das", gestand ich, „aber ich kenne ihn kaum. Außerdem ist da immer noch die Entfernung. Und ich habe mir geschworen, keinen Mann mehr in mein Leben zu lassen. Wofür also diese Gedanken? Ich sollte ins Bett gehen. Der Tag war lang, und ich habe morgen noch so viel zu tun. Die verlorene Zeit muss ich irgendwie wieder aufholen."

Rosalie nickte verstehend, doch in ihrem Blick lag Mitgefühl. „Ich verstehe dich, Süße. Aber ich wünsche dir so sehr, dass sich etwas Gutes für dich daraus entwickelt. Du hast es verdient, Emi. Wirklich."

Sie beugte sich vor und umarmte mich. Ich schloss die Augen und ließ ihre Worte nachhallen. Wie immer war ich froh, Rosalie an meiner Seite zu haben.

„Und jetzt wünsche ich dir heiße Träume von deinem Oliver." Sie zwinkerte mir zu und verschwand in ihrem Zimmer.

Ich blieb allein zurück, mein Herz schwer und gleichzeitig erfüllt von etwas Neuem, etwas Ungewohntem. Es war, als hätte ich ein Kribbeln in meinem Bauch gespürt, als Rosalie seinen Namen aussprach. Oliver. Sein Name war wie ein Flüstern, das in meinem Inneren widerhallte. Hatte ich mich wirklich verliebt?

Ich ließ meinen Gedanken freien Lauf. Wie wäre es wohl, wenn er jetzt hier bei mir wäre? Ich könnte mich an ihn kuscheln, den Moment mit ihm teilen. Vor meinem inneren Auge tauchten seine blauen Augen auf, die mich mit ihrer Tiefe fesselten. Sein Lächeln, das mich von innen heraus wärmte. Und dann seine Haare – diese eine widerspenstige Strähne, die immer wieder in sein Gesicht fiel. Ich ertappte mich dabei, wie ich unbewusst lächelte.

Mein Blick fiel auf mein Handy. Hatte er mir geschrieben? Ich entsperrte den Bildschirm, doch nichts. Keine Nachricht. Ein leises Seufzen entwich mir. Vielleicht erwartete ich zu viel. Vielleicht… sollte ich ihm schreiben? Der Gedanke schwebte kurz in meinem Kopf, aber ich schob ihn beiseite. *Nein, warte ab*, sagte ich mir.

Mit diesen Gedanken und meinem Handy in der Hand ließ ich mich ins Bett sinken. Die Erinnerungen an die letzten Stunden zogen wie ein Film an mir vorbei, und mit einem leisen Lächeln auf den Lippen schlief ich ein.

Notiz an mich: Vielleicht sollte ich nicht vor dem weglaufen, was mein Herz mir zeigen will.

Rosarote Wölckchen

„Emilia! Bist du wach?"

„Hm?"„Bist du sicher?"

„Ja, Rosalie. Was ist denn los?"

Was wollte sie denn mitten in der Nacht von mir? Oder war es schon wieder Morgen? Das konnte doch unmöglich sein. Ich fühlte mich noch schrecklich müde. Bevor ich weiter darüber nachdenken konnte, stand sie auch schon mitten in meinem Zimmer.

„Ich brauch dringend deinen Rat. Erics Mutter hat uns heute zum Brunch eingeladen, und ich muss dringend wissen, ob ich so gehen kann. Schließlich will ich einen guten Eindruck hinterlassen!"

Das konnte doch nicht ihr Ernst sein. Ich setzte mich widerwillig auf und sah sie fassungslos an.

„Sag doch was, Emilia!"

„Du siehst super aus. Ganz ehrlich! Seine Mutter wird begeistert sein. Und jetzt lass mich bitte noch ein bisschen schlafen, okay?"

Doch sie schien noch nicht überzeugt zu sein und blieb stehen.

„Ganz sicher!" Ich verlieh meinen Worten Nachdruck. Endlich schien sie zufriedener und verschwand aus meinem Zimmer.

Ich ließ mich zurück in mein Bett fallen. Ich wollte doch nur noch ein bisschen schlafen. Der Realität für ein paar Minuten länger entfliehen. Doch als ich einen Blick auf die Uhr warf, traf mich die Erkenntnis, dass es bereits nach elf war. Verflixt. Ich sollte wohl doch aufstehen.

Müde schlug ich die Decke zurück, dabei fiel mein Handy scheppernd auf den Boden. Leise fluchte ich vor mich hin. Oliver! Schoss es mir in den Kopf. Schnell griff ich nach dem Handy und entsperrte es. Tatsächlich – da war eine Nachricht von ihm. Willkommen zurück, meine lieben Schmetterlinge! Schön, dass ihr auch ausgeschlafen habt.

Oliver: *„Hallo süße Emilia,die ganze Nacht konnte ich wieder kein Auge zutun, weil ich an dich denken musste. Du hast mich wirklich verzaubert. Am liebsten würde ich jede Sekunde mit dir verbringen. Darf ich dich noch einmal sehen, bevor ich wieder zurückmuss? Du fehlst mir jetzt schon irgendwie... LG Oliver"*

Das waren keine Schmetterlinge mehr, das war ein ganzer Flughafen voller Boeings in meinem Bauch. Was sollte ich ihm bloß antworten? Dass es mir genauso ging? Dass ich ihn auch vermisste? Dass ich mir sogar vorgestellt hatte, wie es wäre, wenn er jetzt bei mir wäre? Nein, das war zu viel. Ich entschied mich erst einmal, ins Bad zu gehen. Ein klarer Kopf wäre sicher hilfreich, bevor ich etwas Unüberlegtes schrieb.

Im Kopf ging ich verschiedene Antworten durch, immer wieder verwarf ich sie. Warum fiel es mir so schwer, die passenden Worte für ihn zu finden? Vielleicht, weil ich selbst noch nicht genau wusste, was in mir vorging. Schließlich schnappte ich mir das Handy und tippte vorsichtig:

Emilia: *„Lieber Oliver, du kannst dir gar nicht vorstellen, was deine Nachricht in mir ausgelöst hat. Ich glaube, im Augenblick sehe ich überall Herzchen. Ich würde dich auch gerne noch einmal sehen, denn auch du fehlst mir jetzt schon irgendwie…Emilia"*

Kaum hatte ich die Nachricht abgeschickt, vibrierte mein Handy schon wieder.

Oliver: *„Wie lange brauchst du, damit ich dich entführen darf?"*

Die Antwort kam so schnell, dass ich kaum das Handy aus der Hand legen konnte. Hatte er etwa schon gewartet?

Emilia: *„Gib mir eine Stunde!"*

Oliver: *„Das schaffe ich nicht. Darf ich schon eher kommen? Ich warte dann auch ganz brav auf dich. Hauptsache, ich kann schon mal in deiner Nähe sein."*

Dieser Mann war wirklich verrückt. Und ich? Ich bemerkte, wie ich schon wieder lächelte – ein völlig unkontrolliertes, dämliches Lächeln. Was tat er nur mit mir?

Emilia: „*Ok!*"

Oliver: „*Danke!*"

Gerade wollte ich zurück ins Bad gehen, als es plötzlich an der Tür klopfte. Das konnte doch unmöglich er sein, oder? Sicher war es mal wieder Mike, unser Nachbar, der es irgendwie täglich schaffte, sich auszusperren. Ich schnappte mir meinen Schlüssel und öffnete die Tür, um ihn möglichst schnell wieder loszuwerden.

Doch es war nicht Mike. Es war Oliver.

Ich starrte ihn einen Moment fassungslos an, meine Gedanken überschlugen sich. Tot durch Herzstillstand! Eindeutig! Bekleidung zum Zeitpunkt des Todes: ein Handtuch.

„Hi!", sagte er mit einem breiten, süßen Lächeln, das mein Herz sofort zum Stolpern brachte.

Ich konnte es immer noch nicht glauben, dass dieser Mann wirklich vor meiner Tür stand – wegen mir. Irgendwann musste ihm doch auffallen, dass er viel zu gut aussah, um sich mit einer durchschnittlichen Medizinstudentin abzugeben. Irgendwann würde er aufwachen und die Realität ihn einholen. Aber bis dahin wollte ich mir keine Gedanken machen. Stattdessen versuchte ich, einen vorwurfsvollen Ton in meine Stimme zu legen.

„Hast du etwa schon vor der Tür gewartet? Oder wie kannst du so schnell hier sein?"

Er fasste sich verlegen in den Nacken und zuckte mit den Schultern.

„Das glaub ich jetzt nicht. Ernsthaft? Na los, komm rein." Ich trat zur Seite und ließ ihn eintreten.

„Du siehst süß aus! Dein Outfit gefällt mir", sagte er frech grinsend.

Ich folgte seinem Blick und stellte mit Schrecken fest, dass ich immer noch nur ein Handtuch trug. Es reichte gerade so bis knapp über meine Oberschenkel.

Natürlich hatte ich keine Zuschauer erwartet, also hatte ich mir nichts dabei gedacht. Tot durch Herzstillstand! Eindeutig! Bekleidung zum Zeitpunkt des Todes: Ein Handtuch!

„Okay, du wartest genau hier!" Ich deutete mit dem Finger auf unsere alte, kleine Couch und verschwand schnell in mein Zimmer.

Hinter der geschlossenen Tür blieb ich kurz stehen und atmete tief durch. Was machte dieser Mann nur mit mir? Wie schaffte er es, mich allein mit seiner Anwesenheit so durcheinanderzubringen? Tief durchatmen, ermahnte ich mich selbst. Ich öffnete meinen Schrank und suchte nach etwas zum Anziehen.

Wie immer hatte ich das Gefühl, dass nichts in meinem Kleiderschrank gut genug war, um mich Oliver zu zeigen, geschweige denn mit ihm gesehen zu werden. Er sah einfach immer so perfekt aus. Doch schließlich blieb ich meinem Stil treu und entschied mich für ein schlichtes Shirt und eine leichte Sommerhose. Er musste mich nehmen, wie ich war. Seit wann legte ich denn darauf Wert, mich für jemanden zu verstellen?

„Was hast du eigentlich vor?", rief Oliver durch die Tür, bevor ich fertig war.

„Ich hatte an ein Picknick an der Spree gedacht, wenn du Lust hast?", fügte er hinzu, als ich die Tür öffnete.

„Das klingt super!" Ich strahlte ihn an, und wir machten uns gemeinsam auf den Weg zu seinem Auto.

„Das klingt super!" Ich strahlte ihn an, und gemeinsam gingen wir zu seinem Auto. Es war ein perfekter Sommertag: Der Himmel war strahlend blau, nur ein paar verstreute Wolken zogen gemächlich vorbei, und die Sonne schien warm und einladend. Sie schien meiner Stimmung zu entsprechen, als wollte sie mit mir um die Wette strahlen.

Nachdem wir endlich eine freie Stelle an der Spree gefunden hatten, breitete Oliver eine Decke aus. Er hatte wirklich an alles gedacht. Ich setzte mich, schloss kurz die Augen und ließ die Atmosphäre auf mich wirken. Die Wärme der Sonne, das leise Plätschern des Wassers und das entfernte Rufen von Möwen. Es war der perfekte Moment. Früher war ich oft hier gewesen, mit Elias und unseren Freunden. Wir hatten die Schiffe beobachtet, gelacht und einfach den Augenblick genossen. Doch das war lange her. Als wir älter wurden, gingen alle ihre eigenen Wege, und unsere kleine Gruppe löste sich nach und nach auf. Am Ende blieben nur Elias, Mark und ich übrig.

Der Gedanke an Mark ließ mich unwillkürlich erschaudern. Ich erinnerte mich noch genau, wie ich hier meinen ersten Kuss bekommen hatte. Von ihm. Damals dachte ich, es sei Liebe. Doch je mehr Zeit verging, desto klarer wurde mir, dass sein Verhalten nichts mit Liebe zu tun gehabt hatte. Es waren schmerzvolle Erinnerungen, die ich am liebsten für immer begraben hätte. Ich wollte mich nicht in diese Gedanken verlieren. Nicht jetzt. Nicht hier. Langsam öffnete ich wieder die Augen und ließ meinen Blick einer vorbeiziehenden Fähre folgen. Schließlich war ich nicht mehr das naive Mädchen von damals. Jetzt saß ich hier mit einem Mann, der es mir schwer machte, an meinen Schwur zu halten. Das erste Mal. Das erste Mal, dass ich mir vorstellen konnte, jemanden doch wieder so nah an mich heranzulassen. Vielleicht wollte ich es sogar. Vielleicht wünschte ich es mir. Und diesmal ohne diese lähmende Angst.

„An was denkst du?" Olivers Stimme riss mich aus meinen Gedanken. Ich zuckte leicht zusammen und drehte mich zu ihm. Er hatte sich dicht neben mich gesetzt, ohne dass ich es bemerkt hatte.

„Wie lange ich nicht mehr hier war", sagte ich nach einer kurzen Pause. „Und wie sehr ich es vermisst habe, einfach nur zu atmen und die Sonne zu genießen. An das, was mal war… Warst du früher auch oft hier?"

„Oft? Naja, ich würde eher sagen, ich habe hier quasi gewohnt." Sein Lachen war ehrlich und ansteckend. Es war dieses unbeschwerte Lachen, das mich immer wieder einfing. Wunderschön.

„Hier hat im Grunde alles begonnen… aber irgendwie auch geendet", fuhr er nachdenklich fort. „Ich war mir bis heute nicht mal sicher, ob ich je wieder an diesen Ort kommen würde. Aber mit dir wollte ich heute hier sein." Seine Augen trafen meine, und für einen Moment schien die Zeit stillzustehen. „Aber das ist alles Vergangenheit, und wir sind gerade in der Gegenwart. Was war, können wir nicht mehr ändern. Aber die Zukunft… die können wir gestalten." Er lächelte und griff nach dem Picknickkorb. „Also, fangen wir ganz einfach an. Hast du Hunger?"

Ich nickte und beobachtete ihn, wie er den Korb zwischen uns stellte und begann, alles auszupacken. Er hatte recht. Die Vergangenheit war vergangen. Was zählte, war das Hier und Jetzt. Und gerade wollte ich nichts anderes, als diesen Moment zu genießen. Nicht an später denken, nicht an früher. Einfach nur an die Gegenwart.

Die Zeit verging schnell. Zu schnell. Nachdem wir uns den Bauch vollgeschlagen hatten, lag ich mit meinem Kopf auf Olivers Brust, starrte in den Himmel und spürte, wie er nachdenklich mit einer meiner Haarsträhnen spielte. Er erzählte mir von den vielen Tests, die mit Noah gemacht worden waren, und wie schwer es für ihn und seine Familie war. Medizinisch fand ich alles natürlich sehr spannend und aufregend, aber irgendwie war es auch einfach süß, wie er mit Worten umging, die ich sonst nur in meinen Büchern oder Vorlesungen hörte.

Der Kleine tat mir wirklich leid. So klein und schon so viel durchgemacht. Aber die meiste Zeit konnte ich nur Olivers Herz spüren, wie es unter mir ruhig schlug und sich hin und wieder beschleunigte. Ich hatte alles um mich herum vergessen. In diesem Moment wollte ich nichts anderes, als für immer hier zu liegen, mit ihm, und seiner Stimme zuzuhören. Es fühlte sich an, als wäre ich in einem anderen Leben. Ein Leben, in dem ich sicher und beschützt war, eingehüllt in einer unzerstörbaren Blase.

Ich wusste nicht, wie er es schaffte, solche Gefühle in mir auszulösen, so schnell und so intensiv. Aber ich wusste, dass ich mich in diesem Moment gut fühlte. Vielleicht war das alles ein Traum, ein Märchen, das ich mir selbst erzählte. Doch leider, wie in jedem Märchen, waren es Oliver's Worte, die schließlich aussprachen, was ich unbewusst seit dem ersten Moment fürchtete.

„Es ist schon spät. Ich glaube, wir müssen so langsam leider los."

Und da war es. Die Realität klopfte an, und die Blase platzte.

„*Nein! Nein! Nein!*" Mein innerer Protest hallte in meinem Kopf wider. Das konnte doch nicht sein Ernst sein. Sicher hatte Oliver sich geirrt. Langsam rollte ich mich von ihm herunter, auf den Bauch, und sah ihn schmollend an. Er hatte sich inzwischen aufgesetzt und sah mir in die Augen. Und dieser Blick… er sagte mehr als all die Worte, die wir bisher ausgetauscht hatten.

Was passierte hier eigentlich mit mir? Ich wollte ihn küssen. So sehr. Seine Lippen auf meinen spüren, wissen, ob seine Hände auf meiner Haut so weich und zärtlich waren, wie ich sie mir vorstellte.

Notiz an mich: Sieh ihm nicht zu lange in die Augen!

„Em… ich…," stammelte er und brachte damit meinen Herzschlag erneut aus dem Takt. Selbst das Stottern wirkte bei ihm noch unverschämt charmant. Ich fragte mich, ob ich jemals eine Macke an ihm finden würde, falls ich ihn näher kennenlernen durfte.

„Ich würde dich so gerne küssen", sagte er schließlich. Seine Stimme war tief und leise, fast ein Flüstern. „Aber ich weiß, wenn ich das jetzt tue, dann werde ich dich nie wieder loslassen können."

Loslassen? Wer wollte hier losgelassen werden? Ich ganz sicher nicht! Nicht aus diesen Armen. Doch bevor ich auch nur einen klaren Gedanken fassen konnte, brach er den Moment. Er wandte den Blick ab, stand auf und entfernte sich ein paar Schritte. Was tat er da? Erst sagte er so etwas – und dann ließ er mich einfach sitzen? Das grenzte an Folter. Lieber wäre ich barfuß über brennende Kohlen gelaufen, als jetzt nicht von ihm geküsst zu werden.

Ich war immer noch in meinem emotionalen Chaos gefangen, als mich plötzlich seine Lippen trafen. Zart, überraschend und gleichzeitig fordernd. Mein Atem stockte. Dieser Kuss… er war unbeschreiblich. Alles um uns herum schien zu verschwinden. Es gab nur ihn und mich. Noch nie hatte ich etwas so Zärtliches gespürt. Dieser Kuss war ein Gegensatz zu allem, was ich jemals erlebt hatte. Kein Vergleich zu den fordernden, kalten Berührungen von Mark. Oliver küsste mich mit einer Mischung aus Leidenschaft und Sanftheit, die mir den Boden unter den Füßen wegzog.

Als er sich schließlich von mir löste, nahm ich wieder meine Umgebung wahr. Es war, als wäre die Welt kurz für uns stehen geblieben.

„Alles okay?" Seine Stimme war sanft, liebevoll. „Ich wollte dich nicht überrumpeln, aber du darfst mich nicht so ansehen… wie soll ich da widerstehen?" Seine Augen funkelten, während er sprach. „Ich bin total verrückt nach dir. Seit vorgestern will ich nichts anderes tun, als dich zu küssen. Und jetzt, wo ich es getan habe… ich weiß nicht, was du mit mir machst, Emilia. Aber ich kenne mich selbst nicht mehr. Meinst du, es gibt sie wirklich, die Liebe auf den ersten Blick? Denn ich glaube, das ist mir passiert."

Seinen Worten zu folgen, fiel mir schwer. Ich war noch in dem Gefühl seines Kusses gefangen, konnte seine Lippen auf meinen spüren, seinen Duft in meiner Nase. In meinem Kopf schwebten lauter rosarote Wölkchen. Verflixt, ich musste mich zusammenreißen, sonst würde ich mich noch vor ihm auf die Knie werfen und ihn anflehen, mich weiter zu küssen.

Als ich langsam aus meiner Trance erwachte, bemerkte ich, wie er mich immer noch ansah. Sein Blick war unsicher, beinahe schüchtern. Wie schaffte es dieser Mann, mich mit einem einzigen Blick komplett aus der Bahn zu werfen?

„Ich… ich weiß gerade nicht, was ich sagen soll", stotterte ich schließlich. „Oliver, ich…"

„Mist." Er unterbrach mich, seine Stimme klang gereizt. „Ich wusste, ich hätte mich zusammenreißen sollen. Es tut mir leid. Es war nicht meine Absicht." Er wandte sich ab, als würde er die Situation am liebsten rückgängig machen. „Ich fahr dich besser heim. Wir sind sowieso schon spät dran."

Seine Reaktion traf mich wie ein Schlag. Hatte ich etwas Falsches gesagt? War mein Stottern schuld? Ich wollte ihn aufhalten, ihm sagen, dass es wunderschön gewesen war, aber die Worte steckten in meinem Hals fest. Ich konnte nur schweigend zusehen, wie er die Decke zusammenlegte und Richtung Parkplatz ging.

Ich lief ihm schnellen Schrittes nach, das Herz schwer wie Blei. Die Leichtigkeit des Moments war verflogen. Was war nur los mit ihm? Warum zog er sich so plötzlich zurück? Fragen wirbelten in meinem Kopf herum, aber ich traute mich nicht, sie auszusprechen. Die Stille zwischen uns fühlte sich erdrückend an.

Die Fahrt war nicht besser. Er hatte die Musik laut aufgedreht, und sein Blick blieb stur auf die Straße gerichtet. Die Strecke zog sich endlos hin, obwohl er deutlich schneller fuhr als erlaubt. Endlich erreichten wir meine Straße. Oliver hielt an und legte seine Hände fest um das Lenkrad. Seine Fingerknöchel traten weiß hervor.

„Es tut mir leid." Seine Stimme klang angespannt. „Ich wollte nichts kaputt machen, aber ich habe nicht nachgedacht. Ich hätte dich nicht küssen dürfen. Es war ein Fehler." Er holte tief Luft. „Es war schön, dich kennenzulernen, Emilia. Danke für das Wochenende. Wir sehen uns."

Ich schüttelte stumm den Kopf. „Wir sehen uns, Oliver."

Mit diesen Worten stieg ich aus und schlug die Tür hinter mir zu. Kaum war sie geschlossen, fuhr er los, als wäre der Teufel hinter ihm her. Ich stand allein auf der Straße, kämpfte gegen die Tränen an und spürte, wie sich die Kälte des Abends in meine Glieder fraß.

Das war also der Grund, warum ich mich all die Jahre geweigert hatte, mich zu verlieben. Dieser Schmerz, diese schreckliche Leere. Sie waren unerträglich. Noch einmal würde ich das nicht durchstehen.

Als ich die Wohnungstür hinter mir schloss, war ich erleichtert, dass Rosalie nicht da war. Ich wollte nicht reden. Nicht erklären. Ich wollte einfach nur allein sein. In meinem Zimmer ließ ich mich aufs Bett fallen und starrte die Decke an. Der Nachmittag lief in Endlosschleife durch meinen Kopf, ein bittersüßes Kaleidoskop aus Freude und Schmerz.

Ich überlegte einen Moment, ob ich vielleicht Elias anrufen sollte und ihm die ganze Geschichte erzählen, entschied mich aber dann doch dagegen. Zu tief war ich im Moment traurig, um noch einmal über alles zu reden. Als ich hörte, wie Rosalie nach Hause kam und leise an der Tür klopfte, tat ich so, als ob ich bereits schlief. Das war immer eine gute Taktik. Sie hätte sicher gefragt, wie mein Tag mit dem „Traumprinzen" gewesen sei, aber ich wollte nicht mehr über ihn reden. Nicht heute.

Langsam wurden meine Glieder schwerer, und ich merkte, wie der Schlaf mich in seinen Bann zog. Die Müdigkeit war eine Erlösung, ein Moment der Ruhe nach all dem, was in den letzten Stunden geschehen war. Doch leider verfolgten mich in dieser Nacht seit langer Zeit wieder Albträume. In meinen Träumen verwandelte sich Olivers Gesicht plötzlich in das von Mark.

Notiz an mich: Liebe tut weh. Lieber bleibe ich meinen Prinzipien treu.

Zauberhafte Verrücktheit

Der Montag rettete mich vor mir selbst. Die Vorlesungen, auch wenn sie nur noch Wiederholungen waren – füllten meinen gesamten Tag. Keine Zeit, über Oliver nachzudenken. Keine Zeit, seine Lippen, seinen Geruch oder die seltsame Leichtigkeit, die er in mir auslöste, in Gedanken zu durchleben. Doch kaum war ich zu Hause und saß mit rauchendem Kopf über meinen Büchern, öffnete sich die Tür und Elias kam herein.

„Hey, meine Süße! Es gibt so viel zu erzählen! Wie geht's dir?" Seine Stimme war wie immer freudestrahlend, doch als er mich ansah, wich das Lächeln. Er schlug sich die Hand vor den Mund.

„OH! MEIN! GOTT! Was ist denn mit dir passiert?" Sein Blick wanderte über mein Gesicht, meine verquollenen Augen, die wirren Haarsträhnen, die sich aus dem Knoten befreit hatten und nun ungezähmt in alle Richtungen abstanden. Ich wusste, wie erbärmlich ich aussah – der Spiegel hatte es mir den ganzen Tag bestätigt. Doch Elias' Reaktion traf mich härter als erwartet. Noch bevor ich antworten konnte, schossen mir Tränen in die Augen. Und dann brach der Damm.

„Hey, hey!" Er schob meinen Stuhl zurück, zog mich in seine Arme und ließ mich weinen. Ich konnte keinen klaren Gedanken fassen. Es war, als hätte sich all der Schmerz und die Verzweiflung der letzten Tage in mir gestaut und suchte jetzt einen Weg nach draußen. Elias sagte nichts, hielt mich einfach fest, bis mein Schluchzen nachließ.

So war es schon immer gewesen. Er war mein sicherer Hafen, mein Gegenstück. Keiner verstand mich so wie er. Als Kind war ich oft zu ihm gerannt, wenn meine Eltern sich stritten. In seinem Zimmer versicherte er mir jedes Mal, dass alles irgendwann gut werden würde. Frauen und Männer seien einfach dafür gemacht zu streiten, hatte er gesagt, und ich glaubte ihm, weil ich es wollte.

Auch später, als mein Leben aus den Fugen geriet und Mark die Kontrolle über mich gewann, war Elias da. Ich wusste, dass er sich immer noch Vorwürfe machte, obwohl es absoluter Blödsinn war. Wenn irgendjemand mir damals das Leben gerettet hatte, dann er.

„Alles wird wieder gut, Süße." Seine Stimme holte mich zurück ins Hier und Jetzt. „Was ist denn passiert? Warum hast du mich nicht angerufen, wenn es dir so schlecht ging? Seit wann machst du denn sowas?" Seine Finger fuhren sanft durch mein Haar, doch seine Augen spiegelten pure Sorge. „Hast du dich schon mal im Spiegel gesehen?"

Ich nickte, schniefte leise und wischte mir die Tränen mit dem Ärmel weg.

„Ist es wegen der Prüfung? Das musst du nicht sein, Emi! Du bist die Beste!" Seine Worte klangen ehrlich, aber ich schüttelte nur den Kopf. Elias hatte keine Ahnung. Woher sollte er auch? Ich hatte mir selbst geschworen, nie wieder wegen eines Mannes zu weinen. Jahrelang hatte mein Plan funktioniert, meine Mauer hielt alles ab. Keine Fenster, keine Türen, keine Lücken. Doch dann… Oliver. Ein einziger Blick auf ihn am Pool, und alles war anders.

„Ich… ich habe jemanden kennengelernt", murmelte ich schließlich an seiner Schulter. Meine Stimme war kaum mehr als ein Flüstern. Elias erstarrte.

„Was? DU?" Er schob mich ein Stück weg und musterte mich, als hätte ich plötzlich einen zweiten Kopf. „Ernsthaft? Das ist doch super, oder? Kenn ich ihn? War's der Typ vom Pool? Emi, ich bin so stolz auf dich! Der sah ziemlich heiß aus!"

„Es ist vorbei." Die Worte kamen härter heraus, als ich wollte. Ich sah, wie sein Lächeln erstarb. „Es ist nichts passiert", fuhr ich fort. „Wir haben das Wochenende zusammen verbracht. Es war… schön. Wirklich schön. Aber dann…" Ich hielt inne, versuchte die richtigen Worte zu finden. „Er hat mich geküsst. Und gesagt, er glaubt, sich in mich verliebt zu haben. Zumindest so ähnlich." Meine Stimme zitterte. „Und ich hab… ich weiß nicht. Keine Ahnung, was ich mir dabei überhaupt gedacht habe."

Elias runzelte die Stirn, als versuche er, den Faden in meiner chaotischen Erzählung zu finden.

„Hast du dich etwa auch in ihn verliebt?" Seine Frage hing in der Luft. Ich zuckte mit den Schultern. Verliebt? Das Wort fühlte sich zu groß, zu endgültig an. Aber irgendetwas war da. Etwas, das mich aus der Bahn geworfen hatte. Doch was spielte das noch für eine Rolle?

Oliver war weg. Und mein Handy hatte den ganzen Tag geschwiegen, ein stummes, qualvolles Schweigen.

Ich war kurz davor, es in der Toilette zu versenken, einfach, damit ich nicht mehr darauf starren musste.

Notiz an mich: Vielleicht sind Mauern keine dauerhafte Lösung, aber sie schützen vor Abstürzen.

„Das klingt, als wäre er ein absoluter Idiot! Gut, dass da nicht mehr passiert ist. Sei froh, dass er weg ist! Wer dich dazu bringt, so auszusehen, der ist es nicht wert, ihm auch nur eine Träne nachzuweinen, mein Schatz. Das lass dir von mir gesagt sein. Vergiss ihn einfach! Warum hast du mich nicht schon eher angerufen?" Elias' Stimme war bestimmt, fast wütend, aber die Fürsorge in seinen Augen war unübersehbar.

Sicher hatte er recht. Alles, was er sagte, ergab Sinn und doch wollte ich es nicht hören. Ich wollte Oliver wiedersehen. Ich wollte nochmal seine Lippen auf meinen spüren, in seine Augen blicken, seine Nähe fühlen. Dieser Mann hatte meine Mauern in kürzester Zeit mit einer Sprengladung in die Luft gejagt, und jetzt lag ich in den Trümmern. Die Teile wieder zusammenzusetzen, war schwer – und ich wusste, dass nicht alle Bruchstücke zu finden sein würden. Irgendetwas würde für immer verloren bleiben.

„Ach Eli, was soll ich denn jetzt nur machen?" Meine Stimme klang brüchig, aber immerhin hatte ich es geschafft, mit dem Weinen aufzuhören. Es brachte ohnehin nichts. Tränen ändern nie etwas.

„Vergessen! Sag ich doch!" Elias lächelte aufmunternd. „Los, wir machen dich jetzt ein bisschen hübsch, und dann gehst du mit Ben und mir ins Kino. Was hältst du davon? Ablenkung ist immer noch die beste Medizin. Dafür muss ich nicht Arzt werden wie du!" Er zwinkerte mir zu, aber ich wollte mich einfach nur hinter meinen Büchern verkriechen – wie immer, wenn die Welt zu viel wurde. Doch ich wusste auch, dass Elias' Entschlossenheit stärker war als mein Widerstand.

„Kino? In einen kitschigen Liebesfilm mit einem knutschenden, frisch verliebten Pärchen?" Ich verzog das Gesicht. „Ich weiß nicht, Eli. Das kann ich gerade wirklich nicht ertragen."

„Keine Sorge", sagte er entschlossen. „Ich habe mit Ben telefoniert. Es wird eine Komödie. Kein Kitsch, versprochen!"

Widerstand war zwecklos. Eine Dusche später, in Jeans und einem Oberteil, das Elias selbst aus meinem Schrank ausgewählt hatte. Wahrscheinlich aus Angst, ich würde in Jogginghose und Sweatshirt auftauchen, saß ich kurze Zeit später im Kino.

Ben war tatsächlich sympathisch, stellte ich überrascht fest. Ganz anders als Elias' frühere Beziehungen, wenn man sie überhaupt so nennen konnte. Es war süß, die beiden zu beobachten. Ben hatte eine ruhige Art, die Elias' überschäumendes Temperament zähmte. Zusammen wirkten sie eher wie ein altes Ehepaar als wie ein frisch verliebtes Pärchen. Immer wieder musste ich schmunzeln, und für kurze Momente schaffte ich es, meine innere Zerrissenheit zu vergessen. Doch dann fragte ich mich wieder: Wie hätte es wohl mit Oliver ausgesehen? Wären wir auch so gewesen?

Ich versuchte, mich auf den Film zu konzentrieren, aber mein Verstand arbeitete gegen mich. Nach einer Stunde hatte ich keine Ahnung, worum es überhaupt ging. Ich war so sehr damit beschäftigt, nicht an Oliver zu denken, dass ich zwangsläufig nur an ihn dachte.

Als mein Handy in meiner Jackentasche vibrierte, schlug mein Herz plötzlich schneller. War es möglich? Hatte er sich gemeldet? Ich zwang mich, es zu ignorieren. Wahrscheinlich war es nur Rosalie, die wissen wollte, wo ich war. Oder mein Vater – er meldete sich selten, und wenn er es tat, war es meistens abends und vollkommen unerwartet.

Die Beziehung zu meinem Vater war schon immer kompliziert gewesen. Nach der Scheidung meiner Eltern war ich bei meiner Mutter geblieben, während er sich nach und nach aus meinem Leben zurückzog. Ich konnte ihm nicht wirklich böse sein – er war nie der Mann gewesen, der große Gefühle zeigte. Doch als ich mit 17 zu Mark zog, brach der Kontakt fast völlig ab. Vielleicht hatte er es als meine Entscheidung gesehen, ihn aus meinem Leben auszuschließen. Vielleicht war es ihm auch einfach recht. Was auch immer der Grund war, wir waren voneinander entfremdet, und unsere sporadischen Telefonate fühlten sich oft wie ein Pflichtprogramm an.

Meine Mutter? Sie war längst mit ihrem dritten Mann nach Schweden gezogen. Es war ihre Art, mit der Realität umzugehen – immer weiterziehen, immer wieder neu anfangen, als wäre das Alte nie passiert. An Geburtstage oder Weihnachten erinnerte sie sich meist nur durch eine schnelle Nachricht oder einen lieblosen Anruf. Ich hatte gelernt, dass ich von ihr nicht viel erwarten konnte. Manchmal vermisste ich die Illusion einer Familie, aber es war leichter, die Lücke zu akzeptieren, als ständig enttäuscht zu werden.

Wenn ich ehrlich war, hatte ich mir meine Familie immer eher in Elias' Zuhause gesucht. Seine Eltern hatten mich aufgenommen, als wäre ich eines ihrer Kinder, und ich fühlte mich dort oft mehr zu Hause als in meinem eigenen Elternhaus. Vielleicht sollte ich sie mal wieder anrufen, dachte ich plötzlich. Es war eine Weile her, seit ich ihre Stimmen gehört hatte.

Dieser Gedanke war wie ein kleiner, rettender Anker inmitten all der Erinnerungen, die durch meinen Kopf geisterten. Ich würde sie bald anrufen. Vielleicht schon morgen.

Mein Handy vibrierte erneut und holte mich unsanft in die Gegenwart zurück. Schließlich konnte ich meiner Neugier nicht widerstehen und begann, in meiner Jacke danach zu wühlen. Elias warf mir einen fragenden Blick zu.

„Mein Handy", flüsterte ich und er nickte nur, wandte sich aber nicht wieder dem Film zu. Nach einer scheinbar endlosen Suche fand ich es schließlich. Mein Puls raste. Es war kein Anruf, sondern Nachrichten. Von Oliver.

Für einen Moment wollte ich sie löschen, ohne sie zu öffnen. Aber etwas hielt mich zurück. Meine Finger zitterten, als ich schließlich doch auf den Bildschirm tippte. Ich konnte immer noch entscheiden, was ich damit anstellen würde – später. Zuerst musste ich wissen, was er geschrieben hatte.

Oliver: *„Liebe Emilia, ich weiß, dass eine Nachricht nicht ausreichen kann, um dir zu sagen, wie leid es mir tut und wie dumm ich mich benommen habe. Lieber würde ich dir dabei in dein wunderschönes Gesicht sehen, aber ich glaube, die Chance darauf habe ich durch mein Verhalten gestern ziemlich vermasselt. Ich wünschte, ich könnte dir alles erklären, doch das kann ich nicht auf diesem Weg. Ich wollte, dass du weißt: Jedes Wort, das ich gesagt habe, habe ich auch so gemeint. Und du fehlst mir, seit du aus dem Wagen gestiegen bist... Können wir noch einmal über alles reden, bitte?"*

Oliver: *„Gibst du mir noch eine Chance, alles wieder gut zu machen und mein kindisches Verhalten zu erklären? Bitte!! O."*

Ich starrte auf mein Handy. Sekunden, Minuten, vielleicht Stunden. Ich hätte es nicht sagen können. Mein

Zeitgefühl war komplett verschwunden. Alles, was existierte, waren diese Worte, die sich in mein Herz gruben, und die Erinnerungen an ihn, die mit voller Wucht zurückkamen. Es war, als würde ich jede seiner Berührungen noch einmal spüren, jede Sekunde mit ihm noch einmal erleben.

„Emilia?" Elias' Hand auf meiner Schulter riss mich aus meinem gedanklichen Strudel. „Komm, wir gehen." Ich blinzelte. Der Film war längst vorbei, und die Menschen um uns herum waren schon dabei, den Kinosaal zu verlassen.

Hastig steckte ich mein Handy zurück in die Tasche. Ich konnte mich später mit diesen Nachrichten beschäftigen. Irgendwann musste ich entscheiden, was ich tun wollte – aber nicht jetzt.

„Alles in Ordnung?" fragte Elias, als wir das Kino verließen. Ich nickte und bemühte mich, ein Lächeln aufzusetzen. Es fühlte sich an, als würde ich dabei scheitern, aber er ließ es vorerst durchgehen. Sein Blick blieb jedoch wachsam, ein prüfendes Funkeln in seinen Augen.

Ben, der fröhlich neben ihm ging, war da entspannter. „Sollen wir noch irgendwo was trinken gehen? Es ist noch früh, und draußen ist es richtig schön."

Ich antwortete, bevor ich es überhaupt bemerkte.

„Ich glaube, ich möchte lieber nach Hause. Ich muss noch ein bisschen lernen und bin irgendwie noch ziemlich k.o. vom Wochenende." Es klang hohl, mechanisch. Selbst in meinen Ohren.

„Bist du sicher?" Elias sah mich skeptisch an. „Ich könnte mit dir kommen, falls du Gesellschaft brauchst. Das wäre kein Problem, nicht wahr, Ben?"

„Natürlich nicht! Dafür sind Freunde doch da", sagte Ben mit einem aufmunternden Lächeln.

Ich schüttelte den Kopf und versuchte, überzeugend zu klingen. „Nein, wirklich, es ist alles okay. Es geht mir schon besser. Vielen Dank euch beiden für die Ablenkung. Genießt den Abend zu zweit, ja?" Ich zwang mich zu einem Lächeln, das hoffentlich glaubwürdig war.

Elias warf mir im Rückspiegel immer wieder Blicke zu, als Ben uns nach Hause fuhr, aber er sagte nichts. Zum Glück fragte er nicht, ob die Nachricht von Oliver war. Ich wusste, er hätte alles aus mir herausgezogen, wenn er geahnt hätte, was mich wirklich beschäftigte. Und ich war froh, dass er im Moment zu abgelenkt war, weil er mit Ben beschäftigt war.

Doch mein Verstand blieb bei Oliver. Seine Worte hatten mich komplett durcheinandergebracht. Ich wusste, was ich tun sollte. Die Nachricht löschen und das Thema für immer abschließen. Aber ich konnte es nicht. Mein Herz hatte einen anderen Plan, und es sehnte sich nach ihm.

Nachdem ich Elias und Ben mehrmals versichert hatte, dass es mir wirklich gut ging, stieg ich aus dem Auto und rannte in meine Wohnung. Kaum hatte ich die Tür geöffnet, hörte ich Geräusche aus Rosalies Zimmer.

Geräusche, die ich nicht hätte hören wollen. Sie war offensichtlich zuhause und nicht allein.

Ich verzog das Gesicht. Verdammt, Kopfkino. Um sie wissen zu lassen, dass sie nicht mehr ungestört war, knallte ich meine Tür absichtlich lauter zu als nötig. Doch die Geräusche gingen einfach weiter. Kopfschüttelnd setzte ich meine Kopfhörer auf, drehte die Musik auf und ließ mich von lauten Beats beschallen. Ich musste nachdenken. Das würde mir mit Rosalies aktiver Abendgestaltung sicher nicht leichter fallen.

Wieder und wieder las ich Olivers Nachrichten durch. Seine Worte hallten in meinem Kopf wider, und ich sah ihn vor mir. Seine Augen, wie sie mich mit so viel Gefühl angesehen hatten. Sein Lächeln, das eine ganze Welt verändern konnte. Seine Stimme, die in mir eine Wärme auslöste, die ich nicht erklären konnte.

Aber war es genug?

Löschen…
antworten…
löschen…
antworten…

Ok, ich konnte einfach nicht anders und entschied mich dann doch dafür, ihm zu antworten. Wieso neigten Menschen eigentlich immer dazu, sich selbst zu quälen? Vielleicht könnte ich darüber meine Doktorarbeit schreiben? Erst eine Studie betreiben und es dann genauestens analysieren. Ich wäre eine perfekte Versuchsperson und war mir sicher, noch einige andere zu finden.

Emilia: *"Hallo Oliver, sehr lange habe ich nun darüber nachgedacht, ob ich dir antworten soll oder nicht. Wie du nun lesen kannst, hab ich mich dafür entschieden. Warum ich es wirklich tue, kann ich selbst nicht verstehen. Dein Verhalten gestern hat mich sehr verletzt. Du schreibst, du könntest es mir auf diesem Weg nicht erklären, aber ich bin schon sehr gespannt, irgendwann eine Erklärung zu bekommen. Lass uns nochmal reden. Denn leider muss ich dir in einem Punkt zustimmen, auch wenn es mir nicht leichtfällt. Du fehlst mir auch. So sehr ich mich auch anstrenge, ich kann dich nicht löschen! Emilia"*

Verdammt! Ich hatte bereits auf „Senden" gedrückt, ohne meine Worte noch einmal gelesen zu haben, ob ich ihm das wirklich so schreiben konnte. Typisch Emilia. Nun war es nicht mehr zu ändern, und was machte ich mir eigentlich Gedanken? Ich legte mein Handy zur Seite, setzte mich an den Schreibtisch und nahm mir meine Aufzeichnungen zum Lernen. Immerhin konnte ich so noch etwas Sinnvolleres tun, während ich wartete, und ich musste mir auch eingestehen: Ich musste unbedingt noch etwas lernen. So schwer es mir auch fiel, mich zu konzentrieren.

Ein Blick auf die Uhr zeigte mir, ich wartete erst seit zwei Minuten auf eine Antwort. Wieso fühlte es sich nach einer Ewigkeit an? Die Minuten dehnten sich wie Kaugummi. Ich beobachtete die Zeiger der Uhr, als ob sie mir jede Sekunde ins Gesicht lachen würden. Mein Handy lag neben mir, und ich konnte den Drang kaum unterdrücken, es ständig anzustarren, obwohl ich wusste, dass es nicht schneller vibrieren würde, nur weil ich es hypnotisierte. Ich schüttelte über mich selbst den Kopf.

Notiz an mich: Die Uhr aus meinem Zimmer verbannen!

Dann endlich: *Pling!* Ich bekam meine Antwort. Konnte nicht wenigstens das Herzrasen endlich mal aufhören?

Oliver: „Danke! Danke dafür, dass du dich dafür entschieden hast. Ich weiß wirklich nicht, was ich sonst getan hätte. Meine süße Emilia, es tut mir so leid. Ich wollte dich nicht verletzen. Ich weiß, ich bin ein Idiot. Ich würde so gerne die Zeit zurückdrehen und deine Lippen wieder spüren können. Dein zauberhaftes Lächeln sehen, welches mir das Wochenende zum schönsten seit Ewigkeiten gemacht hat. Was machst du morgen?"

Morgen? Das Gleiche wie die letzten Tage. Daran scheitern zu lernen, weil dieser Typ mir den Verstand raubt, dachte ich.

Emilia: *„Du kannst mir nicht solche Dinge schreiben und dann von mir erwarten, noch eine vernünftige Antwort zu bekommen. Morgen werde ich weiter für meine Prüfung lernen müssen. Ich hab meine Zeit ja anders verbracht die letzten Tage. Warum fragst du?"*

Ich wünschte mir so sehr, ihn wiederzusehen. Vielleicht würde er morgen wieder in der Stadt sein? Nein, unmöglich. Schließlich musste er auch arbeiten. Ich konnte nicht erwarten, dass er schon wieder nach Berlin kam.

Oliver: *„Ich hoffe, dass es nicht so schlimm war, deine Zeit mit mir zu verschwenden, denn das Gefühl könnte man bekommen, wenn man deine Nachricht liest."*

Ich verdrehte die Augen. Natürlich war sie das nicht. Bekam er etwa Zweifel an seiner Wirkung auf mich? Warum war ich ausgerechnet auf dem Weg, mich in so jemanden zu verlieben? Oh nein, ich hatte es gedacht. Jetzt war alles wieder da. Ich hatte es doch versucht, alles einfach zu verdrängen. Wenn man nicht darüber nachdachte, was sein könnte, dann konnte es auch nicht mehr wehtun, und irgendwann würde es sicher auch ganz aufhören. Doch jetzt hatte ich den Gedanken einfach zugelassen und konnte nicht wieder zurück.

Emilia: *„Dann hast du es falsch verstanden. Ich bereue nicht eine Sekunde mit dir."*

Senden!

Diesmal kam die ersehnte Antwort schneller.

Oliver: *„Wie lange hast du morgen Uni?"*

Emilia: *„Bis 14 Uhr, noch ein paar Wiederholungen. Warum?"*

Mein Herz schlug immer schneller. Ich wusste, ich konnte meinen Wunsch, ihn vielleicht doch morgen zu sehen, nicht abstellen. Widerstand war da nur noch zwecklos. Vielleicht konnte er doch einfach alles stehen und liegen lassen und zu mir kommen. Schließlich musste es auch Vorteile geben, sein eigener Chef zu sein.

Oliver: *„Ok! 14.15 Uhr wird dich jemand von der Uni abholen. Er wird dich dann zum Flughafen Berlin-Tegel bringen und dir dein Flugticket nach Hamburg geben. Dein Flug geht um 16.30 Uhr. In Hamburg wird dich dann jemand hier am Flughafen abholen. Leider werde ich es nicht schaffen können, und das macht mich jetzt schon verrückt, dich nicht sofort sehen zu können."*

Er hatte es wieder geschafft. Mein Handy lag in meiner Hand, und ich starrte es an, als könnte ich darin eine Antwort auf all die Fragen finden, die in meinem Kopf herumschwirrten. Hatte er mir gerade wirklich einen

Flug für morgen gebucht, ohne mich vorher zu fragen? Wie konnte er so sicher sein, dass ich Ja sagen würde? Oder hatte er es einfach darauf angelegt, mir die Entscheidung leicht zu machen, indem er alles vorbereitete?

Zuerst wollte ich mich aufregen. Er konnte doch nicht einfach so über meinen Kopf hinweg Entscheidungen treffen. Schließlich hatte ich auch noch ein Wörtchen mitzureden! Doch noch während ich diesen Gedanken formte, spürte ich, dass es keine Wut war, die in mir aufstieg. Es war etwas ganz anderes. Es war Vorfreude.

Ich würde ihn morgen sehen. Nicht irgendwann, sondern morgen. Direkt nach der Uni. Ich würde einfach in ein Flugzeug steigen und zu ihm fliegen. Zu Oliver. Ich konnte seine Lippen vielleicht wieder auf meinen spüren. Seine wunderschönen Augen sehen. Dieses warme Lächeln, das mich so sicher und gleichzeitig so unsicher machte, erleben. Ihm nah sein.

Etwas, das ich dachte, nie wieder zu erleben, war plötzlich greifbar. Kein schmerzvolles Warten, keine ungewisse Zukunft. In weniger als 24 Stunden könnte all das, wovon ich seit seiner Abreise geträumt hatte, Wirklichkeit werden. Und genau das ließ mein Herz schneller schlagen.

Tock! Tock! Tock!

Mein Herz wollte explodieren. Ich war unfähig, stillzusitzen, und begann nervös in meinem Zimmer auf und ab zu laufen. Das Ganze war so verrückt – noch verrückter, als ich es mir je hätte ausmalen können. Mein Handy vibrierte erneut.

Oliver: *„Ok?"*

Ich musste lachen. Er klang so unsicher, so vorsichtig. Er, der gerade einen Flug für mich organisiert hatte, fragte tatsächlich, ob es *ok* sei. Ich hielt inne, das Handy fest in der Hand. Sollte ich ihm sagen, dass ich das alles für komplett durchgeknallt hielt? Dass ich nicht sicher war, ob wir das wirklich tun sollten? Oder sollte ich einfach meine Gefühle zulassen? Denn tief in mir wusste ich, dass ich mich riesig freute. Mein Herz und mein Verstand lieferten sich ein gnadenloses Gefecht. Den einen Moment schien es noch unentschieden, doch dann stach mein Herz den Verstand aus und triumphierte mit einem klaren Sieg.

Emilia: *„Du bist total verrückt, weißt du das eigentlich? Das Schlimme daran: Es scheint ansteckend zu sein. Also: Ok!!!"*

Die Antwort kam schneller, als ich erwartet hatte.

Oliver: *„Danke! Ich kann dir gar nicht sagen, wie sehr ich mich auf dich freue. Jetzt schlaf schnell, damit du morgen nicht noch müder bist. Es ist schon spät. Ich werde von dir träumen. O."*

Emilia: *„Ich werde hoffentlich auch von dir träumen. Ich freu mich… Bis morgen."*

Ich legte das Handy zur Seite und atmete tief durch. Es war mittlerweile nach Mitternacht. Oliver hatte recht. Ich sollte wirklich ins Bett gehen, wenn ich morgen nicht völlig übermüdet sein wollte. Die Zeit mit ihm war kostbar, und in der Uni musste ich auch noch halbwegs funktionstüchtig sein. Doch meine Gedanken waren ein Chaos. Ich versuchte, mich mit meinen Unterlagen abzulenken, die ohnehin nur noch als Alibi auf meinem Schreibtisch lagen. Nichts von dem, was ich las, ergab für mich Sinn.

Schließlich gab ich auf. Es hatte keinen Zweck mehr. Ich legte die Unterlagen zur Seite und ließ mich aufs Bett fallen. Mein Herz raste immer noch, mein Kopf war eine wilde Mischung aus Vorfreude und Unruhe. Es fühlte sich an wie als kleines Kind, wenn man wusste, dass am nächsten Tag Geburtstag war. Wie konnte ich in diesem Zustand jemals schlafen?

Vielleicht würde ich heute Nacht von Oliver träumen. Vielleicht würde ich ihn im Traum lächeln sehen, seine Stimme hören, seinen Duft wahrnehmen. Doch selbst wenn nicht, wusste ich eines ganz sicher: Morgen würde ich ihn wiedersehen. Das war besser als jeder Traum. Denn Träume verblassen. Die Realität bleibt.

Notiz an mich: Manchmal kann die Realität besser als Träume sein!

Schokokuchen und Whirlpool

Die Zeit schien sich über mich lustig zu machen. Die Minuten in der Uni zogen sich quälend in die Länge, und je mehr ich versuchte, mich auf den Stoff zu konzentrieren, desto öfter wanderte mein Blick zu der tickenden Uhr an der Wand. Einmal ertappte ich mich sogar dabei, wie ich Herzchen in die Ecke meines Notizblocks malte – Herzchen! Kein Wunder, dass meine Tischnachbarn mir verstohlene Blicke zuwarfen. Ich hätte mich selbst auch für kindisch gehalten, aber ich fühlte mich wie ein verliebter Teenager. Nein, schlimmer: Ich fühlte mich so, wie ich mir immer vorgestellt hatte, dass sich verliebte Teenager fühlen, denn so etwas hatte ich noch nie erlebt.

Um zwölf Uhr hielt ich es nicht mehr aus. Die letzten beiden Stunden könnten warten. Ich packte meine Sachen zusammen und entschied mich, nach Hause zu gehen, um mich vorzubereiten. Natürlich wollte ich pünktlich wieder zurück sein, um abgeholt zu werden. Während der Fahrt schrieb ich Elias eine kurze Nachricht.

Emilia: *„Hey Elias, ich erzähl dir morgen alles, aber mach dir keine Sorgen. Ich treffe mich mit Oliver."*

Ich wusste, dass er tagsüber viel um die Ohren hatte und wahrscheinlich erst später antworten würde. Das war mir auch ganz recht. Ich hatte keine Lust, mich jetzt für meine Entscheidung rechtfertigen zu müssen, auch wenn ich wusste, dass er es gut meinen würde. Ich wollte Oliver sehen. Unbedingt. Und ich wusste, dass ich ihn sehen musste, um mir selbst Klarheit zu verschaffen.

Zuhause angekommen, wurde meine Aufregung nur noch schlimmer. Ich versuchte, mich mit Musik und Kleinigkeiten abzulenken, aber ich ertappte mich immer wieder dabei, wie ich am Spiegel vorbeiging, um mein Aussehen zu überprüfen. Das war so gar nicht meine Art. Normalerweise war es mir egal, ob mein Make-up perfekt war oder nicht. Aber heute wollte ich einfach alles richtig machen. Ich hatte mich für ein beiges Sommerkleid entschieden – es schmeichelte meinem blassen Teint, der diesen Sommer leider viel zu wenig Sonne abbekommen hatte.

Während ich hektisch nach meinen Lippenstift suchte, dachte ich kurz an Elias. Er hätte mir sicher helfen können, aus mir das Beste herauszuholen. Er hatte ein Talent dafür, und ich wusste, dass er mich für diese Gedanken belächeln würde. Trotzdem: Seine Hilfe hätte mir jetzt wirklich gutgetan. Kurz bevor ich losmusste, beschloss ich, Rosalie eine Nachricht zu hinterlassen. Immerhin sollte wenigstens jemand wissen, wo ich war.

Emilia: *„Hi Rosalie, ich treffe mich in Hamburg mit Oliver. Klingt verrückt, aber ich erzähl dir alles, wenn ich wieder da bin! Mach dir keine Sorgen. Hab dich lieb!"*

Ich schnappte mir meine Tasche und warf einen Blick in den Spiegel. Perfekt würde ich nie sein, aber für heute Abend war es gut genug. Als ich auf die Haltestelle zusteuerte, wurde mir plötzlich klar, dass ich gar keine Tasche mit Kleidung oder anderen Sachen dabei hatte. Hatte Oliver an einen Rückflug gedacht? Ich hatte nicht danach gefragt. Ein typischer Fehler von mir. Normalerweise plante ich alles bis ins kleinste Detail, aber wenn es um ihn ging, schien mein Verstand regelmäßig auszusetzen.

Pünktlich erreichte ich das Unigelände und hielt Ausschau nach… ja, nach wem eigentlich? Oliver hatte mir die Uhrzeit genannt, aber nicht, wer mich abholen würde. Um diese Zeit war das Gelände voller Studenten, und ich wusste nicht, wo ich suchen sollte. Kurz überlegte ich, ihn anzurufen, als ich eine Stimme hörte.

„Frau Wagner?"

Ich drehte mich um und sah einen Mann, der mich freundlich ansah.

„Sie sind doch Frau Wagner, oder?"

„Ja, das bin ich."

„Sehr gut. Dann darf ich Sie bitten, einzusteigen?" Er hielt mir die Tür eines schwarzen Autos auf. Ohne groß nachzudenken, stieg ich ein. Mein Herz raste vor Nervosität. War das wirklich alles real? Wenn ich Elias irgendwann davon erzählen würde, hätte ich besser ein Foto gemacht, damit er mir glaubte.

Während das Auto vom Campus rollte, fand ich endlich meine Stimme wieder. „Müssen Sie oft fremde

Frauen für Oliver abholen?" fragte ich, halb scherzhaft, halb neugierig.

Der Fahrer lächelte im Rückspiegel. „Ich arbeite eigentlich für Markus, aber heute hat mich Herr Monser gebeten, diese Aufgabe zu übernehmen. Um ehrlich zu sein, ist es das erste Mal in meinen acht Jahren hier, dass er mich für etwas Persönliches einspannt."

Ich atmete unbewusst erleichtert aus. Das klang, als wäre ich nicht nur eine von vielen. Trotzdem wollte ich nicht weiter nachfragen. Es fühlte sich nicht richtig an, hinter Olivers Rücken mehr über ihn zu erfahren. Außerdem würde ich ihn ja bald selbst sehen und fragen können.

Nach einer etwa 30-minütigen Fahrt erreichten wir schließlich den Flughafen. Mit meinem Ticket in der Hand machte ich mich zielsicher auf den Weg in die Abflughalle, auch wenn ich mich innerlich alles andere als sicher fühlte. Ich war bisher nur einmal in meinem Leben geflogen – nach London, an Silvester, mit Elias. Doch der Flug war alles andere als ein Highlight gewesen, und seitdem hatte ich jegliches Interesse am Fliegen verloren. Die Erinnerung daran ließ mir jetzt wieder einen unangenehmen Schauer über den Rücken laufen. Das mulmige Gefühl war zurück, und ich fragte mich erneut, warum ich mich darauf eingelassen hatte.

Während ich mich durch die Sicherheitskontrollen kämpfte, stellte sich das Personal glücklicherweise als geduldig und hilfsbereit heraus. Dennoch fühlte ich mich fehl am Platz – allein zwischen all den routinierten

Reisenden, die scheinbar mühelos durch die Abläufe glitten. Schließlich saß ich doch im richtigen Flugzeug. Mit jedem Moment, der mich Oliver näher brachte, beschleunigte sich mein Puls – aber nicht nur vor Aufregung. Als die Flugbegleiter anfingen, die Sicherheitsmaßnahmen für den Fall eines Notfalls zu erklären, stieg Panik in mir auf. Ich fragte mich ernsthaft, welchen Sinn die Notausgänge mitten in der Luft machen sollten. Nur nicht weiter darüber nachdenken, ermahnte ich mich selbst.

Ich schloss die Augen, um die aufkommende Angst zu bekämpfen, und atmete tief ein und aus. Es half ein wenig. Der Gedanke an Oliver, daran, ihn bald wiederzusehen, machte die klaustrophobische Enge um mich herum etwas erträglicher. Zum Glück blieb der Sitz neben mir leer, was den Flug zumindest ein kleines bisschen angenehmer machte. Dennoch fragte ich mich, wie Menschen so etwas regelmäßig über sich ergehen lassen konnten. Eric, der als Pilot scheinbar mehr Zeit in der Luft als am Boden verbrachte, schien für mich inzwischen wie eine völlig andere Spezies.

Zu meiner Überraschung schlug ich die Augen auf und bemerkte, dass wir uns bereits im Landeanflug befanden. Ich hatte tatsächlich die meiste Zeit verschlafen – eine kleine Gnade in dieser für mich schrecklichen Situation. Jetzt war ich also fast am Ziel. Mein Herz klopfte schneller, als das Flugzeug sicher aufsetzte. Bald würde ich Oliver sehen.

Der Fahrer, der mich am Flughafen abholte, war weniger kommunikativ als sein Kollege zuvor, also beschränkten wir uns auf höfliche Floskeln. Während der Fahrt ließ ich die vorbeiziehende Stadt auf mich wirken. Hamburg. Die Gebäude, die Lichter, die Menschen – alles wirkte auf mich so neu, so fremd. Es war schwer, den Gedanken zu unterdrücken, dass ich in diese Stadt gekommen war, um einen Mann zu treffen, der meinen Kopf in kürzester Zeit komplett verdreht hatte.

Wir hielten schließlich vor einem imposanten Gebäude mit dem Namen „Radisson Blu". Mein Magen zog sich zusammen, als ich ausstieg. Hatte Oliver hier ein Zimmer, oder wohnte er tatsächlich in einem Hotel? Ich hatte angenommen, er würde eine eigene Wohnung in der Stadt besitzen. Ein Hotel fühlte sich… unpersönlich an. Hatte er andere Frauen hierher eingeladen? Der Gedanke schnürte mir die Kehle zu.

Ein Hotelangestellter begrüßte mich freundlich. „Herzlich willkommen im Radisson Blu. Ich werde Ihnen Ihr Zimmer zeigen, wenn Sie mir bitte folgen möchten."

„Danke", brachte ich leise hervor. Die Situation war überwältigend – die Stadt, die fremden Gesichter, die luxuriöse Umgebung. Ich fühlte mich fehl am Platz und unsicher. Während ich dem Angestellten folgte, konnte ich den Gedanken nicht abschütteln, dass Oliver so etwas öfter machte. Dass ich nicht die Erste war. Dass diese ganze Situation für ihn Routine sein könnte. Die Eifersucht kroch unaufhaltsam in mir hoch. Es war ein neues, unangenehmes Gefühl. Was, wenn ich nur eine von vielen war?

Als ich endlich das Zimmer betrat, verschlug mir der Anblick für einen Moment die Sprache. Alles an diesem Raum strahlte Luxus aus, aber ich fühlte mich unwohl, fast wie eine Besucherin in einer fremden Welt. Ich ließ meine Tasche fallen und setzte mich auf die weiche Couch. Die Stille im Raum ließ die Unsicherheiten lauter werden. Wo war Oliver? Warum war er nicht hier, um mich in Empfang zu nehmen, um mir zu erklären, was am Sonntag passiert war, warum er sich plötzlich so verändert hatte?

Ich atmete tief ein. Bald würde er hier sein. Bald würde ich Antworten bekommen.

Notiz an mich: Nie wieder allein in eine fremde Stadt fliegen!

Ich weiß nicht, wie lange ich einfach nur auf der Couch gesessen hatte, bis mir einfiel, mein Handy wieder einzuschalten. Vielleicht hatte Oliver längst geschrieben, oder sollte ich ihm zuerst eine Nachricht schicken? Schließlich war ich gut angekommen – das war doch das, was man tat, oder? Ein kurzes Lebenszeichen, um zu sagen, dass alles in Ordnung ist. Nach ein paar Minuten, in denen nichts kam, entschied ich mich, den ersten Schritt zu machen. Die Ungewissheit war unerträglich. Ich musste etwas von ihm hören, sonst würde ich hier noch den Verstand verlieren.

Emilia: *„Hi Oliver, ich wollte dir nur sagen, dass ich sicher gelandet bin und im Hotel angekommen bin. Ich hoffe, es dauert nicht mehr allzu lange, bis ich dich endlich sehen kann. Es ist alles so fremd und groß hier."*

Jetzt blieb mir nur zu warten. Ich versuchte, mich abzulenken, indem ich mich im Zimmer umsah. Dieses Hotelzimmer war so luxuriös, dass es mir fast surreal vorkam – wie eine andere Welt, weit weg von meinem kleinen Zuhause mit Rosalie. Das Bad allein war ein Wunderland. Eine Dusche mit Knöpfen, die wie das Cockpit eines Raumschiffs aussahen, und ein Whirlpool, der eher in ein Spa passte als in ein Hotelzimmer. Ich streifte durch die Räume, konnte aber die aufkeimende Unruhe nicht abschütteln. Wo war Oliver? Warum war er noch nicht hier?

Endlich vibrierte mein Handy. Mein Herz setzte einen Schlag aus, als ich Olivers Nachricht öffnete.

Oliver: *„Liebste Emilia, leider dauert alles länger, als ich geplant hatte. Es ist zum Verzweifeln. Ausgerechnet heute! Aber ich bin in spätestens 10 Minuten bei dir. Tut mir leid."*

Ich atmete tief durch. Zehn Minuten. Die würde ich jetzt auch noch überstehen. Vielleicht.

Dann hörte ich, wie sich die Tür öffnete. Mein Herz hämmerte, als ich mich umdrehte – und da stand er. Oliver. Müde, ja, aber dennoch umwerfend. Er sah noch besser aus, als ich ihn in Erinnerung hatte, und allein der Anblick ließ mich eine vertraute Wärme spüren, die all meine Zweifel und Ängste für einen Moment zum Schweigen brachte. Es war, als würde ich ihn nicht erst seit ein paar Tagen, sondern mein ganzes Leben lang kennen.

„Hi", sagte er schüchtern, und seine Stimme ließ mein Herz kurz stehen.

Ich konnte ihn nur anstarren, überwältigt von der Tatsache, dass er wirklich hier war. Die Anspannung fiel mit einem Schlag von mir ab. „Schön, dass du endlich da bist", hörte ich mich flüstern. Meine Stimme klang unsicher, und ich ärgerte mich sofort darüber. Warum brachte er mich so aus dem Konzept? Wann hatte er diese Macht über mich gewonnen, ohne dass ich es bemerkt hatte?

Oliver kam auf mich zu, zog mich in eine Umarmung, die all meine Zweifel und Unsicherheiten für einen Moment vergessen ließ. Seine Arme fühlten sich so sicher und so vertraut an. „Du siehst ziemlich erschöpft aus", sagte er leise, „und trotzdem wunderschön. Ich hatte solche Angst, dich nie wieder zu sehen."

Seine Worte trafen mich mitten ins Herz. Ich wollte ihn küssen. Jetzt. Sofort. Ich schloss die Augen und lehnte mich leicht vor. Doch Oliver schob mich sanft ein Stück von sich weg und sah mich an.

Was? Nein, das konnte nicht sein Ernst sein. Nach all dem, was passiert war, nach der ganzen Reise, die ich auf mich genommen hatte, um hier bei ihm zu sein – kein

Kuss? Die Enttäuschung kroch wie eine dunkle Wolke in mir hoch und nagte an mir. Ich spürte, wie sie sich über meine Freude legte, wie sie die Wärme, die seine Nähe in mir ausgelöst hatte, langsam verdrängte.

„Ist alles in Ordnung?", fragte er besorgt.

Ich nickte, obwohl ich fühlte, wie sich ein Kloß in meinem Hals bildete. Meine Stimme wollte nicht funktionieren, und ich hatte Angst, dass ich meine Enttäuschung nicht verbergen konnte, wenn ich jetzt sprach. Oh Gott, benahm ich mich gerade wie ein trotziges Kind? War ich nicht in der Lage, selbst die Initiative zu ergreifen, wenn ich es doch so sehr wollte? Was hielt mich zurück?

Ich zwang mich, meine Gedanken zu sortieren. Vielleicht war Oliver genauso unsicher wie ich. Vielleicht hatte er Angst, wieder etwas falsch zu machen oder mich zu überfordern. Er hatte mich eingeladen, mir geschrieben, mich gebeten, zu ihm zu kommen. Das bedeutete doch, dass ich ihm nicht egal war. Aber warum fühlte sich dieser Moment dann so an, als würde ich auf einem schmalen Grat zwischen Euphorie und Ernüchterung balancieren?

„Komm, wir gehen erst mal etwas essen. Du musst schrecklichen Hunger haben, oder? Danach zeige ich dir ein bisschen von der Stadt, okay?"

„Sehr gerne."

Ich fand langsam meine Fassung und auch meine Stimme wieder, aber innerlich war ich immer noch aufgewühlt. Gemeinsam verließen wir das Hotel und gingen in ein Restaurant nur eine Straße weiter. Doch die Stimmung zwischen uns war alles andere als entspannt. Ich spürte eine unangenehme Distanz, die ich nicht deuten konnte. Was hatte ich nur erwartet, als ich sein Angebot einfach so annahm? Hatte ich wirklich geglaubt, dass alles genauso unbeschwert und leicht sein würde wie an der Spree? Jetzt saßen wir uns gegenüber, und das Schweigen zwischen uns fühlte sich wie ein tiefer Graben an.

Ich blätterte in der Speisekarte, aber die Worte verschwammen vor meinen Augen. Mein Appetit war wie weggeblasen. Stattdessen beobachtete ich Oliver verstohlen. Seine Miene war wie aus Stein, seine Augen wirkten müde und irgendwie abwesend. Das war nicht der Mann, mit dem ich an jenem Wochenende gelacht und geträumt hatte.

„Ich war überrascht wegen des Hotels", durchbrach ich schließlich das Schweigen. „Ich dachte, du hast hier sicher eine Wohnung oder so etwas."

Ich konnte nicht anders. Ich musste etwas sagen, irgendetwas, um diese kalte Distanz zu durchbrechen. Doch kaum hatte ich die Worte ausgesprochen, bereute ich sie. Meine Stimme klang kühler, als ich es beabsichtigt hatte.

Oliver hob langsam den Blick. Es lag ein Hauch von Erschöpfung und Unsicherheit in seinen Augen, der mir einen Stich versetzte. „Das habe ich auch", antwortete er leise, „aber ich dachte, es wäre angenehmer für dich, im Hotel zu sein. Stimmt etwas nicht mit dem Zimmer? Wir können dir auch ein anderes aussuchen, wenn du magst."

Er klang so verunsichert, dass es mich wütend machte. Nicht auf ihn, sondern auf diese Situation, die alles so kompliziert machte. Warum musste sich alles so schwierig anfühlen?

„Ich finde das Zimmer traumhaft", sagte ich und bemühte mich um einen versöhnlichen Ton. „Es ist riesig, aber… ich kann doch ohnehin nicht länger als eine Nacht bleiben. Ein Platz auf deiner Couch wäre völlig ausreichend gewesen. Du hast den Flug und alles schon für mich bezahlt. Ich kann das alles doch gar nicht annehmen."

Die Worte schossen aus mir heraus, bevor ich sie zurückhalten konnte. Ich wollte nicht undankbar klingen, aber gleichzeitig musste ich ihn verstehen lassen, wie überfordert ich mit all dem war.

Oliver fuhr sich mit der Hand durch die Haare, ein nervöser Zug, den ich bisher an ihm nicht bemerkt hatte. „Ich wollte dich einfach nur bei mir haben", sagte er schließlich. „Und ich wollte, dass du dich wohlfühlst hier. Darum habe ich gedacht, ein Zimmer wäre dir angenehmer. Verflixt, Emilia… irgendwie mache ich alles falsch, wenn es um dich geht. Ich verstehe das echt nicht."

Seine Stimme klang verzweifelt, und ich sah, wie viel diese Situation ihm abverlangte. Unsere Teller wurden gebracht, aber ich konnte mich nicht überwinden, einen Bissen zu essen. Stattdessen stocherte ich mit der Gabel in meinem Essen herum, während sich mein Kopf immer schneller drehte. Ich wollte weglaufen. Einfach alles hinter mir lassen und nach Hause fliegen, zurück in mein kleines, überschaubares Leben. Aber ich wusste, dass das keine Lösung war. Würde ich Oliver den Rücken kehren, würde ich ihn nur umso schmerzhafter vermissen – diesen Mann, den ich noch vor einer Woche nicht einmal gekannt hatte.

Ich sah ihn an, und sein Blick bohrte sich in meinen. Er wartete auf eine Antwort. Er wollte, dass ich ihm sagte, wie ich mich fühlte. Doch wie sollte ich das erklären, wenn ich es selbst nicht verstand?

„Gar nichts machst du falsch", begann ich schließlich leise. „Wie kommst du denn darauf? Wäre ich dann hier?"

Ich holte tief Luft, spürte, wie die Worte in mir aufsteigen, die ich so lange zurückgehalten hatte. „Vielleicht bin ich nur etwas enttäuscht… weil du so abweisend wirkst. Ganz anders als der Mann, den ich am Wochenende kennengelernt habe."

Meine Stimme zitterte leicht, aber ich hielt seinem Blick stand. Wenn wir jemals eine Chance haben wollten, musste ich ehrlich zu ihm sein auch wenn es weh tat.

Jetzt hatte ich es gesagt. Super, Emilia. Wenn die Stimmung bisher schon im Keller war, bereitete sie sich jetzt vermutlich darum, den Erdkern zu umrunden. Doch ich konnte einfach nicht aufhören zu reden. Die Worte strömten aus mir heraus, ohne dass ich Oliver eine Chance ließ, etwas zu sagen. Vielleicht war das meine einzige Möglichkeit, all die aufgestauten Gedanken und Gefühle endlich loszuwerden. Schlimmer konnte es nicht mehr werden. Was hatte ich schon zu verlieren?

„Weißt du, am Sonntag, als du mich geküsst hast, fühlte ich mich, als würde die ganze Welt um mich herum versinken." Meine Stimme wurde leiser, fast ein Flüstern, doch ich zwang mich weiterzusprechen. „Dieser eine Kuss riss mir förmlich die Füße weg, und ich war vollkommen machtlos dagegen. In diesem Moment übernahm mein Herz die Kontrolle, nicht mehr mein Verstand."

Ich spürte, wie meine Kehle trocken wurde, doch ich redete einfach weiter. „Du hast mit diesem Kuss all meine Prinzipien und Vorsätze in die Luft gejagt. Nur ein Kuss, und für mich änderte sich plötzlich alles. Mein ganzes Leben steht seitdem Kopf. Und dann… dann bist du einfach weggefahren, ohne mir die Chance zu geben, dir zu sagen, was in mir vorgeht. Du hast mich mit all diesen Gefühlen zurückgelassen, die ich nicht einordnen konnte."

Ich hielt kurz inne, um Luft zu holen, bevor ich meinen Monolog fortsetzte. Ich durfte jetzt nicht aufhören. „Ich hatte dieses Gefühl zugelassen, und es fühlte sich wie ein Sturzflug an. Doch dann meldest du dich wieder. Du schickst mir diese Nachrichten, die so voller Gefühl waren, dass ich dachte, da sei noch jemand, der genauso fühlt wie ich. Du lässt mich hierher fliegen, und jetzt sitze ich hier… und ich erkenne dich kaum wieder. Du bist anders, Oliver. Nicht wie der Mann, mit dem ich am

Wochenende gelacht habe, in den ich dabei bin mich zu verlieben, glaube ich. Du bist abwesend, verschlossen, als würdest du mich gar nicht wirklich hier haben wollen."

Ich spürte, wie die Tränen in meinen Augen brannten, doch ich zwang sie zurück. „Warum hast du mich hergebracht, wenn ich das Gefühl haben muss, dass du mich nicht einmal sehen willst?"

Ich hielt inne, meine Stimme zitterte. Oliver hatte nicht ein einziges Mal versucht, mich zu unterbrechen. Er saß einfach da, sein Blick fest auf mich gerichtet, sein Gesicht wie versteinert. Es war, als hätte er jedes Wort aufgesogen und in sich aufgenommen, ohne zu wissen, wie er darauf reagieren sollte. Dann klingelte sein Handy.

Das Geräusch riss mich aus meiner angestauten Wut und Verzweiflung, und ich wollte fast erleichtert sein, dass etwas die Stille durchbrach. Doch Oliver ignorierte das Klingeln, ließ es unbeachtet, und seine Augen blieben auf mir haften.

„Kannst du nicht endlich etwas sagen?" platzte es aus mir heraus. „Ich ertrage dieses Schweigen nicht. Ich ertrage es nicht, dich einfach nur anzusehen und nicht zu wissen, was du denkst."

Langsam, fast zögerlich, hob er seine Hand und legte sie auf meine. Ich hatte meine Hände zu Fäusten geballt, doch unter seiner Berührung entspannte ich mich augenblicklich. Seine Wärme durchströmte mich, und die Wut, die eben noch in mir kochte, wurde von einer unerklärlichen Ruhe abgelöst.

„Es tut mir so leid, Emilia", sagte er leise, seine Stimme voller Bedauern. „Du hast vollkommen recht. Ich war ein Idiot. Ich hatte keine Ahnung, dass es dir genauso geht wie mir. Ich wollte alles richtig machen, aber stattdessen habe ich es nur schlimmer gemacht. Am liebsten würde ich dich jetzt küssen."

Mein Herz setzte einen Schlag aus. „Warum tust du es dann nicht einfach?" fragte ich, bevor ich nachdenken konnte. „Ich kann ohnehin an nichts anderes mehr denken, seit ich dich gesehen habe."

Ein kleines Lächeln huschte über sein Gesicht, doch bevor er sich zu mir beugen konnte, klingelte erneut sein Handy. Das Geräusch schnitt wie ein Messer durch die Spannung zwischen uns.

Er seufzte, griff nach dem Telefon und schaltete es kurzerhand aus. „Jetzt gibt es nichts, das uns stören kann."

Endlich war der Moment gekommen, und ich wusste: Diesmal würde ich es nicht zulassen, dass irgendetwas uns unterbrach.

„Und wenn es wichtig ist?" fragte ich leise, doch er lächelte mich an. Dieses Lächeln, weich und voller Wärme, ließ mich schmelzen. Ich spürte, wie ich mit dem Stuhl zu verschmelzen schien, wie ich eins mit diesem Moment wurde. War es möglich, sich so leicht und gleichzeitig so überwältigt zu fühlen? Ob es sich immer so anfühlen würde? Ob ich ein Abo auf dieses Gefühl hatte?

„Nur du bist jetzt wichtig!" sagte er mit einer solchen Bestimmtheit, dass ich nichts mehr erwidern konnte. Er warf Geld auf den Tisch, ohne auf die Summe zu achten, und hielt mir seine Hand hin. Zögernd, doch gleichzeitig bereit, sie zu nehmen, legte ich meine in seine. Unsere Hände fanden einander, als wären sie dafür gemacht, zusammen zu gehören. Es fühlte sich an, als hätte ich endlich das fehlende Puzzleteil gefunden, das diese eine Lücke füllte, die immer spürbar, aber nie erklärbar gewesen war.

Draußen zog er mich unvermittelt in seine Arme. Endlich, endlich war er nah, so nah, wie ich es mir seit Sonntag gewünscht hatte. Ich schloss die Augen und atmete seinen Duft ein. Eine Mischung aus Tanne und Moschus, die mich umhüllte und beruhigte. Wie hatte ich diese Nähe so sehr vermissen können?

„Ich will dich nicht enttäuschen, Emilia," flüsterte er, während er mich noch fester hielt. Seine Stimme war weich, voller Ehrlichkeit. „Ich will dir keine Tränen bringen, nur Lächeln. Das ist alles, was ich will. Es tut mir leid, wenn ich dich verletzt habe. Ich weiß, ich bin manchmal ziemlich kompliziert, vielleicht sogar zu kompliziert. Das weiß ich. Aber das bin nun mal ich."

Bevor ich etwas sagen konnte, senkte er den Kopf und legte seine Lippen auf meine. Erst vorsichtig, fast zögernd, als wolle er sicher sein, dass ich es auch wirklich zulasse. Doch als ich mich ihm hingab, versanken wir beide in einem Kuss, der die Welt um uns herum verschwinden ließ. Jeder Zweifel, jede Unsicherheit wurde ausradiert, als gäbe es sie nie. Es war, als hätte der Kuss die Zeit angehalten, uns beide aus der Wirklichkeit in eine eigene kleine Blase versetzt. Die vorbeigehenden Menschen existierten für mich nicht mehr. Es gab nur Oliver und mich.

Als er sich schließlich von mir löste, war sein Gesicht meinem so nah, dass ich sein Lächeln förmlich spüren konnte. „Du bist also ein kleines bisschen verliebt in mich?" fragte er neckend, während seine Augen funkelten, wie ich es vermisst hatte.

Ich sah zu ihm auf und traf seinen Blick. Jetzt oder nie, dachte ich. Ich musste es aussprechen. Nicht nur für ihn, sondern auch für mich selbst.

„Ja, verdammt!" platzte es aus mir heraus, ohne dass ich die Worte groß abwog. „Ich bin irgendwie ein kleines bisschen verliebt in dich und—"

Doch bevor ich meinen Satz beenden konnte, verschlossen seine Lippen wieder meinen Mund. Der Kuss war intensiver als der letzte, voller Zärtlichkeit und Leidenschaft. Es fühlte sich an, als würde er mich in alle Teile meiner Seele hinein spüren. Noch nie hatte mich ein Kuss so überwältigt.

„Tut mir leid," murmelte er schließlich, als er den Kuss löste. „Ich wollte dich nicht unterbrechen, aber wenn du so vor mir stehst und mich ansiehst und dann noch sagst, dass du ein kleines bisschen verliebt in mich bist, dann verliere ich einfach jede Kontrolle. Du machst mich wirklich verrückt."

Da war er wieder. Der Oliver, der mich zum Lachen brachte, der die Welt um mich leichter und heller machte. Der unbeschwerte, offene Mann, der sich keine Gedanken darüber machte, was die Menschen um ihn herum dachten. Seine Worte ließen die Zweifel in meinem Inneren verblassen, doch irgendwo blieb die Frage nach seiner abweisenden Haltung vom Tag. Was hatte ihn so sehr belastet? Und doch entschied ich mich, den Moment nicht zu zerstören, sondern ihn zu genießen.

Wie war es möglich, dass mein Leben sich innerhalb von Tagen so grundlegend verändert hatte? Vor einer Woche war alles an meinem Platz gewesen: mein Studium, meine Pläne, meine Regeln. Jetzt hatte ich all das in den Hintergrund gedrängt, nur für diesen einen Mann. Für Oliver.

„Komm!" sagte er und nahm meine Hand. „Jetzt zeige ich dir ein bisschen was von meiner Stadt. Einverstanden?"

Seine Augen leuchteten, und ich wusste, dass ich die richtige Entscheidung getroffen hatte. „Einverstanden," antwortete ich, während sich ein Lächeln auf meinem Gesicht ausbreitete.

„Von hier aus hat man einen wunderschönen Blick auf die Alster. Sieh nur!" Oliver deutete auf das glitzernde Wasser, das sich unter der Brücke erstreckte. Die letzten Sonnenstrahlen des

Tages spiegelten sich darin und ließen die Oberfläche wie flüssiges Gold erscheinen. Ich folgte seinem Blick und konnte nur nicken. Es war wirklich zauberhaft.

Die Stadt, die mir vor ein paar Stunden noch so fremd und erdrückend vorgekommen war, hatte plötzlich ihren Charme entfaltet. Nicht zuletzt, weil Oliver ein Teil von ihr war. Es war, als ob seine Präsenz dieser Stadt eine neue Bedeutung verlieh – sie wurde nicht nur zu seinem Zuhause, sondern begann auch, ein Stück weit meines zu werden.

Wir setzten uns auf eine Bank, die perfekt platziert schien, um den vorbeiziehenden Schiffen und Fähren zuzusehen. Der Verkehr auf dem Wasser war gemächlich, ruhig, beinahe beruhigend. Oliver legte seine Hand auf meine, und ich spürte, wie seine Daumen gedankenverloren kleine Kreise auf meiner Haut malten. Es war eine unscheinbare, aber unglaublich intime Geste. Diese Berührung sprach mehr aus, als Worte es je könnten. Ich hätte wirklich für immer hier sitzen können, mit dem Rauschen des Wassers und seiner Nähe als einzigem Begleiter.

Plötzlich sprang er auf und sah mich an. Sein Gesicht strahlte diese jugendliche Aufregung aus, die ich so sehr an ihm liebte.

„Bleib genau hier sitzen, ok? Ich bin gleich wieder da!"

Ohne eine weitere Erklärung lief er los, überquerte die Straße und verschwand in einem kleinen Kiosk. Ich lächelte in mich hinein. Was hatte er jetzt wieder vor? Noch bevor ich weiter darüber nachdenken konnte, tauchte er wieder auf und hielt mir triumphierend ein kleines Schokotörtchen entgegen.

„Ich weiß, es ist keine Torte, aber vielleicht kommt es dem am nächsten," sagte er, mit einem schelmischen Grinsen auf den Lippen. „Als Entschuldigung für alles! Du hast gesagt, du liebst alles, was mit Schokolade zu tun hat, und am meisten Schokoladentorte. Da dachte ich, das kommt einer am nächsten."

Ich starrte ihn an, gerührt von der süßen Geste. Mein Herz machte einen kleinen Sprung, und ich fragte mich, wie ein Mann in so kurzer Zeit so tief in mein Inneres vordringen konnte. „Danke," flüsterte ich schließlich und lehnte mich vor, um ihm einen Kuss zu geben.

In dem Moment, in dem sich unsere Lippen trafen, explodierte die Welt um mich herum in purem Feuerwerk. Seine Zärtlichkeit, die Wärme seiner Berührung – es war, als würde alles in mir auf einmal erwachen. Meine Haut prickelte, meine Gedanken verschwammen, und mein Körper schien einen eigenen Willen zu entwickeln. Sein Kuss hatte die perfekte Balance aus Leidenschaft und Sanftheit, und ich konnte nichts anderes tun, als mich ihm hinzugeben.

Als wir uns voneinander lösten, rang ich nach Atem. Mein Puls hämmerte in meinen Ohren, und ich spürte, wie mein Herz wie verrückt schlug. Noch nie hatte sich ein Kuss so intensiv und doch so vertraut angefühlt. Es war, als wäre jeder Kuss mit Oliver ein neues Erlebnis, das gleichzeitig die Erinnerung an etwas Tiefvertrautes weckte.

„Du bringst mich um den Verstand, Emilia," murmelte er schließlich, sein Gesicht immer noch dicht an meinem. Ich spürte seinen Atem auf meiner Haut und wünschte mir, der Moment könnte ewig andauern. Doch dann fügte er hinzu, mit einem Hauch von Ernsthaftigkeit: „Wir sollten so langsam weiter, sonst kann ich für nichts mehr garantieren."

Seine Worte trafen mich wie eine sanfte Welle, die über meine Haut strich. Er zog mich auf die Beine, und ich konnte nicht anders, als ihn immer noch anzusehen. „Was hast du vor?" fragte ich, meine Stimme leise und noch immer voller Emotion. Ich schmeckte seinen Kuss noch auf meinen Lippen, seine Wärme schien mich zu umhüllen.

„Wir sollten zum Hotel zurück," sagte er, seine Augen fixierten meine. „Du hattest einen anstrengenden Tag und… na ja, ich bin auch ziemlich k.o. Vielleicht können wir dort noch ein bisschen da weitermachen, wo wir aufgehört haben. Wenn du es auch willst?"

Seine Unsicherheit überraschte mich. Es war ein seltener Einblick in eine verletzliche Seite von ihm, die er sonst so geschickt hinter seinem Lächeln versteckte. Doch genau diese Unsicherheit machte ihn für mich noch unwiderstehlicher.

„Wenn ich es will?" wiederholte ich und ließ meinen Blick direkt in seine blauen Augen gleiten. „Natürlich will ich das."

Ich wusste nicht, wie weit ich gehen wollte – oder konnte – aber eines war sicher: Ich hatte keine Angst.

Oliver war anders. Bei ihm fühlte ich mich sicher, geborgen, und zum ersten Mal seit langer Zeit wagte ich es, einfach meinen Gefühlen zu folgen.

Während wir Hand in Hand zurück zum Hotel liefen, konnte ich nicht anders, als ihn immer wieder anzusehen. Die Stadt um uns herum verblasste, der Verkehr, die Lichter, die Geräusche – alles wurde zu einem Hintergrundrauschen, das nur dazu diente, diesen Moment mit ihm noch besonderer zu machen.

Notiz an mich: Männer mit blauen Augen sind gefährlich… aber Olivers blaue Augen sind lebensbedrohlich!

Ich biss in mein Schokotörtchen, während wir zurück zum Hotel liefen. Jede Note des süßen, schokoladigen Geschmacks ließ mich innerlich dahinschmelzen. Es war wirklich das Beste, was ich je gegessen hatte.

„Möchtest du mal probieren?" fragte ich und hielt ihm das Törtchen entgegen. Oliver schüttelte den Kopf und lächelte mich an. In seinen Augen lag etwas Warmes, Beruhigendes, das mir sagte, dass die Anspannung, die wir zu Beginn des Abends gespürt hatten, endgültig verschwunden war.

Doch kaum hatten wir die Eingangstür des Hotels erreicht, wurden wir von einem aufgeregten Hotelangestellten angesprochen.

„Herr Monser! Gut, dass Sie endlich da sind. Frau Ferdinand hat mehrfach angerufen und wollte wissen, ob Sie hier sind. Sie bat darum, dass Sie sich dringend bei ihr melden. Es scheint wichtig zu sein."

Ich beobachtete, wie Olivers Gesicht sich augenblicklich veränderte. Die Wärme wich einer ernsten, fast frostigen Miene. Seine Schultern spannten sich an, und in seinen Augen spiegelte sich eine Härte wider, die ich bisher nicht kannte.

„Vielen Dank für die Information," sagte er kühl. „Aber ich denke, ich entscheide selbst, wie wichtig eine Nachricht von Frau Ferdinand ist."

Die Luft um uns schien zu gefrieren, und die unbeschwerte Stimmung von eben war wie ausgelöscht. Ich spürte, wie sich etwas Unangenehmes in meinem Bauch zusammenzog, während ich versuchte, mich an diesem neuen, distanzierten Oliver nicht zu stören. Seine Hand griff nach meiner, und obwohl ich zusammenzuckte, ließ ich es zu.

„Emilia? Alles in Ordnung?" fragte er, und seine Stimme hatte wieder einen Hauch von Zärtlichkeit. Ich nickte, wollte aber nicht lügen. Ich fühlte mich plötzlich fremd in seiner Nähe.

Während wir in den Aufzug stiegen, war es schließlich stärker als ich. Die Frage drängte sich mir auf, bevor ich sie überhaupt bewusst formulieren konnte. „Wer ist Frau Ferdinand?"

Oliver reagierte nicht sofort. Sein Blick blieb stur auf die Türen des Aufzugs gerichtet, und eine unangenehme Stille senkte sich über uns. Ich fühlte mich fehl am Platz, als würde ich gegen eine unsichtbare Mauer ankämpfen.

Erst als wir unser Zimmer erreichten und die Tür hinter uns schlossen, drehte er sich zu mir um. Seine Gesichtszüge waren wieder weich, aber seine Augen verrieten, dass er noch immer mit sich rang.

„Das ist jetzt nicht wichtig," sagte er schließlich und nahm einen Tonfall an, der nicht nach Diskussion klang. „Ich werde sie kurz zurückrufen. Warte hier."

Bevor ich protestieren konnte, gab er mir einen schnellen Kuss auf die Lippen und verschwand ins Schlafzimmer. Die Tür fiel mit einem leisen Klicken ins Schloss, und ich blieb wie angewurzelt stehen.

Warum?

Warum wollte er nicht, dass ich es wusste? Was war so wichtig, dass es mich ausklammern musste?

Ich versuchte, die Frage abzutun. Vielleicht war es einfach beruflich. Vielleicht war ich zu sensibel. Doch ein Teil von mir spürte eine Distanz, die ich nicht greifen konnte, und das machte mich unruhig.

Ich war gerade dabei, mich im Zimmer umzusehen, als die Tür wieder aufging. Oliver trat lächelnd heraus, als wäre nichts geschehen.

„Hast du Lust auf ein Bad?" fragte er mit einem verschmitzten Lächeln, das so gar nicht zu der frostigen Atmosphäre von vorhin passte.

„Jetzt?" fragte ich, überrascht von dem plötzlichen Themenwechsel.

„Ja," sagte er, „der Whirlpool wird dir gefallen. Es ist genau das Richtige, um zu entspannen." Ohne meine Antwort abzuwarten, verschwand er ins Badezimmer.

„Aber… ich habe gar keinen Bikini dabei!" rief ich ihm hinterher und spürte, wie Unsicherheit in mir aufstieg. Sollte ich das wirklich tun? Ich wusste nicht, ob ich bereit war, mich vor ihm so verletzlich zu zeigen – körperlich und emotional. Die Narben, die Mark hinterlassen hatte, waren tief, auch wenn die meisten für andere unsichtbar waren, gab es doch auch sichtbare.

Ich war in Gedanken versunken, als Olivers Stimme mich direkt an meinem Ohr erreichte. „Komm!" flüsterte er, und ich spürte seinen Atem warm und sanft auf meiner Haut.

Ich drehte mich langsam um, und da stand er, so nah, dass ich in seinen Augen versinken konnte. Diese Augen! Sie schienen jede meiner Unsicherheiten wegzuwischen, selbst wenn sie nur für einen Moment verborgen blieben.

Seine Hände umfassten sanft meine. „Emilia," sagte er leise, „ich will nur, dass du dich wohlfühlst. Du musst nichts tun, was du nicht willst. Aber ich verspreche dir, dass du mir vertrauen kannst."

Sein Blick war ehrlich, durchdringend, und ich spürte, wie ein Stück meiner Angst von mir abfiel.

„Okay," flüsterte ich schließlich.

Ein Lächeln breitete sich auf seinem Gesicht aus, und er führte mich ins Schlafzimmer, wo das Plätschern des Whirlpools bereits zu hören war. Sonst war die Atmosphäre ruhig, fast magisch, und ich konnte nicht anders, als zu denken, dass vielleicht, nur vielleicht, diese Reise ein Wendepunkt in meinem Leben sein könnte.

Notiz an mich: Vertrauen zuzulassen ist das Schwerste und gleichzeitig das Schönste.

„Hast du Angst?" fragte Oliver leise, während seine Augen tief in meine blickten.

„Vielleicht ein bisschen," gab ich zu und senkte den Blick. Ich wollte nicht, dass die Schatten der Vergangenheit diesen Moment zerstörten. Mark hatte schon so viel kaputt gemacht, so viel von mir genommen, aber das musste jetzt enden. Ich wollte diesen Moment für mich und Oliver. Nur für uns.

Plötzlich spürte ich, wie seine Hände vorsichtig den Reißverschluss meines Kleides öffneten.

„Was tust du da?" fragte ich erschrocken, und Hitze stieg mir ins Gesicht.

„Emilia," sagte er sanft und mit einem schiefen Lächeln, „willst du etwa wirklich mit Klamotten baden? Ich wollte dir nur behilflich sein."

Mit einer zärtlichen Langsamkeit zog er den Reißverschluss weiter herunter, während seine Lippen jeden Zentimeter Haut küssten, den er freilegte. Jeder Kuss war wie ein Funke, der durch meinen ganzen Körper schoss. Ich konnte kaum noch atmen, als er schließlich wieder vor mir stand und mich ansah.

„Atmen!" lächelte er und legte seine Lippen erneut auf meine. Diesmal waren seine Küsse intensiver, fordernder, und ich ließ mich einfach fallen. Alles um uns herum verschwand. Es gab nur Oliver und mich, diesen Moment, diese Nähe. Als er mir schließlich die Träger von den Schultern streifte und mein Kleid langsam zu Boden glitt, fühlte ich mich wie in einem Traum.

Ich stand nur in Unterwäsche vor ihm, doch anstatt mich bloßgestellt zu fühlen, fühlte ich mich begehrt so, wie er mich ansah. Sein Blick war voller Wärme und Ehrfurcht, als hätte er ein Geschenk ausgepackt, das er sich schon immer gewünscht hatte.

„Du bist so wunderschön," flüsterte er, und ich spürte, wie meine Wangen vor Verlegenheit und Freude leicht erröteten. Seine Hände strichen sanft über meinen Körper und verharrten kurz auf der Narbe an meinem Bauch. Doch anstatt etwas zu fragen, akzeptierte er sie, als wäre sie einfach ein Teil von mir.

Dann hob er mich plötzlich hoch, als wäre ich federleicht.

„Was hast du vor?" fragte ich mit zitternder Stimme, halb aufgeregt, halb nervös.

„Das Wasser könnte jeden Moment überlaufen," erklärte er lächelnd, als wäre es die selbstverständlichste Sache der Welt, mich zu tragen.

Er trug mich ins Badezimmer und setzte mich sanft ab. Sein Duft nach Moschus und Tanne hüllte mich ein, und ich wusste, ich wollte diesen Moment für immer in meinem Gedächtnis einrahmen. Als er begann, sein Hemd aufzuknöpfen, stockte mir der Atem. Sollte ich es nicht besser übernehmen? Doch meine Hände waren wie gelähmt. Ich war so überwältigt von ihm, dass ich keinen klaren Gedanken mehr fassen konnte.

Wann hatte er es geschafft, mir auch die restliche Kleidung auszuziehen? Ich wusste es nicht. Plötzlich saß ich im warmen, sprudelnden Whirlpool, und Oliver stieg ebenso entkleidet zu mir. Die Wärme des Wassers und die sanften Blasen, die meinen Körper umspielten, waren überwältigend. Doch nichts davon war so intensiv wie die Nähe zu ihm.

„Woran denkst du?" fragte Oliver nach einer Weile, während wir schweigend im Wasser saßen.

„Ob ich vielleicht träume," antwortete ich leise und schloss die Augen.

Er beugte sich vor, seine Lippen fanden sanft meinen Hals, und ich spürte, wie jede Zelle in mir vor Verlangen aufleuchtete.

„Würdest du das dann fühlen?" fragte er flüsternd und zog eine Gänsehaut über meine Haut.

„Dreh dich um," forderte er mich schließlich auf, seine Stimme tief und samtig. Wie in Trance setzte ich mich zwischen seine Beine und spürte seinen Körper an meinem Rücken. Seine Berührungen waren sanft und fordernd zugleich, und ich hatte das Gefühl, mich völlig in ihm zu verlieren.

„Das ist also deine Art zu entspannen?" fragte ich atemlos.

„Ja. Gefällt sie dir?" Sein Lächeln war in seiner Stimme zu hören, bevor er mich erneut küsste.

„Sehr sogar," gestand ich. „Aber entspannt bin ich gerade wirklich nicht."

„Bist du nicht? Was bist du dann, Emilia?" fragte er, und als ich meinen Kopf drehte und ihm in die Augen sah, konnte ich in ihnen das gleiche Verlangen spüren, das ich in mir selbst fühlte.

„Ich… naja… ich bin total aufgeregt, und ich glaube, zu spüren, dass es dir genauso geht, oder?" Meine Stimme zitterte ein wenig, als ich es aussprach. Die Luft zwischen uns schien heißer zu werden, und ich konnte die leichte Vibration in seiner Brust spüren, als er sich ein Stück näher zu mir bewegte, seine Wärme durch den Raum ziehend.

„Könnte man so sagen, aber das ist ja auch kein Wunder. Du bist sowas von heiß. Du kannst dir gar nicht vorstellen, was das gerade alles mit mir anstellt und was ich gerne mit dir tun würde." Ich spürte, wie er die Luft einhielt, als er sich seinen Worten bewusst wurde, doch ich hatte mich schnell wieder gedreht und konnte ihm nicht mehr ins Gesicht sehen. Bei solch intimen Themen fiel es mir schwer, meine Gedanken zu ordnen, geschweige denn sie laut auszusprechen. Sex war nie etwas gewesen, worüber ich mich leicht tat. Für mich war es immer nur ein notwendiges Übel, etwas, das zu Beziehungen gehörte, ob ich es wollte oder nicht.

„Warum tust du es dann nicht?" fragte ich ihn mutig, überrascht von meinem eigenen Mut. Das war nicht Emilia, dachte ich bei mir. Das war eher etwas, was Elias vielleicht sagen würde.

„Weil wir Zeit haben, Baby. Ich will einfach alles mit dir genießen, jeden Moment, den du in meiner Nähe bist, voll und ganz auskosten… nichts überstürzen, sondern genießen. Ich habe so etwas noch nie gefühlt… weißt du? Und ich will es auf keinen Fall falsch machen. Ich will dich mehr, als du dir vorstellen kannst, schon seit ich dir das erste Mal in die Augen gesehen habe… da war es längst um mich geschehen. Ich bin auch ein bisschen in dich verliebt… ein bisschen verliebter als du dir vermutlich vorstellen kannst. Keine Ahnung, wie so etwas einfach so passieren kann."

Oliver brachte mich völlig aus der Fassung. Ich war sprachlos, so sprachlos, dass mir keine Antwort einfiel. Er fühlte also genauso wie ich. Was sollte ich ihm darauf antworten? Sollte ich ihm sagen, dass ich manchmal das Gefühl hatte, alles nur zu träumen? Dass es sich nicht wirklich so anfühlen konnte? Dass er der erste Mann war, der an mein Herz kam, und dass ich hilflos dagegen war? All diese Gedanken wirbelten in meinem Kopf, aber ich wusste, sie würden für ihn keinen Sinn ergeben, wenn er nicht die ganze Geschichte kannte.

„Was ist los? Bist du jetzt überrascht?" hörte ich plötzlich Oliver fragen, der meine Stille bemerkt hatte und mich sanft aus meinem Gedankenkarussell holte. Ich drehte mich schließlich zu ihm und sah ihn direkt an.

„Ja, das bin ich wirklich. Sprachlos. Danke!" flüsterte ich und ließ mich von einem Kuss hinreißen, der hoffentlich alles sagte, was meine Worte nicht konnten. Die Spannung zwischen uns löste sich in diesem Moment auf, als wir uns noch eine halbe Ewigkeit einfach nur in den Armen lagen, die Nähe des anderen suchend, bis mir langsam fröstelte.

Wir verbrachten den Abend eng aneinander gekuschelt, bis das Wasser im Whirlpool langsam abkühlte. Oliver hielt mich die ganze Zeit fest in seinen Armen, als könnte er mich nie wieder loslassen wollen.

„Los komm! Es wird langsam kalt hier drin. Wir gehen ins Bett. Schließlich will ich dir morgen Hamburg zeigen, und es ist schon spät!" Olivers Stimme war ruhig und warm, während er aus dem Whirlpool stieg und sich einen flauschigen Bademantel überwarf. Mit einer lässigen Eleganz griff er nach einem zweiten und hielt ihn mir hin. Ich spürte, wie ein wohliger Schauer durch meinen Körper lief, als ich ihm folgte. Der Kontrast zwischen dem warmen Wasser und der kühlen Luft ließ mich leicht frösteln.

„Oliver?" fragte ich leise, als er sich gerade auf den Weg ins Schlafzimmer machen wollte.

Er drehte sich um, seine Augen funkelten in der gedämpften Beleuchtung des Badezimmers. „Was ist, Emilia?"

Ich biss mir nervös auf die Unterlippe. „Wann hast du meinen Rückflug gebucht?" murmelte ich schließlich. Es war eine Frage, die mich schon seit unserer Ankunft im Hotel beschäftigte, aber ich hatte sie immer wieder verdrängt. Doch jetzt, mit dem nahenden Ende des Tages, drängte sie sich in meinen Kopf. „Ich schreibe am

Freitag meine Abschlussklausur in Anatomie, und ich muss dann auch wieder arbeiten."

Ein verschmitztes Lächeln zog sich über sein Gesicht. „Also, wenn du mit ‚nichts dabei' meinst, dass du nichts zum Anziehen hast, hätte ich absolut nichts dagegen!" Seine Augen blitzten vor neckischer Freude, und ich spürte, wie ich leicht errötete.

„Oliver!" protestierte ich und verschränkte die Arme.

Er trat auf mich zu, legte seine Hände sanft auf meine Schultern und sah mich mit diesem Blick an, der jedes Mal alle meine Bedenken in Luft auflöste. „Wir reden morgen darüber, ok? Heute möchte ich nur dich. Keine Pläne, keine Termine, keine Fragen. Nur uns."

Seine Worte ließen mein Herz schneller schlagen, und ich nickte schließlich, unfähig, ihm zu widersprechen.

„Komm," flüsterte er sanft, nahm meine Hand und führte mich ins Schlafzimmer.

Als wir im Bett lagen, zog Oliver mich an sich, mein Kopf ruhte auf seiner Brust. Sein Herzschlag war gleichmäßig, beruhigend, und seine Hände strichen sanft über meinen Rücken. Mit jedem kleinen Muster, das er mit seinem Finger malte, fühlte ich mich tiefer in seine Wärme und Geborgenheit gezogen. Es war ein Gefühl, das ich noch nie zuvor so erlebt hatte – ein Gefühl völliger Sicherheit und Ruhe, gemischt mit einer zarten Vorfreude auf all das, was kommen könnte.

„Schlaf gut, wunderschöne Emilia," flüsterte er. Seine Stimme war so beruhigend, dass sie meine Gedanken fast augenblicklich zum Schweigen brachte.

Ich wollte noch so viele Fragen stellen, über ihn, über uns, über das, was diese verrückte Verbindung zwischen uns bedeutete. Aber die Erschöpfung hatte andere Pläne, und langsam schlossen sich meine Augen. Der letzte Gedanke, den ich hatte, bevor der Schlaf mich einholte, war, wie wundervoll er duftete und wie sicher ich mich in seinen Armen fühlte.

Notiz an mich: Unbedingt sein Parfüm herausfinden, damit ich es zuhause auf mein Kissen sprühen kann.

Erdbebengeständnisse

Als ich langsam meine Augen öffnete, fühlte ich mich für einen Moment orientierungslos. Wo war ich? Die fremde Umgebung ließ meine Gedanken wirbeln, bis alles zurückkam. Hamburg, Whirlpool, **Oliver**. Doch als ich mich suchend umsah, war das Bett leer. Eine ungewohnte Stille umgab mich.

War er etwa gegangen? Hatte er es sich doch anders überlegt? Sofort schossen mir düstere Gedanken durch den Kopf, und mein Magen zog sich zusammen. Warum war mein erster Reflex immer der, das Schlimmste zu erwarten? Neben dem Bett lag noch immer der Bademantel von gestern Abend, und als ich ihn griff, spürte ich die Erinnerungen zurückkehren. Warme Hände, sanfte Berührungen, ein Lächeln, das mich geborgen fühlen ließ.

Ich schlang den Bademantel um mich und folgte der leisen Spur seiner Anwesenheit ins Wohnzimmer. Auf dem Esstisch stand ein ausladendes Frühstücksarrangement. Tabletts mit Früchten, Croissants, kleinen Gläschen Joghurt. Und da lag er, ein Zettel. Mein Herz schlug sofort schneller, als ich ihn nahm und die vertraute Handschrift sah.

„Emilia...leider hatte ich früh einen wichtigen Termin und musste dich allein zurücklassen. Glaub mir, nichts ist mir so schwergefallen. Ich hätte lieber weiter zugesehen, wie du schläfst. Ich versuche, so schnell wie möglich zurück zu sein.

Bis dahin kannst du dich mit dem Frühstück stärken. Da ich nicht wusste, was du magst, habe ich von allem etwas kommen lassen. Im Bad findest du alles, was du brauchst, und im Kleiderschrank hängt etwas zum Anziehen – auch wenn ich dich lieber so sehen würde, wie gestern Abend. Aber diesen Anblick behalte ich gerne für mich allein. In Sehnsucht, Oliver"

Ein Lächeln huschte über mein Gesicht, und meine Finger glitten sanft über die Zeilen. Wie konnte ein Mann, den ich kaum kannte, mich so fühlen lassen? So, als würde ich endlich ankommen. Ich griff nach einer saftigen Erdbeere und ließ sie genüsslich im Mund zergehen, während ich zum Kleiderschrank ging. Die Wahl hatte er getroffen: eine fliederfarbene Bluse und eine perfekt sitzende Jeans. Mein Stil, genau getroffen. Er hatte wirklich an alles gedacht. Im Bad staunte ich nicht weniger. Duschgel, Shampoo, Zahnbürste, ja sogar ein Fläschchen meines Parfüms von unserem ersten Abend. Oliver schien in Details zu denken, von denen ich nicht einmal wusste, dass sie wichtig waren.

Als ich frisch geduscht und angezogen wieder am Esstisch saß, beschloss ich, Elias zu schreiben. Der würde sicher längst Alarm geschlagen haben. Mein Handy bestätigte meine Befürchtungen: mehrere unbeantwortete Anrufe. Mit einem leichten Schuldgefühl tippte ich eine Nachricht.

Emilia „*Hi Eli, es geht mir absolut super. Es ist alles wieder in Ordnung mit Oliver und mir. Ich fühle mich wie im Paradies. Ich erzähle dir alles, wenn ich wieder da bin. Mach dir bitte keine Sorgen und sei mir nicht böse, dass ich mich nicht gemeldet habe. Hab dich lieb. Emilia*"

Seine Antwort kam innerhalb von Sekunden, und die schiere Geschwindigkeit ließ mich ahnen, wie besorgt er gewesen war.

Elias: „*Endlich meldest du dich! Sei froh, dass ich gerade nicht telefonieren kann, sonst würdest du was zu hören bekommen. Du kannst doch nicht einfach verschwinden! Ich hätte noch eine Stunde gewartet und dann die Polizei eingeschaltet. Pass auf dich auf und melde dich! Hab dich auch lieb!*"

Ich seufzte. Elias war immer so. Ein Fels in der Brandung, aber einer, der sich Sorgen machte, bis er sich selbst in die Knie zwang. Trotzdem konnte ich jetzt keine langen Gespräche mit ihm führen. Ich wollte diesen Tag nicht von meiner eigenen Unvernunft überschatten lassen. Oliver war schließlich der Grund, warum ich hier war, und ich wollte jede Sekunde mit ihm nutzen.

Die Stunden schlichen dahin. Das Frühstück war längst verputzt, die Tabletts abgeräumt, und trotzdem keine Nachricht, kein Anruf, kein Lebenszeichen von Oliver. Mein Blick wanderte unablässig zu meinem Handy. Zehn Minuten. Zwanzig. Eine Stunde. Noch eine Stunde. Nichts.

Ich überlegte, ihm zu schreiben, aber eine innere Unsicherheit hielt mich zurück. Was, wenn er wirklich beschäftigt war? Ihn zu stören wäre unnötig, oder? Doch mit jeder Minute, die verstrich, fühlte ich mich unruhiger. Die Decke begann, auf mich zu drücken, und die Gedanken an vergangene Enttäuschungen klopften hartnäckig an die Tür meines Bewusstseins.

Schließlich hielt ich es nicht mehr aus. **Ich musste handeln.**

Nach einer halben Stunde, die sich wie eine Ewigkeit anfühlte, hörte ich endlich die Tür. Mein Herz setzte für einen Moment aus und begann dann, wie wild zu schlagen. Oliver trat ein, und für einen Augenblick wirkte er fast unsicher. Seine Augen, sonst voller Energie und Glanz, schienen müde, als hätten sie eine lange Nacht und einen noch längeren Tag hinter sich.

„Hi," sagte er leise, fast schüchtern, und ein kleines, entschuldigendes Lächeln huschte über sein Gesicht. Es war absurd, dass dieser Mann, mit dem ich die Nacht verbracht hatte, jetzt so zögerlich wirkte. „Es tut mir leid, dass du so lange warten musstest."

Bevor ich etwas sagen konnte, trat er näher und beugte sich vor. Sein Kuss war weich, fast fragend, und ich erwiderte ihn sofort. Die Vertrautheit, die sich einstellte, ließ mich alle Stunden des Wartens vergessen. Es war, als würden sich all meine Zweifel und Ängste in diesem Moment auflösen.

„Du bist endlich hier," flüsterte ich, während ich ihn ansah. „Geht es dir gut? Du siehst erschöpft aus. War

dein Termin anstrengend? Möchtest du dich ausruhen?"
Die Worte sprudelten aus mir heraus, und ich hielt inne,
als ich merkte, dass ich ihn fast überforderte. War ich
jetzt wie Elias, wenn er mich mit Fragen bombardierte?

Er schüttelte den Kopf und nahm meine Hand. „Ich
könnte ein bisschen frische Luft gebrauchen. Lass uns
spazieren gehen. Die Bewegung wird mir guttun."

Ich nickte, und wir verließen Hand in Hand das Hotel.
Eine Weile gingen wir schweigend nebeneinanderher.
Der kühle Wind umspielte unser Gesicht, und langsam,
ganz langsam, schien sich Olivers Haltung zu
entspannen. Nach und nach begann er zu sprechen, und
mit jedem Wort schien die Last des Tages von seinen
Schultern zu fallen.

Er erzählte von seiner Arbeit, wie er heute einen
komplizierten Vertrag mit einem japanischen
Lieferanten verhandelt hatte – etwas, das eigentlich in
Markus' Aufgabenbereich fiel, der aber im Moment mit
seiner Freundin im Urlaub war. Er sprach über die
Anfänge ihrer Firma, die Höhen und Tiefen, die
Herausforderungen, sich in der Branche einen Namen zu
machen. Ich sog jedes Wort in mich auf. Es war, als
würde er mir ein Stück seiner Welt zeigen, und mit jedem
Satz schien ich mehr von ihm zu verstehen.

Seine Stimme, die Art, wie seine Augen bei bestimmten
Erinnerungen aufleuchteten, ließen mich spüren, wie tief
ich mich bereits in ihn verliebt hatte. Es war ein stilles,
unerwartetes Gefühl, aber eines, das sich mit jeder
Minute stärker manifestierte.

Wir ließen uns schließlich in einem kleinen Restaurant direkt an der Alster nieder. Die Aussicht war atemberaubend, und ich genoss jeden Bissen des köstlichen Essens, während ich ihn weiterhin aufmerksam beobachtete. Oliver wirkte entspannter als noch am Morgen, und ich fühlte mich wohl in seiner Nähe.

„Und was ist mit deiner Familie?" fragte ich beiläufig, während ich ein Stück Brot brach. „Deine Eltern müssen doch unendlich stolz auf dich sein, oder?"

Der Satz hing in der Luft. Die Stimmung veränderte sich sofort, wie ein plötzlicher Wetterumschwung. Olivers Gesicht verlor jegliche Leichtigkeit, seine Augen verdunkelten sich, und ich spürte, wie sich eine schwere Last über ihn legte.

„Sie sind beide tot," sagte er schließlich, leise, fast tonlos.

Mein Herz zog sich zusammen. „Oh, Oliver, das tut mir leid," sagte ich, meine Stimme kaum mehr als ein Flüstern. Instinktiv legte ich meine Hand auf seine und strich zärtlich darüber. Es war alles, was ich tun konnte, um ihm Trost zu spenden, auch wenn ich wusste, dass meine Worte in diesem Moment wenig Bedeutung hatten.

„Das ist schon okay," sagte er nach einer Weile und nahm meine Hand fester in seine. „Es ist lange her. Sie sind bei einer Rundreise mit dem Hubschrauber abgestürzt." Er hielt inne, seine Stimme zitterte leicht. „Sie haben Charlotte und mir immer jeden Wunsch von den Augen abgelesen. Wir hatten eine wunderbare Kindheit, und dafür bin ich dankbar. Glücklicherweise waren wir beide schon erwachsen, als es passierte. Ich ging kurze Zeit später nach Hamburg, und Charlotte blieb in Berlin."

Die Traurigkeit in seinen Worten durchdrang mich, und ich spürte, wie schwer es ihm fiel, diese Erinnerungen auszusprechen. Für einen Moment herrschte Stille zwischen uns, doch sie war nicht unangenehm. Es war eine Stille des Verstehens, des Respekts für das, was er gerade mit mir geteilt hatte.

„Sie hätten stolz auf dich sein können," sagte ich schließlich und sah ihn an. „Ich bin mir sicher, dass sie es sind, wo immer sie jetzt auch sind."

Oliver lächelte schwach, ein Hauch von Erleichterung in seinen Augen. Er hob meine Hand an seine Lippen und küsste sie sanft. „Danke," murmelte er, und ich wusste, dass er mehr meinte als nur für meine Worte.

Wir saßen noch eine Weile dort, den Blick auf die Alster gerichtet, als würde die Bewegung des Wassers uns beiden helfen, die Wogen in unseren Herzen zu glätten.

„Dann hast du also viele schöne Erinnerungen an sie," sagte ich schließlich leise. „Das ist doch wundervoll und so, so kostbar. Außerdem hast du noch deine Schwester und den kleinen Noah. Das macht dich reicher als viele andere Menschen." Ich hielt kurz inne, bevor ich fortfuhr, das Bedürfnis spürend, etwas von mir zu teilen, etwas zu erklären. Vielleicht, um die Dunkelheit in seinen Augen zu vertreiben. „Weißt du, meine Eltern sind da ganz anders. Meine Mutter hat mittlerweile den dritten Ehemann und lebt jetzt in Schweden mit Colin. Ab und zu meldet sie sich mal bei mir, aber das ist eher selten. Mein Vater lebt in Berlin, ein einsamer Junggeselle. Seitdem meine Mutter gegangen ist… na ja, sein bester Freund ist der Alkohol." Ich biss mir kurz auf die Lippe, um die Welle der Emotionen, die in mir hochkam, zu unterdrücken. „Es war alles nicht so einfach mit ihm. Die einzige Familie, die ich richtig hatte, waren Elias und seine Eltern."

Oliver sah mich an, seine Augen voll Mitgefühl, und plötzlich legte er seine Hand auf meine. „Und ab jetzt hast du auch noch mich. Wenn du das möchtest, Emilia."

Eine angenehme Wärme durchströmte mich. Seine Worte fühlten sich an wie ein Schutzschild gegen alles, was mich jemals verletzt hatte. Ich war bereit, sie anzunehmen. „Ist das so?" flüsterte ich. „Ich kann irgendwie immer noch nicht so recht glauben, was hier gerade mit uns passiert."

Oliver beugte sich über den Tisch und hauchte mir einen sanften Kuss auf die Lippen. Seine Berührung löschte all meine Zweifel aus, als würde sie all die Fragen in meinem Kopf wegwischen. „Manchmal muss man offen sein und es zulassen," sagte er sanft. „Ohne zu viel nachzudenken."

Der Rest unseres Essens verlief schweigend, jeder von uns in Gedanken versunken. Nach dem Essen schlenderten wir zurück zum Hotel, Hand in Hand, die

Alster immer noch in Sichtweite. Es war ein Moment, den ich für immer festhalten wollte, aber die Realität klopfte an meine Tür.

„Oliver," begann ich vorsichtig, „ich muss wirklich zurück nach Berlin."

Er hielt inne, sah mich an, und ich bemerkte den Schmerz in seinen Augen. „Ich weiß," sagte er leise, „aber ich will dich nicht gehen lassen."

„Und ich will auch nicht gehen," gestand ich. „Aber ich schreibe Freitag meine Abschlussklausur in Anatomie, und danach habe ich Nachtdienst. Ich muss zurück. Kannst du nicht vielleicht einfach mitkommen? Oder am Wochenende?"

Er schüttelte bedauernd den Kopf. „Leider nicht. Ich würde wirklich gerne, aber ich kann hier gerade nicht weg."

Ich nickte. „Naja, ich hätte ja auch nicht wirklich Zeit für dich, wenn ich zurück bin," gab ich zu, traurig über die Realität, die uns auseinanderzudrängen schien.

Ohne ein weiteres Wort griff Oliver zu seinem Handy. „Hey," begann er, „morgen früh brauche ich einen Rückflug nach Berlin. Die erste Maschine. Nein, schicken Sie mir alles per E-Mail zu." Mit einem knappen „Danke" legte er auf. Keine Förmlichkeiten, kein Smalltalk. Einfach Oliver in seiner Geschäftswelt.

„Danke," sagte ich leise, leicht eingeschüchtert von seiner direkten Art. Ich musste mich wirklich daran gewöhnen, dass er manchmal wie zwei verschiedene

Menschen wirkte: der kühle Geschäftsmann und der liebevolle Oliver, der gerade meine Hand hielt.

„Möchtest du am Samstag vielleicht wieder kommen?" fragte er vorsichtig.

Natürlich wollte ich das, aber ich wusste, dass ich es mir weder zeitlich noch finanziell leisten konnte. Außerdem hatte ich Schwierigkeiten, seine Großzügigkeit einfach so anzunehmen. Ich schüttelte den Kopf. „Das geht leider nicht. Ich muss arbeiten und… ich kann es mir auch nicht leisten." Ich hielt inne, sah ihn an und sprach weiter, bevor er mich unterbrechen konnte. „Und bevor du etwas sagst: Nein, ich möchte nicht, dass du das alles für mich bezahlst. Es ist einfach zu viel. Das fühlt sich für mich nicht richtig an."

Oliver zog eine Augenbraue hoch, und ich konnte sehen, wie er sich zurückhielt, um nicht sofort zu widersprechen. „Warum möchtest du es nicht? Ich mache es gerne für dich und irgendwie auch für mich."

Ich atmete tief durch. „Ich musste immer für mich selbst sorgen. Seit meine Mutter weg ist, jobbe ich, um alles selbst zu schaffen. Es war mir immer wichtig, unabhängig zu sein…"

Oliver unterbrach mich sanft, indem er einen Finger auf meine Lippen legte. „Psst. Nimm es an, Emilia. Diskutier nicht mit mir darüber. Ich mache es nicht, weil ich muss. Ich mache es, weil ich es kann und weil ich dich will. Punkt."

Seine Worte ließen mich verstummen. Ich wollte widersprechen, wollte ihm erklären, wie sehr ich es hasste, etwas anzunehmen, das ich nicht verdient hatte. Aber es war sinnlos. Oliver hatte eine Entschlossenheit in den Augen, die ich nicht brechen konnte. Ich beschloss, ihm zu zeigen, dass ich zumindest versuchte, mich mit seiner Großzügigkeit abzufinden, indem ich schmollend meinen Blick abwandte.

Er lachte leise und zog mich an sich. „Du bist so stur. Aber genau das gefällt mir an dir."

Ich schaffte es bis wir wieder im Hotelzimmer angekommen waren und Oliver einfach anfing mich zu küssen. Ich konnte seine warmen Hände durch den dünnen Stoff meiner Bluse fühlen, wie meine Haut an den Stellen förmlich zu verglühen schien.

„Bitte lächle wieder für mich!" sagte er leise und küsste mich weiter. Seine Lippen wurden immer fordernder, und ich spürte, wie auch meine Erregung sich steigerte. Ich vermutete, ein Junkie würde sich so fühlen, wenn ihm ganz langsam seine Dosis verabreicht wurde, bis er sich zum Höhepunkt steigerte. Plötzlich hob mich Oliver hoch, ohne auch nur einen Moment seinen Mund von meinem zu lösen, und trug mich ins Schlafzimmer, wo er mich behutsam, beinahe so, als wäre ich aus Glas, aufs Bett legte. Noch nie hatte ich so viel Zärtlichkeit in jeder einzelnen Berührung spüren können. Er bedeckte jeden Teil meines Körpers, den er frei legte, mit Küssen, die mir fast den Verstand raubten.

Doch plötzlich war ich nicht mehr hier. Mein Verstand, mein Körper, meine gesamte Wahrnehmung waren nicht mehr bei Oliver. Ich fühlte mich Jahre zurückversetzt. Es war nicht mehr Olivers Gesicht, das ich vor mir sah. Es war Mark. Mein Herz raste, doch nicht vor Freude oder Begehren, sondern vor Angst. Es war, als würde sich eine Schlinge immer mehr um meine Brust legen und mir die Luft zum Atmen nehmen. Verdammt, das konnte doch jetzt nicht wahr sein! Der letzte Flashback lag Jahre zurück. Warum ausgerechnet jetzt? Ich konnte den Schmerz spüren, als wäre er real. Mark, der immer wieder mit seinen Fäusten auf mich einschlug, nur weil ich damals nicht bereit war, diesen letzten Schritt mit ihm zu gehen. Damit hatte alles angefangen. Ich sah ihn vor mir, wie er mich beschimpfte, mich herabwürdigte. Seine Augen glitzerten kalt, ohne jede Spur von Zuneigung, die er sonst vorgab zu empfinden. „Du gehörst mir", hatte er immer wieder gesagt, wie eine Drohung, die ich nicht ignorieren konnte und meine Kleidung einfach von meinen Körper gerissen. Meine Hände ballten sich zu Fäusten, doch sie blieben kraftlos. Erinnerungen an Schreie, an Schmerzen, an Nächte voller Angst überrollten mich. Ich wollte schreien, doch mein Mund blieb stumm. Alles in mir zog sich zusammen.

„Emilia! Emilia!" Olivers Stimme durchbrach den Nebel. Sie katapultierte mich mit aller Wucht in die Gegenwart zurück. Seine Hände ruhten beruhigend auf meinen Schultern, doch ich spürte, wie mein Körper zitterte.

„Oliver…" brachte ich endlich heraus, bemerkte aber, dass meine Stimme nur ein schwaches Hauchen war. Sein Blick suchte den meinen, voller Sorge und Verwirrung.

„Was ist los? Soll ich aufhören? Geht es dir zu schnell? Habe ich etwas falsch gemacht?" Seine Verunsicherung war fast greifbar, aber auch seine Geduld, seine Bereitschaft, zurückzuweichen, wenn ich es brauchte. Es tat weh, ihn so zu sehen. Doch die Angst in mir ließ mich nicht los. Sie lähmte mich, hielt mich gefangen. Olivers blaue Augen sahen mich fragend an. Sie strahlten immer noch Begierde, nun aber auch Verunsicherung aus Ich schüttelte den Kopf und versuchte meine Gedanken zu sortieren. Mich wieder zu beruhigen und meine Stimme wieder zu finden. Ich atmete tief durch.

„Es gab da mal jemanden vor ein paar Jahren in meinem Leben…" begann ich zögernd, meine Stimme brüchig. Es war, als müsste ich durch dichten Nebel waten, um die Worte überhaupt zu finden. Noch immer klammerte ich mich an die Gegenwart, um nicht wieder in die Dunkelheit der Vergangenheit gezogen zu werden.

Oliver zog scharf die Luft ein, als ob er ahnte, was jetzt kommen würde. Doch ich musste es aussprechen, für mich, für ihn, für uns.

„Es ist nicht so, wie du vielleicht denkst. Ich… ich bin nicht… zumindest nicht so, wie man es sich vorstellt. Aber es war.. es fühlte sich manchmal so an, weil…" Ich fühlte, wie meine Hände zu zittern begannen. „Mark war… Mark war krank. Aggressiv. Kontrollierend. Wenn er nicht bekam, was er wollte, wurde er wütend. Und seine Wut… sie war unberechenbar und so holte er sich dann eben auch alles was er wollte, wenn ich nicht bereit war es ihm zu geben."

Bilder schossen vor mein inneres Auge. Bilder, die ich so lange verdrängt hatte. Wie er mich angeschrien hatte, dass ich ihn betrog, wenn ich nur mit einem anderen Mann gesprochen hatte. Wie er mich schlug, wenn ich ihn nicht zufriedenstellte. Wie er mich zwang, Dinge zu tun, die ich nicht wollte, nur um seine Aggressionen zu vermeiden. Tränen liefen mir über die Wangen, doch ich sprach weiter, getrieben von dem Bedürfnis, es endlich loszuwerden.

„Anfangs war es nur ein Schubs oder ein harter Griff, aber es wurde immer schlimmer. Ich wusste, ich sollte ihn verlassen, aber… ich wusste nicht, wohin ich gehen sollte. Und ich wusste, er würde mich finden. Das hätte alles nur noch schlimmer gemacht." Meine Stimme brach, doch ich zwang mich, weiterzusprechen.

„An einem Abend… kam ich zehn Minuten zu spät nach Hause. Die U-Bahn war verspätet. Es war… ein ganz normaler Grund. Aber für ihn war das ein Verrat. Er hat mich beschuldigt, ihn zu betrügen. Und dann…" Meine Stimme versagte.

Ich sah den Moment wieder vor mir, als er die Beherrschung verlor. Die Schläge. Die Tritte. Wie ich zu

Boden fiel und er nicht aufhörte. Der Schmerz. Die Angst, dass ich sterben würde.

„Ich bin irgendwann ohnmächtig geworden. Die Nachbarn haben die Polizei gerufen. Sie haben mir das Leben gerettet." Heiße Tränen liefen mir übers Gesicht.

Oliver stand auf, sein Gesicht todernst, die Farbe war ihm aus dem Gesicht gewichen.

„Dieses verdammte Dreckschwein…" Seine Hände ballten sich zu Fäusten, und ich konnte sehen, wie die Wut in ihm brodelte.

„Er ist noch im Gefängnis. Er wurde zu sechs Jahren ohne Bewährung verurteilt," flüsterte ich.

Oliver lief unruhig im Zimmer auf und ab, schüttelte immer wieder den Kopf. Ich wusste, es war ein Päckchen, das nur schwer zu tragen war. Ein Päckchen, das ich in den letzten Jahren stets bei mir getragen hatte – und an manchen Tagen schien die Last unerträglich.

„Wie lange ist es her?" fragte er schließlich. Obwohl ich mich etwas gefasster fühlte als vor wenigen Minuten, schossen mir erneut Tränen in die Augen. Sie wollten einfach nicht aufhören zu fließen, und die Tatsache, dass ich ihm jetzt eine Antwort geben musste, ließ meine Angst nur noch größer werden.

„Die sechs Jahre sind so gut wie rum", flüsterte ich mit einem Kloß im Hals.

Oliver blieb abrupt stehen, dann kam er zu mir zurück. Ich saß mittlerweile zusammengerollt auf dem Bett, meine Hände um die Knie geschlungen. Ohne ein Wort löste er meine verkrampfte Haltung und zog mich

vorsichtig in seine Arme. Er hielt mich einfach fest –
schenkte mir das Gefühl von Sicherheit, das er mir
immer wieder gegeben hatte.

„Ich passe immer auf dich auf. Versprochen. Er wird
dir nie wieder etwas antun", flüsterte er und gab mir
einen Kuss auf das Haar. Auch wenn ich wusste, dass
dieses Versprechen unmöglich einzuhalten war, so
hoffte ich doch, dass er recht behalten würde. In diesem
Moment fühlte ich mich sicherer als je zuvor.

„Danke," flüsterte ich.

Und in diesem Moment fühlte ich mich, als hätte er ein
kleines Stück der Last von meinen Schultern genommen,
die ich all die Jahre allein getragen hatte.

Ich konnte nicht sagen, wie lange wir schweigend
nebeneinander saßen, während er mich einfach nur
festhielt. Irgendwann versiegten meine Tränen, und ich
hörte seine Stimme in meinem Ohr.

„Komm, lass uns versuchen, etwas zu schlafen. Das
wird dir jetzt sicher guttun."

Ich nickte stumm. Er hatte recht. Ich war völlig
erschöpft. Wortlos ging ich ins Bad. Als ich zurückkam,
lag Oliver bereits im Bett. Er lächelte mich so liebevoll an,
dass in diesem Moment kein anderer Ort für mich
vorstellbar war als hier bei ihm. Ich kletterte ins Bett und
kuschelte mich an ihn. Dabei fiel mir ein kleines Tattoo
direkt an seinem Herzen auf. Gedankenverloren strich
ich mit meinem Finger über die Stelle.

„Your first breath took mine away", konnte ich dort
entziffern.

„Was bedeutet dein Tattoo?" fragte ich ihn, doch bekam keine Antwort. Als ich aufblickte, sah ich, dass er bereits eingeschlafen war. Selbst im Schlaf sah dieser Mann noch wunderschön aus. Leider konnte ich meine Gedanken und die aufgewühlten Gefühle nicht einfach abstellen oder beruhigen. Zu viele Erinnerungen waren heute wieder an die Oberfläche gekommen.

Am Horizont konnte ich bereits einen dünnen Strich Helligkeit sehen, als der erlösende Schlaf schließlich doch eintrat.

Notiz an mich: Die Vergangenheit holte einen immer ein!

Noah

„Guten Morgen, Baby!" Olivers Stimme drang zu mir durch, sanft, aber doch bestimmend. Ich blinzelte, um den Schlaf zu vertreiben, und sah ihn auf der Bettkante sitzen, perfekt angezogen, die Haare noch leicht feucht. Er sah umwerfend aus, wie immer. Doch etwas in seiner Haltung wirkte gedrückt, als trüge er eine unsichtbare Last.

„Du musst aufstehen," sagte er mit einem Lächeln, das seine Augen nicht erreichte.

Ich streckte mich widerwillig und setzte mich langsam auf. Der Blick auf die Uhr bestätigte, was ich bereits vermutet hatte. Es war nicht einmal 6 Uhr. Ich fühlte mich, als hätte ich kaum geschlafen, was auch nicht weit von der Wahrheit entfernt war.

„Ok," murmelte ich, bevor ich mich aus dem Bett quälte und Richtung Bad schlurfte.

Doch kaum war ich aufgestanden, hörte ich seine Stimme, scharf und kontrolliert, während er in sein Handy sprach.

„Nein! Ich habe Ihnen doch gesagt, dass ich nicht will, dass Noah heute zum Schwimmen geht, Frau Ferdinand. Ich habe bereits einen Termin bei der Ergotherapie für ihn und das reicht für heute vollkommen. Ich will jetzt auch nicht weiter darüber diskutieren. Wenn er wach ist, machen Sie ihn fertig und rufen mich an, dann hole ich ihn ab."

Seine Worte waren kalt, förmlich. Sie rissen mich aus meiner verschlafenen Trance und hinterließen ein nagendes Gefühl in meiner Brust. Noah? Und warum klang Oliver plötzlich so... fremd? Ich stand in der Tür des Badezimmers, unsicher, ob ich mich bemerkbar machen oder einfach zurückziehen sollte. Doch die Verwirrung siegte. Bevor ich es realisierte, stand ich hinter ihm und hörte jedes Wort.

Er bemerkte mich erst, als er das Gespräch beendet hatte. Als er sich umdrehte, erstarrte er kurz. Ein Ausdruck von Entsetzen huschte über sein Gesicht, als hätte er Angst, ich hätte etwas gehört, das ich nicht hören sollte.

„Emilia... ich... ich kann alles erklären. Noah..." Seine Stimme war unsicher, seine Worte holprig. Oliver Monser, der selbstbewusste Mann, der stets die Kontrolle zu haben schien, stotterte.

„Was ist mit Noah, Oliver?" fragte ich ruhig, obwohl mein Herz raste.

„Wer ist Noah wirklich?" Mein Kopf arbeitete fieberhaft. Die Puzzlestücke fügten sich zusammen: der Kindersitz im Auto, den er an unserem ersten Abend hastig versteckt hatte. Sein seltsames Verhalten, wenn er über Familie sprach. Und das Tattoo – *Your first breath took mine away.* Der Verdacht, der sich in mir breit machte, war wie ein kalter Schauer, der meinen Rücken hinabglitt. Doch ich wollte es von ihm hören. Musste es von ihm hören.

„Bitte, Oliver," setzte ich erneut an, meine Stimme bebte, doch ich zwang mich zur Stärke.

„Sag mir jetzt endlich, wer Noah wirklich ist. Findest du nicht, dass ich die Wahrheit verdient habe? Nachdem ich dir heute Nacht von meinem schlimmsten Albtraum erzählt habe? Nachdem ich dir vertraut habe?" Meine Stimme wurde lauter, eindringlicher. „Hast du mich die ganze Zeit angelogen? War ich wirklich so naiv, zu glauben, dass du anders bist?"

Seine Lippen öffneten sich, doch kein Ton kam heraus. Er stand da, wie gelähmt, und sah mich nur mit einem Ausdruck an, der gleichzeitig Reue und Angst zeigte.

Ich konnte es nicht länger ertragen. Die Stille, die Schwere des Moments. Sie drückten auf meine Brust, nahmen mir die Luft. Ich griff nach meiner Handtasche.

„Wenn du nichts sagst, ist das Antwort genug," sagte ich leise, meine Stimme klang rau und brüchig, doch ich hielt den Kopf hoch.

„Ich dachte, du wärst anders. Ich dachte, ich könnte dir vertrauen. Aber vielleicht bin ich einfach eine hoffnungslose Idiotin, die immer wieder auf Menschen wie dich reinfällt."

Ich ging zur Tür. Mein Blick blieb für einen Moment an ihm hängen. Sein Gesicht war schmerzverzerrt, seine Augen flehten mich an, zu bleiben. Doch er sagte nichts. Kein Wort.

Ich drehte mich um, um zu gehen, doch etwas hielt mich zurück. Vielleicht war es die Hoffnung, dass er mich aufhalten würde. Dass er mir endlich die Wahrheit sagen würde. Doch die Sekunden verstrichen, und die Stille blieb unerträglich.

Ich atmete tief durch, öffnete die Tür und trat hinaus. Die kühle Luft des Hotelflurs schlug mir entgegen, doch sie fühlte sich nicht erfrischend an. Sie fühlte sich leer an – genauso leer wie ich mich in diesem Moment fühlte.

„Verdammt, sag mir jetzt die Wahrheit, oder ich gehe und du wirst mich nie wiedersehen!" Meine Stimme brach beinahe, und ich spürte, wie meine Kehle brannte. Tränen stiegen mir in die Augen, kämpften darum, endlich auszubrechen, während mein Herz wie wild hämmerte.

Oliver schloss für einen Moment die Augen, atmete tief durch und sah mich dann an, mit einem Ausdruck, der mich zugleich schmerzte und wütend machte.

„Noah ist mein Sohn," sagte er endlich, leise und doch so schwer, dass die Worte wie eine Lawine in meine Brust einschlugen.

Ich stand wie erstarrt. Seine Worte bestätigten all die Gedanken, die in meinem Kopf zu einer schmerzhaften Wahrheit heranwuchsen. Noah – sein Sohn. Sofort schoss mir das Gesicht des kleinen Jungen in den Kopf, seine Augen, die wie Olivers funkelten. Ich wollte es nicht glauben, aber da war es – unausweichlich, nicht mehr zu verdrängen.

„Also war das alles hier nur ein Spiel?" Meine Stimme war heiser, bebte vor aufgestauter Wut und tiefer Enttäuschung.

„Was ist mit seiner Mutter? Sie sitzt vermutlich zu Hause und wartet auf dich, während du dich hier vergnügst?" Die Worte verließen meinen Mund, bevor ich sie stoppen konnte. Die Vorstellung schnürte mir die Kehle zu. Ich hatte Angst vor der Antwort, Angst vor dem, was er noch gestehen könnte.

„Nein, Emilia, nein!" rief Oliver und trat näher an mich heran, doch ich wich instinktiv zurück. „Jedes Wort, das ich zu dir gesagt habe, war wahr. Noahs Mutter wollte ihn nicht. Es war nur ein verdammter One-Night-Stand!" Seine Stimme brach, als er diese letzten Worte aussprach, und ich sah die Scham in seinen Augen.

Ein Teil von mir fühlte Erleichterung, dass er mir keine Ehefrau und eine Lüge mehr präsentieren würde, doch ein viel größerer Teil schrie vor Schmerz. Er hatte mich belogen. Egal, welche Gründe er hatte, er hätte ehrlich sein müssen. Wie sollte ich jemals wieder seinen Worten trauen, wenn diese Lüge zwischen uns stand?

„Warum?" flüsterte ich, meine Stimme kaum mehr als ein Hauch. Die Tränen, die ich zu unterdrücken versuchte, liefen mir jetzt heiß über die Wangen.

„Warum hast du es mir nicht gesagt?"

Oliver hob die Hände, als wolle er mich beruhigen, doch sein eigener Blick war voller Verzweiflung.

„Ich hatte Angst. Angst davor, dass du mich wegstoßen würdest. Ich wollte dich mehr als alles, Emilia. Aber als ich dir von Noah erzählen wollte…"

„Nein!" Ich schnitt ihm das Wort ab und hob eine Hand, um ihn zum Schweigen zu bringen. „Das interessiert mich nicht mehr. Ich will jetzt einfach nur nach Hause." Meine Stimme zitterte, doch ich hielt den Kopf hoch.

Ich drehte mich um, ging zur Tür und ignorierte sein Flehen hinter mir.

„Warte doch, Emilia… Lass es mich erklären!"

„Darüber hättest du früher nachdenken müssen!" fuhr ich ihn an und spürte, wie die Wut erneut in mir aufkochte. Als ich den Aufzug erreichte, hämmerte ich auf die Knöpfe, ungeduldig und verzweifelt. Ich wollte einfach nur weg – weit weg von diesem Hotel, dieser Stadt, und vor allem von ihm.

„Dann lass mich dich wenigstens zum Flughafen bringen," versuchte er erneut, seine Stimme nun fast flehend.

Ich schüttelte den Kopf und blickte ihn an, meine Augen voller Tränen und meine Worte wie Eis. „Lass mich einfach in Ruhe, Oliver. Ich will nichts mehr mit dir zu tun haben." Mit diesen Worten betrat ich den Aufzug. Er blieb davor stehen, sah mich an, bis sich die Türen schlossen und ihn aus meinem Blickfeld verschwinden ließen.

In der Enge des Aufzugs begann ich wieder zu atmen, doch meine Brust fühlte sich an, als hätte jemand ein Loch hineingerissen. Ich stolperte aus dem Hotel, meine Schritte führten mich ziellos durch die Straßen, bis ich an einer Bank zusammenbrach. Die Welt schien plötzlich so viel kälter, so viel leerer. Warum hatte ich meine Vorsätze gebrochen? Warum hatte ich mich eingelassen, mein Herz geöffnet, nur um es jetzt so zerschmettert wiederzufinden?

Mein Handy vibrierte, aber ich ignorierte es. Vermutlich war es Oliver. Vielleicht wollte er sich entschuldigen, vielleicht wollte er noch mehr erklären. Aber ich wollte nichts mehr hören. Nicht jetzt. Nicht von ihm. Schließlich fand ich einen Taxistand und ließ mich zum Bahnhof fahren. Die vertrauten Geräusche des Zuges, das Rattern der Räder, waren wie ein monotoner Hintergrund, während ich gegen die Wellen aus Schmerz und Traurigkeit ankämpfte, die in mir tobten.

Zu Hause angekommen, war ich froh, dass Rosalie nicht da war. Ich wollte niemanden sehen, niemandem etwas erklären. Ich wollte nur in mein Zimmer, mein Bett, und meine Tränen zulassen. Dort, in der Einsamkeit, überfluteten mich die Erinnerungen an Oliver, an seine Berührungen, seine Küsse. Es fühlte sich an, als würde ich jedes Mal, wenn ich die Augen schloss, ein weiteres Stück meines Herzens verlieren.

Ich hörte, wie sich irgendwann meine Tür leise öffnete und konnte Rosalie durch meinen Tränenschleier wahrnehmen.

„Emi, was ist passiert?" fragte sie vorsichtig, doch ich wollte nicht reden. Rosalie verstand ohne Worte und nahm mich einfach nur in den Arm, während eine neue Tränenflut über mich einrollte.

„Hat er dir wehgetan?" Ich schüttelte den Kopf. Dankbar dafür das sie nicht weiter nach fragte. Natürlich hatte er mir weh getan, sogar unfassbar stark, aber ich wusste, dass sie diese Art nicht meinte. Sie meinte den körperlichen Schmerz nicht den meiner Seele.

Das Nächste, was ich bewusst wahrnahm, waren leise Stimmen hinter meiner Tür. Ich musste wohl doch eingeschlafen sein, denn es war mittlerweile dunkel draußen. Sicher hatte Rosalie Elias Bescheid gesagt. Ich fürchtete mich vor seiner Begegnung, denn ich wusste, wie er über Oliver reden würde. Doch das wollte ich nicht hören. Ich wusste selbst wie dumm ich war und Oliver mich mehr verletzt hatte als ich es nur in Worte fassen konnte. Es jedoch zu hören, dazu war ich nicht in der Lage. Ich war plötzlich sehr froh, dass Elias außer seinem Vornamen nichts von Oliver wusste, denn sonst hätte ich es für durchaus möglich gehalten, dass er zu ihm gefahren und ihn zur Rede gestellt hätte.

„Sie schläft!" hörte ich Elias leise Stimme und wie er die Tür wieder schloss, die er zuvor leise geöffnet hatte. Als ich nichts mehr hören konnte, was mich darauf schließen ließ, dass Elias und Rosalie nicht mehr da waren, stand ich schließlich auf. Ein Blick auf mein Handy zeigte mir das ich Nachrichten hatte. Mit zitterten Händen nahm ich es in die Hand. Eine war von Elias. Er schrieb, dass er für mich da wäre und ich mich sofort melden sollte, wenn ich ihn brauchte. Die andere war von Oliver. Mein Herz krampfte sich zusammen. Ich wusste nicht, ob ich in der Lage wäre sie zu lesen. Immer wieder sah ich ihn vor mir. Fühlte noch seine Hände auf meiner Haut. Seine Küsse. Seinen Geruch konnte ich noch immer, wenn ich tief atmete, riechen. Er fehlte mir.

Es war ein Gefühl, als hätte mir jemand ein Loch in meine Brust geschnitten und bohrte immer weiter darin. Hätte er doch nur von Anfang an mit offenen Karten gespielt. Ich bin mir sicher, dass es für mich dann nicht so schlimm gewesen wäre. Aber es eigentlich nur durch Zufall zu erfahren, machte es so viel unerträglicher. Ich konnte auch meine Gedanken nicht ändern. Immer wieder fragte ich mich, ob es nicht doch nur ein Spiel war von ihm. Er hätte mir Noah schließlich nicht für immer verschweigen können. Ich spürte, wie Wut in mir aufkam und ich mit dieser bereit war Olivers Nachricht zu öffnen.

Oliver: *„Emilia, bitte gib mir noch eine Chance, alles zu erklären. Es tut mir so leid. Ich bin so ein verdammter Idiot. Ich bin wirklich verliebt in dich. Bitte glaub mir doch! Jedes Wort war wahr, was ich dir gesagt habe. Ich wollte dich niemals verletzten. Es war ein Fehler, dir nicht die Wahrheit über Noah zu sagen. Das weiß ich und ich bereue es so sehr. Ich habe keine Ahnung, wie ich so blöd sein konnte. Gib uns und dem, was wir haben, nicht einfach auf!"*

Ich starrte auf die Worte. Mein Herz krampfte sich zusammen. Ich spürte wieder die Wut, die Trauer, die Enttäuschung. Und dann, ohne groß nachzudenken, drückte ich auf **Löschen**.

Notiz an mich: Liebe war einfach scheiße!

Eine Woche Liebe...

Ich wusste bereits, als ich die Uni am nächsten Morgen betrat, dass meine Chancen, eine gute Prüfung hinzubekommen, fast unmöglich waren. Die ganze Nacht hatte ich versucht, zu lernen, aber mein Kopf schien nur eine einzige Information zu speichern: Schmerz. Alles, was ich las, verschwand wie Rauch in einem Sturm. So saß ich also im Hörsaal, starrte auf meine Notizen und akzeptierte widerwillig, dass ich es irgendwie würde ausgleichen können. Bisher waren meine Prüfungen alle sehr gut gelaufen. Jetzt konnte ich ohnehin nichts mehr daran ändern.

Nach der Prüfung ging ich direkt zu Elias. Ich hatte ihm versprochen, bei ihm im Laden vorbeizuschauen, und so saß ich kurze Zeit später im Aufenthaltsraum, umgeben vom vertrauten Duft nach Kaffee und Haarspray, und trank eine Tasse nach der anderen.

„Ach Emi, was soll ich jetzt nur mit dir machen? Du siehst ja schrecklich aus," sagte Elias und setzte sich neben mich. Er zwang sich zu einem Lächeln, doch ich konnte in seinen Augen lesen, wie besorgt er war. Elias war nie sprachlos, doch jetzt schien er tatsächlich hilflos zu sein. Sein Blick durchbohrte mich, als wolle er in mir Antworten finden, die ich selbst nicht hatte.

„Ich komm schon klar, Eli," sagte ich leise und rührte mechanisch in meinem Kaffee. „Ich komm immer klar, das weißt du doch. Außerdem habe ich doch dich. Es tut nur noch so weh. Es wird schon irgendwann aufhören."

Meine Stimme brach fast, aber ich zwang mich, weiterzusprechen. „Ich kann es einfach nicht verstehen. Wie konnte er mich so belügen? Ich hätte mich nie auf ihn einlassen dürfen. Das habe ich nun davon. Ich hatte schließlich meinen Standpunkt und bin mir selbst nicht treu geblieben. Aber ich verspreche dir, Elias… es passiert nie wieder."

Er sah mich lange an, dann schüttelte er den Kopf. „Emi, manchmal musst du dein eigenes Herz schützen, aber… vielleicht solltest du doch noch mal in Ruhe mit ihm reden."

„Mit ihm reden?" Ich lachte bitter. „Eli, das Vertrauen ist weg. Ich fühle mich so verletzt. Welche Erklärung könnte er mir geben, die rechtfertigt, dass er mich über etwas so Wichtiges angelogen hat?"

Elias zuckte mit den Schultern, doch in seinen Augen war Sanftheit. „Das kann ich dir nicht sagen, Süße. Aber ich kann dir sagen, dass du später vielleicht bereust, es nicht versucht zu haben. Es tut weh, ja. Aber vielleicht tut der Schmerz, es nicht zu versuchen, irgendwann mehr weh als der, es zu tun."

Seine Worte trafen mich tief. Elias hatte recht, wie so oft. Würde es wirklich weniger wehtun, alles einfach so stehen zu lassen? Doch ich wusste auch, dass es nicht nur um Oliver ging. Wenn ich ihn zurück in mein Leben ließ, würde ich auch Noah in mein Leben lassen müssen. Es gab die beiden nur zusammen, und das war etwas, das ich nicht ausklammern konnte.

„Ich weiß nicht, Elias. Ich weiß es wirklich nicht," flüsterte ich schließlich. Mein Kopf war ein Chaos aus Gedanken und Gefühlen, die sich nicht ordnen ließen.

Nach einer Weile verabschiedete ich mich von Elias, ließ ihn mit einer vagen Ausrede zurück, dass ich etwas für die Uni erledigen müsse. Ziellos wanderte ich durch die Straßen, versuchte, Ordnung in die Stürme in meinem Kopf zu bringen. Doch mein Handy riss mich aus meinen Gedanken. Es klingelte. Mein Herz setzte aus. War es Oliver? Hatte ich jetzt jedes Mal Panik, wenn mein Handy vibrierte?

Die Nummer war unbekannt, aber mit Berliner Vorwahl. Könnte er es sein? Vielleicht war selbst das eine Lüge und die Schwester, die er erwähnt hatte, existierte gar nicht. Mit zitternden Händen nahm ich ab.

„Ja, bitte?" meldete ich mich, meine Stimme vorsichtig.

„Spreche ich mit Frau Wagner? Emilia Wagner?" Die Stimme am anderen Ende war freundlich und älter.

„Ja, die bin ich," antwortete ich. „Was kann ich für Sie tun?"

„Schön, dass ich Sie erreiche. Mein Name ist Professor Dr. Peters. Sie hatten sich bei uns in der Klinik für eine Stelle beworben. Ich wollte Sie gerne zu einem Gespräch einladen."

Meine Welt hielt an. Der heiß ersehnte Anruf. Mein Herz begann, schneller zu schlagen. Die kleine Privatklinik, von der jeder träumte, der in meinem Bereich arbeitete. War das wirklich wahr? Ich suchte nach Worten, doch mein Kopf war ein einziges Wirrwarr.

„Frau Wagner? Sind Sie noch dran?" fragte der Professor nach.

„Ja, ja, ich bin da. Ich war nur kurz überrascht über Ihren Anruf. Sehr gerne würde ich mich vorstellen," brachte ich hervor, meine Stimme immer noch schwach.

„Hervorragend. Wie wäre es mit jetzt gleich?"

Mein Puls raste. Jetzt? Ich war in einem Pullover und Jeans unterwegs, völlig unvorbereitet. Elias würde mir später den Kopf abreißen, wenn er wüsste, wie ich zu einem Vorstellungsgespräch erschienen war. Aber ich konnte das nicht ablehnen. Diese Gelegenheit bekam man nicht zweimal.

„In Ordnung," sagte ich. „Ich könnte in 30 Minuten da sein."

„Ausgezeichnet. Melden Sie sich einfach an der Anmeldung. Ich freue mich, Sie kennenzulernen."

Bevor ich antworten konnte, hatte er aufgelegt. Fassungslos starrte ich auf mein Handy. Hatte das wirklich gerade stattgefunden? Mein Herz hämmerte, und ich spürte, wie Nervosität sich in mir breit machte. Ich war nicht vorbereitet. Nicht auf dieses Gespräch, nicht auf diesen Moment, aber ich wusste: Ich durfte diese Chance nicht verstreichen lassen. Ich nahm die nächste U-Bahn und fuhr zur Klinik, mein Herz schlug schneller mit jedem Kilometer.

Notiz an mich: Manchmal kommt die Realität genau dann, wenn du es am wenigsten erwartest.

An der Anmeldung wurde ich bereits äußerst freundlich begrüßt und in die erste Etage geschickt. Mein Herz schlug schneller mit jedem Schritt, doch ich war dankbar, dass ich wenigstens die letzte halbe Stunde keinen Gedanken an Oliver verschwendet hatte. Das hier war schließlich mein Leben. Alles, worauf ich so lange hingearbeitet hatte, lag nun zum Greifen nah. Ich wollte eine gute Ärztin werden, und dieser Moment fühlte sich an wie die erste Sprosse einer Leiter, die zu meinen Träumen führte.

Leise klopfte ich schließlich an die Bürotür mit der Aufschrift: Prof. Dr. med. Wolfgang Peters.

„Ja?" hörte ich seine Stimme, erstaunlich freundlich und einladend. Ich öffnete die Tür und trat ein. Als er mich sah, erhob er sich sofort und kam mir mit ausgestreckter Hand entgegen.

„Ah, Frau Wagner, vermute ich. Schön, dass Sie so schnell kommen konnten." Er schüttelte mir die Hand mit festem Griff und deutete auf den Stuhl vor seinem Schreibtisch. Ich setzte mich und versuchte, meine Nervosität zu verbergen.

„Wie Sie sich sicher denken können," begann er mit einer Ruhe, die Vertrauen ausstrahlte, „habe ich vorab ein wenig über Sie recherchiert. Ich habe nur Positives über Sie gehört. Sie sind die Beste Ihres Jahrgangs, und Ihre Professoren schildern Sie als äußerst ehrgeizig und engagiert. Das sind genau die Qualitäten, die wir in unserer Klinik suchen. Des Weiteren arbeiten Sie bereits als Aushilfe im St. Josefs-Krankenhaus, richtig?"

Ich war beeindruckt, wie viel er über mich wusste, und für einen kurzen Moment war ich sprachlos. Schließlich nickte ich und antwortete: „Ja, das ist korrekt. Ich finanziere mir dadurch unter anderem mein Studium."

Er nickte wissend. „Sehr lobenswert. Das zeigt mir, dass Sie sowohl Einsatzbereitschaft als auch Belastbarkeit mitbringen – Eigenschaften, die in unserem Beruf unerlässlich sind."

Seine Worte ließen mein Herz höher schlagen. Ich fühlte, wie ein Funken Hoffnung in mir aufging. Und dann kam der Moment, der mich fast sprachlos machte:

„Wir suchen derzeit jemanden für die chirurgische Ambulanz. Es wäre zunächst für ein Jahr, und danach sehen wir, wie sich die Zusammenarbeit entwickelt. Wären Sie interessiert?"

Für einen Augenblick war ich wie gelähmt. Chirurgie – mein Traum. Eine Stelle in dieser renommierten Klinik, die so viele nur aus Geschichten kannten. Ich hatte immer davon geträumt, aber nie zu hoffen gewagt, dass ich tatsächlich eine Chance bekommen würde.

„Ich würde mich sehr freuen," brachte ich schließlich hervor, meine Stimme leise, doch voller Überzeugung.

Ein Lächeln huschte über sein Gesicht. „Sehr schön. Dann sehen wir uns nächsten Montag. Dienstbeginn ist um sieben Uhr. Alles Weitere klären wir dann. Herzlich willkommen."

Er reichte mir die Hand, und ich erwiderte seinen festen Händedruck. Noch bevor ich den Raum verließ, öffnete er mir die Tür und entließ mich mit einem freundlichen: „Viel Erfolg, Frau Wagner."

Als ich den Flur entlangging, schien die Welt um mich herum stillzustehen. Ich hatte es geschafft. Ich hatte tatsächlich eine Stelle in der chirurgischen Ambulanz dieser Klinik bekommen. Es fühlte sich an wie ein Traum, und ich musste mich zwingen, daran zu glauben. Alles, wofür ich gearbeitet hatte, schien plötzlich einen Sinn zu ergeben.

Doch während ich die Klinik verließ und das Glück in mir aufstieg, wurde es plötzlich von einer anderen, unangenehmen Emotion gedämpft. Oliver. Sein Bild tauchte vor meinem inneren Auge auf, sein Lächeln, seine warmen Hände. Die Erinnerung an unsere gemeinsamen Tage schmerzte. Doch konnte ich mir in dieser neuen Phase meines Lebens erlauben, an ihn zu denken? Hatte er überhaupt noch Platz in meinem Leben?

Ich atmete tief durch und beschloss, zu Fuß nach Hause zu gehen. Die kühle Luft half, meinen Kopf zu klären. Ich hatte meine Entscheidung bereits vor langer Zeit getroffen: Meine Karriere würde immer an erster Stelle stehen. Beziehungen und Gefühle hatten keinen Platz in dem Leben, das ich mir aufbaute. Das wusste ich jetzt mit aller Klarheit.

Als ich endlich zuhause ankam, klopfte ich an Rosalies Zimmertür. „Hi Rosa! Bist du da?" Doch es blieb still.

Vermutlich war sie wieder bei Eric oder im Krankenhaus. Wie immer, wenn ich sie mal brauchte. Ich seufzte und ließ mich auf mein Bett fallen, während mir eine bittere Erkenntnis durch den Kopf schoss: Oliver war Vergangenheit, und meine Zukunft begann heute.

Notiz an mich: Manchmal ist der Preis für die Erfüllung eines Traums, etwas anderes loszulassen.

Ich wählte schließlich Elias' Nummer. Irgendwem musste ich doch diese fantastische Neuigkeit erzählen, doch nur die Mailbox meldete sich. Natürlich, er hatte sicher noch einen Kunden oder war nach der Arbeit zu Ben gegangen. Schließlich hatte er jetzt einen Freund, und ich würde mich wohl daran gewöhnen müssen, dass er nicht mehr jederzeit für mich erreichbar war.

Also musste ich warten. Aber die Freude über meinen Erfolg wich, sobald ich in mein Zimmer zurückkehrte. Ein plötzliches, drückendes Gefühl von Einsamkeit überrollte mich. Es war eine schreckliche, quälende Leere. Jeder in meinem Umfeld hatte jemanden an seiner Seite – Rosalie, Elias, selbst meine Professoren, die in Vorlesungen von ihren Familien sprachen. So sollte es sein. Es gehörte doch irgendwie dazu.

Natürlich wusste ich das immer. Auch als ich beschloss, für immer lieber allein zu bleiben. Doch plötzlich schien mir dieser Plan alles andere als perfekt. Oliver hatte es in so kurzer Zeit geschafft, all meine

Überzeugungen in Frage zu stellen. Vielleicht waren wir wirklich füreinander bestimmt. Vielleicht hätte ich mir seine Erklärung anhören sollen, anstatt vorschnell die Flucht zu ergreifen.

Oliver. Wie gerne würde ich ihm jetzt davon erzählen. Ob er sich für mich freuen würde? Vielleicht sogar ein wenig stolz auf mich wäre? Aber das war völliger Blödsinn. Ich musste mit ihm abschließen. Ob ich es wollte oder nicht, unsere kurze Zeit lag hinter mir. Meine Zukunft war mein Traumjob, der in einer Woche beginnen würde. Doch während ich das dachte, fühlte ich, wie warme Tränen mir über die Wangen liefen.

Würde es jetzt immer so sein? Würde ich immer an ihn denken müssen, wenn ich mich allein fühlte? Und jedes Mal weinen? Wie gerne würde ich jetzt nur seine Stimme hören. Seine Hände spüren.

Ich starrte mein Handy an, als könnte es mir eine Lösung präsentieren. Aber die Lösung lag bei mir. Ich könnte ihn anrufen, ihm sagen, wie sehr er mir fehlte. Doch was würde das ändern? In einer Woche wäre ohnehin alles anders. Ich würde keine Zeit mehr für Gefühle dieser Art haben. Eine Woche konnte unendlich lang sein – und genau das war mein Problem.

Nach dem Wochenende würde ich frei haben, keine Vorlesungen mehr, nichts, das mich von meinem Herzschmerz ablenken konnte. Vielleicht hätte ich für diese eine Woche… **Nein, Emilia!** Das durfte ich nicht mal denken. Es würde nach dieser Woche nur noch schwerer werden. Außerdem war da immer noch diese

Lüge. Könnte ich sie ihm vielleicht für eine Woche verzeihen? So tun, als wäre nichts gewesen?

Ich zweifelte langsam an meinem Verstand. Aber bevor ich eine Antwort auf meine Fragen finden konnte, hatte ich Olivers Nummer gewählt. Das leise Tuten aus dem Hörer ließ mein Herz wie wild klopfen.

„Emilia! Emilia! Bist du das?"

Sofort war er an der anderen Seite zu hören. Unfähig etwas zu sagen. Warum behauptete man immer, dass das Herz in die Hose rutschen würde? Meines war nämlich nach oben in meinem Hals gesprungen.

„Bitte sag doch was! Emilia!"

„Du fehlst mir." Krächzte ich und kam mir dabei wirklich armselig vor, aber es war mein erster Gedanke, der mir in den Kopf kam, als ich seine wunderschöne Stimme hörte, die mir, trotz der schmerzlichen Lüge, so gefehlt hatte.

„Du fehlst mir auch. So sehr! Es tut mir alles so leid. Ich wollte nicht, dass es so kommt. Ich…" Er redete, ohne auch nur einmal Luft zu holen und ich wusste, dass das, was er sagte auch so war und selbst wenn nicht wollte ich im Augenblick an nichts anderes glauben. Ich wollte nur diese eine Woche mit ihm. Diese eine verdammte Woche! Das sollte doch wohl möglich sein. Eine Woche in der ich eine ganz normale verliebte Frau sein konnte, denn die Dämonen meiner Vergangenheit waren genug, ich wollte wenigstens die der Zukunft für eine Woche verbannen. Die Einsamkeit! Dies sollte doch nicht zu viel verlangt sein. Ich hatte einen Entschluss getroffen und es war jetzt an dem ihn durchzuführen.

„Oliver?"

„Ja?"

„Wir sollten reden. Kannst du kommen? Ich komme Montag aus dem Nachtdienst."

„Dann werde ich am Montagmorgen 11 Uhr da sein, wenn du es möchtest."

„Das wäre wirklich sehr schön," antwortete ich knapp und legte schnell auf, bevor ich noch zurück rudern würde. Außerdem war fürs Erste alles gesagt. Mein Herz so rannte einen Marathon schnell, wie es klopfte. Bei dem Tempo war ich mir nicht sicher, ob es die nächsten Tage überhaupt noch überleben würde.

Am Wochenende hatte ich dieses Mal wirklich großes Glück. Die Nächte verliefen absolut ruhig. Als ich am Montagmorgen kurz nach sieben nach Hause kam, beschloss ich mich nur kurz auszuruhen, bevor Oliver endlich kommen würde, aber ich musste eingeschlafen sein, denn das Nächste, was ich wahrnahm, war das Klopfen an der Wohnungstür. Im ersten Moment wusste ich gar nicht so recht woher die Geräusche kamen oder was überhaupt los war. Doch dann traf es mich wie eine Erleuchtung: Oliver… es musste er sein. Ob Rosalie noch da war und öffnen würde? Aber nichts geschah. Kein Geräusch konnte ich hören. Also stand ich selbst auf und öffnete vorsichtig die Tür. Da stand er vor mir. Er wirkte blass und seine sonst so strahlenden Augen waren mit dunklen Schatten unterlegt. Trotzdem war er mein

Oliver und sofort waren allen negativen Gedanken und Gefühle wie weggeblasen. Ich sah nur noch ihn und mein Herz schlug Purzelbäume, dass ich ihn endlich wiedersehen konnte.

„Hi!" flüsterte er fast schüchtern. Ich konnte nichts sagen, hörte einfach auf mein verrücktes Herz und nahm ihn in den Arm.

„Du hast mir so gefehlt, Emilia. Ich bin fast durchgedreht aus Angst dich verloren zu haben. Noch nie habe ich mich so verloren gefühlt. Ich wusste nicht, was ich tun sollte. Ich wollte dich nicht bedrängen, da ich dachte, dass du einfach Zeit brauchst, um über alles nachzudenken."

„Mir ging es auch so. Ich hätte nicht einfach weglaufen dürfen, das war auch nicht richtig, aber das mit Noah und das du mich die ganze Zeit belogen hast, konnte ich einfach nicht verstehen…. Mittlerweile versteh ich dich vielleicht etwas besser, doch es ist und bleibt eine Lüge und das ist das Schlimmste für mich. Das du mich angelogen hast. Das tut mir so sehr weh."

Wir waren in meinem Zimmer angekommen, wo Oliver sich auf mein Bett setzte und mich auf seinen Schoss zog. Zärtlich streichelte er mir über den Rücken. Verdammt, wie hatte ich seine Berührungen vermisst. So als würde ich ohne sie nicht länger überleben könnte.

„Ich kann dir gar nicht oft genug sagen, wie leid es mir tut. Ich weiß nicht, warum ich so dumm gewesen bin. Ich wollte dir einfach gefallen. Perfekt sein nur für dich. An unserem ersten Abend auf der Party, als ich dich nach

Hause gefahren habe, da dachte ich mir nichts dabei Noah als meinen Neffen auszugeben, aber ich wusste nicht, wie es sich entwickeln würde und dass ich so in deinen Bann gezogen werden würde, hatte ich nicht erwartet. Am nächsten Tag wollte ich einfach alles richtig machen und hab Noah darum einfach mitgebracht, aber als ich deinen entsetzten Blick sah, bekam ich es mit der Angst zu tun dich schneller wieder zu verlieren als das ich dich überhaupt kennen lernen konnte. Doch nach unserem Besuch im Zoo stand für mich fest, dass ich nur mehr wollte und ich echten Mist gebaut hatte." Oliver sah mich an. Ich konnte die ganze Zeit über nichts sagen. Ich verstand ihn irgendwie jetzt, wo er es mir erklärte, etwas besser. Ich fand es trotzdem nicht gut, aber ich begann langsam etwas Verständnis für sein Verhalten zu haben. Ich hatte ohnehin nichts zu verlieren, schossen mir meine Gedanken in den Kopf. Ich konnte ihm und mir nur diese eine Woche geben, also könnten wir einfach von vorn anfangen und diese kurze Zeit genießen. Insgeheim wünschte ich mir, dass es nicht so wäre. Das ich vielleicht in Oliver endlich einen Mann gefunden hatte, der meine Wunden der Vergangenheit heilen könnte, aber ich sah keinen anderen Ausweg. Mehr Zeit konnte ich ihm und mir nicht geben und um die Vergangenheit könnte ich mich später wieder kümmern, denn sie war vorbei und es kam nicht mehr darauf an, wann ich damit beginnen würde. Sie würde sich nicht mehr ändern und sie war auch später noch da. Also gab ich Oliver als Zeichen dessen einfach einen

Kuss, der von ihm mit so viel Gefühl erwidert wurde, dass ich einfach alle Probleme vergessen konnte.

„Alles, was ich dir in Hamburg gesagt habe, war aber die Wahrheit. Ich möchte, dass du das weißt. Ich bin in dich verliebt. Das sage ich nicht nur, es entspricht meinen Gefühlen für dich und ich möchte nie wieder ohne dich sein. Ich habe das nicht geplant oder so. Es ist einfach so passiert. Die Liebe ist einfach zu passiert und das würde ich dir gerne beweisen, wenn du es zu lässt."

Ich spürte erneut leise Zweifel in mir aufsteigen. War ich nicht kein Stück besser als seine Lüge, wenn ich ihm jetzt sagen würde, wie sehr auch ich in ihn wollte? Nein, denn es entsprach der Wahrheit. Der absoluten Wahrheit sogar. Das wäre keine Lüge. Doch es wäre nur für diese eine Woche möglich. Länger durfte ich nicht durch Liebe geblendet oder abgelenkt werden. Das musste ich mir immer vor Augen halten. Nur genau in diesem Moment jetzt wollte ich ihn und das mit jeder meiner einzelnen Fasern meines Körpers. Wollte nichts anderes, als mich in eine gemeinsame Zukunft träumen, ohne an irgendwelches Wenn und Aber zu denken, an die Lügen, die zwischen uns waren oder sein werden, an kleine schweigenden Jungs namens Noah. Ich wollte nur diesen Mann in meinem Leben und wenn es eben nur eine verflixte Woche war. Ich fand das ich es einfach verdient hatte einmal glücklich zu sein.

„Lass uns nochmal von vorn anfangen!" antwortete ich schließlich und sah wie seine Augen diesen Hoffnungsschimmer, von dem immer alle sprachen bekamen. Schnell drückte ich ihm einen Kuss auf die Lippen, welches noch viel mehr Gefühl ausdrückte als der Letzte. Meine Welt hatte längst aufgehört sich zu drehen. Alles bestand nur noch aus Oliver.

„Danke Emilia!" flüsterte Oliver an meine Lippen, bevor er sie erneut mit seinen verschloss. Wir sanken schließlich wir auf mein Bett, ohne dass sich unsere Münder voneinander lösten. Oliver endlich wieder so nah zu sein und ihn zu berühren, von ihm berührt zu werden war das beste Gefühl der letzten Tage. Niemals würde ich davon genug bekommen oder seinen Duft missen wollen. In diesem Augenblick war die Welt einfach perfekt. Es gab nur noch ihn und mich und der Rest spielte keine Rolle mehr. Nur noch Oliver und Emilia!

Notiz an mich: Genieß den Moment und denk nicht an das gestern oder morgen.

...ist das möglich?

Ich muss nochmal eingeschlafen zu sein, kam aber dadurch in den Genuss, das Aufwachen neben Oliver etwas in meinem Leben war, an das ich mich gewöhnen könnte. Eigentlich wollte ich nur für einen Moment die Augen schließen, hatte den Kampf gegen die Müdigkeit dann wohl aber doch verloren. Es wunderte mich aber auch nicht wirklich, da ich die letzten Tage nach dem Dienst nicht schlafen konnte. Zuviel war mir da durch den Kopf gegangen.

„Hast du gut geschlafen?" begrüßte Oliver mich schließlich als er merkte das ich ihn beobachtete. Er hatte seine Augen noch geschlossen. Daher hatte ich vermutet ich das er vielleicht noch schlief. Fehlanzeige. Vorsichtig blinzelte er schließlich und sah mich an. Ich konnte nicht anders und einfach nur lächeln. Es war eindeutig das Ich-bin-total-verliebt-lächeln. Da war ich mir sicher, konnte es aber unmöglich abstellen.

„Oh ja, ich habe wunderbar geschlafen, wenn ich ehrlich bin. Daran könnte ich mich wirklich gewöhnen so neben dir aufzuwachen."

Oliver lächelte mich an. „Ja ich auch, aber ein bequemeres Bett wäre dafür schöner." Er stand auf und streckte seine Glieder. Ich sah ihn mitfühlend an. Sicher, er hatte natürlich recht. Mein Bett war klein, da es nie für zwei Menschen geplant gewesen war.

„Jetzt sieh mich nicht so an. Alles ist gut Baby." Er küsste mich schnell. „Es waren trotzdem die schönsten

Stunden, seitdem du mich Hals über Kopf hast stehen lassen. Mir ging einfach zu viel durch den Kopf und dann ging es Noah die letzten Tage auch nicht so gut."

Noah. Fast hätte ich es vergessen, dass es da ja noch jemanden gab.

„Wo ist er eigentlich, wenn du die ganze Zeit nicht da bist?"

„Noah?" Hinterfragte er vorsichtig. Ich nickte.

„Bei seiner Nanny. Frau Ferdinand, das ist diejenige mit der ich telefoniert hatte. Er liebt sie heiß und innig und ich muss mir echt Sorgen um den Frauengeschmack meines Sohnes machen." Es war das erste Mal, dass er so frei und ungezwungen über ihn sprach. Er fühlte sich fremd in meinen Ohren an und doch auch schön.

„Warum?" fragte ich ihn schließlich. „Was ist denn mit ihr?

„Du hast ja keine Vorstellung. Frau Ferdinand ist 56 Jahre alt und ich glaub immer noch eine heilige Jungfrau. Auf ihr Gewicht hat sie sicher schon bei Geburt aufgehört zu achten und naja... ich will es mal so sagen, nicht alle Menschen sind mit einem Aussehen wie du belohnt worden."

„Mmh... sollte das jetzt ein Kompliment sein?"

„Das kannst du dir aussuchen. Es entsprich einfach der Wahrheit."

Schon wieder überkam mich dieses Grinsen. Es war ja nicht auszuhalten.

„Also muss ich mir keine Gedanken über ernsthafte Konkurrenz machen?" scherzte ich weiter. Ich wusste, es war nicht richtig, denn in einer Woche würde ich ohnehin nicht mehr mit irgendwem konkurrieren, aber jetzt hatte ich einfach beschlossen zu genießen, ohne nachzudenken.

„Es gibt niemanden der es mit dir aufnehmen könnte. Meine Augen sehen ohnehin seit dem ersten Augenblick nur noch dich."

Ich spürte ein Kribbeln im Bauch. Er war so süß. Er machte es mir unmöglich mich nicht immer mehr Stück für Stück in ihn zu verlieben.

„Vermisst du Noah, wenn er nicht bei dir ist?"

„Jede Sekunde. Er ist der wichtigste Mensch in meinem Leben und ich liebe ihn mehr als alles auf der Welt… doch jetzt gibt es dich und meine Gefühle für dich sind auch so schnell so stark geworden. Ich hätte das nie für möglich gehalten, dass es sowas überhaupt gäbe. Ich weiß, es war ein schlechter Start, aber vielleicht bekommt er noch eine Chance bei dir. Er kann nichts für seinen dummen Papa."

Oliver hatte Recht. Die Monsers gab es nun einmal nur im Doppelpack und da blieb mir nichts anders übrig als dem Kleinen noch eine Chance zu geben. Außerdem musste ich zugeben, dass Noah auch wirklich süß war und vielleicht waren ja auch gar nicht alle Kinder so schlimm, wie ich immer dachte. Damit schlug ich die Decke zurück und stand auf. Oliver sah mich verdutzt an.

„Was ist los? Habe ich was Falsches gesagt?"

„Nein, ganz und gar nicht. Aber wenn wir hier im Bett liegen, kann er ja keine Chance bekommen, oder? Also, was hältst du davon, wenn wir uns einen schönen Tag machen? Zu dritt! Nur du, Noah und ich!"

Ich sah, wie er sofort zu strahlen begann. Als wäre ihm eine Zentnerschwere Last von den Schultern gefallen.

„Ok, das klingt nach einem sehr guten Plan, aber da ich nicht wusste, ob du mich nicht direkt wieder vor die Tür setzt, wenn ich komme und Noah von all dem auch nichts mitbekommen muss, ist er zuhause in Hamburg."

Daran hatte ich jetzt gar nicht gedacht. So gut war mein Plan dann wohl doch nicht. Oliver, kam zu mir und blieb schließlich vor mir stehen.

„Wie sieht denn deine Woche aus? Musst du zur Uni oder arbeiten?"

„Nein, ich habe den Rest der Woche tatsächlich komplett frei. Vielleicht könnte ich…" Oliver unterbrach mich, indem er mir einen Finger auf meine Lippen legte.

„Ich will dich nicht unterbrechen, aber heißt das im Klartext, du könntest hier eine ganze Woche weg?" Ich nickte irritiert, aber zustimmend.

„Das sagst du mir erst jetzt? Das ist fantastisch. Los pack´ deine Sachen zusammen. Dann holen wir Noah und fahren in den Urlaub, was hältst du davon? Statt einem schönen Tag zu dritt machen wir uns eine schöne Woche zu dritt" Eins musste man ihm ja lassen. In Spontanität konnte man ihm nichts nachsagen.

„Wie in den Urlaub? Musst du nicht arbeiten? Kannst du dir einfach so frei nehmen? Wo willst du denn hin?"

„Klar kann ich. Wofür ist man denn Chef und mein letzter Urlaub ist viel zu lange her. Außerdem ist Markus wieder da und dann kann er mal sehen, wie es ist, wenn man allein ist. Gibt es ein Land oder Ort, wo du schon immer mal hinwolltest?"

„Ich weiß nicht…" stotterte ich vor mich hin und während ich meine Sachen zusammensuchte und unwillkürlich in meine Tasche stopfte, schlug mir Oliver etliche Ziele vor. Da ich bisher noch nicht wirklich oft aus Berlin wegkommen war, klang für mich alles spannend. Da wir Noah nicht einen langen Flug zumuten wollte entschieden wir uns schließlich für Mallorca. Oliver meinte dort wunderschöne Ecken zu kennen und mir alles zeigen zu können. Außerdem besaß er eine kleine Finca, in der er schon viel zu lange nicht mehr gewesen war. Während wir auf dem Weg zum Auto waren, hatte er schon gebucht unser Flug ging 21 Uhr fliegen. Elias hatte ich schnell geschrieben, ich würde spontan mit Oliver in den Urlaub fliegen und mein Handy lieber sofort ausgeschaltet, da ich wusste, dass diese Entscheidung einer Erklärung bedarf, für die ich noch nicht bereit war. Mein schlechtes Gewissen lief auf Hochtouren, aber ich verbannte es. Sperrte es ein und warf den Schlüssel in einen Tresor, der sich erst wieder in einer Woche öffnen lassen würde.

Diese Mal fuhren wir mit dem Auto nach Hamburg. Unterwegs machten wir kurz Stopp, um eine Kleinigkeit zu essen. Ich erzählte Oliver alles ausführlich über meinen neuen Job, auf den ich so sehr stolz war. Es war so schön mit ihm zu reden, zu lachen und zu leben. Nachdem wir nach fast 4 Stunden in Hamburg ankamen, hatte ich mich, ohne dass ich es wollte, noch ein bisschen mehr in diesen gutaussehenden Mann neben mir verliebt. Wir hielten schließlich vor einem großen Haus außerhalb der Stadt. Ich spürte, wie mein Herz klopfte.

„Hier wohnst du also?" fragte ich. Oliver nickte nur und fuhr auf einen am Haus angrenzenden Hof. Es war ein wunderschönes Grundstück und im Garten war ein großer Spielplatz aufgebaut zu sein. Der kleine Noah hatte echt Glück mit seinem Vater. Das musste man ihm einfach lassen, für seinen Sohn schien er nahezu alles möglich zu machen.

„Wow." Brachte ich schließlich lediglich heraus, weil ich sah, wie Oliver mich ansah.

„Noah spielt gerne draußen. Los komm, ich zeig dir den Rest" erklärte er mir und hielt mir seine Hand hin, die ich gerne annahm. Hand in Hand gingen wir schließlich ins Haus. Es fühlte sich so richtig an, so vertraut, obwohl es erst der zweite Besuch in Olivers Leben war.

Im Haus empfing uns ein angenehmer Duft von Holz und frischen Blumen. Die Einrichtung war modern und geschmackvoll, mit hellen Holzmöbeln, großen Fenstern, die viel Licht hineinließen, und einem einladenden Esstisch, der förmlich nach langen Abenden mit der Familie und Freunden schrie. Es war ein Zuhause – kein kaltes Designerhaus, sondern ein Ort, an dem man sich sofort wohlfühlen konnte.

„Ich bin zuhause!" rief Oliver in Richtung eines angrenzenden Zimmers. Seine Stimme hallte durch die ruhigen Räume. Ich blieb stehen und ließ meinen Blick schweifen, während ich leise Schritte hinter uns hörte. Kleine, schnelle Schritte. Plötzlich stürmte ein kleiner Junge in den Raum, und ohne zu zögern, klammerte er sich an Olivers Bein. Kein Wort, kein Laut – nur diese Geste, die so viel sagte.

„Na, mein Großer?" fragte Oliver, beugte sich hinunter und hob Noah hoch. Er drückte ihn fest an sich, küsste ihn sanft auf die Stirn, und in diesem Moment konnte ich so viel Liebe und Wärme spüren, dass es mir fast den Atem raubte. Es war eine Szene, die sich tief in mein Gedächtnis brannte – ein Vater, der seinen Sohn so bedingungslos liebte.

Noah klammerte sich an Oliver, als wollte er ihn nie wieder loslassen. Doch nach ein paar Sekunden löste Oliver vorsichtig seinen Griff und stellte ihn wieder auf den Boden. „Schau mal, Noah," sagte er sanft, „das ist Emilia. Erinnerst du dich? Sie war mit uns im Zoo."

Noah drehte sich langsam zu mir um, seine Augen musterten mich neugierig. Olivers Augen. Jetzt, wo ich genauer hinsah, war es so offensichtlich, dass sie Vater und Sohn waren. Diese blauen Augen – sie waren wie ein Fenster in ihre Seele. Ich lächelte ihn an, und nach einem kurzen Moment nickte er schüchtern. Dann verschwand er schnell hinter Olivers Beinen.

„Er ist wirklich süß," sagte ich leise und meinte es auch so. Es war schwer, Noah nicht ins Herz zu schließen.

Oliver lachte. „Warte nur, bis du ihn besser kennst. Er kann auch ziemlich wild sein, wenn er will."

Er wandte sich wieder an Noah. „Noah, geh bitte zu Anna und pack deinen Koffer, ja? Wir fliegen mit Emilia nach Mallorca! Was sagst du dazu?"

Noah sah seinen Vater mit großen Augen an, und nach einem Moment schien er die Worte zu verstehen. Er klatschte aufgeregt in die Hände, drehte sich um und rannte davon. Sein Lachen war leise, aber so ansteckend, dass ich mich dabei erwischte, wie ich ebenfalls lächelte.

„Frau Ferdinand, packen Sie bitte Noahs Tasche. Wir fliegen heute Abend für eine Woche nach Mallorca," rief Oliver durch das Haus. Seine Stimme klang gewohnt autoritär, aber nicht unfreundlich.

Ich hörte keine Antwort, aber ein leises Rascheln verriet mir, dass seine Anweisung angekommen war.

Oliver drehte sich zu mir um und sah mir in die Augen. „Bereit?" fragte er.

Ich nickte, obwohl mein Herz immer noch raste.

„Ja," flüsterte ich. Und irgendwie fühlte es sich an, als wäre ich für alles bereit, solange Oliver an meiner Seite war.

„So komm, die Führung geht weiter, wenn du willst."

„Sehr gerne," antwortete ich und nahm Olivers Hand. Seine warme Berührung gab mir ein Gefühl von Geborgenheit, das ich nie zuvor erlebt hatte. Er führte mich aus dem Wohnzimmer hinaus und öffnete die nächste Tür. Wir betraten die Küche, die größer war, als ich es jemals für möglich gehalten hätte. Der Raum war makellos – glänzende Oberflächen, modernste Geräte, alles schien perfekt aufeinander abgestimmt. Es war fast wie in einer dieser Kochshows, bei denen alles zu perfekt aussieht, um wahr zu sein.

„Wow," brachte ich beeindruckt hervor. „Benutzt du das hier wirklich? Oder ist das nur Dekoration?"

Oliver lachte leise. „Ich liebe es zu kochen, wenn ich Zeit habe. Es entspannt mich. Jeder sollte doch eine Leidenschaft haben, die ihn ausgleicht, nicht wahr?"

Ich konnte mir nicht vorstellen, dass dieser Mann, der so souverän und kontrolliert wirkte, in der Küche stand und Gemüse schnitt.

„Das klingt schön. Ich wünschte, ich könnte das sagen, aber ich hasse es zu kochen. Bei Rosalie und mir gibt es meistens nur etwas aus der Mikrowelle oder der Mensa."

Er schüttelte den Kopf und sah mich lächelnd an. „Na siehst du, noch ein Punkt, in dem wir perfekt zusammenpassen! Ich koche, du isst." Er beugte sich zu mir und gab mir einen schnellen Kuss, bevor er mich sanft weiterzog.

Zimmer für Zimmer zeigte er mir sein Zuhause. Jedes Zimmer war stilvoll eingerichtet, mit warmen Holztönen und modernen Akzenten. Die Räume strahlten eine einladende Wärme aus, die das ganze Haus wie einen sicheren Hafen wirken ließ. Es war das Zuhause eines Menschen, der sich Mühe gab, einen Ort des Friedens und der Freude zu schaffen – trotz oder vielleicht gerade wegen der Herausforderungen, die er bewältigen musste.

Schließlich begegnete ich auch Frau Ferdinand, der legendären Nanny. Sie war genauso, wie Oliver sie beschrieben hatte: etwas füllig, mit mütterlicher Ausstrahlung und einem ruhigen, aber resoluten Auftreten. Sie sprach mit Noah, der versuchte, sein gesamtes Spielzeug in den Koffer zu stopfen. „Noah, wenn du all deine Bagger mitnimmst, bleibt kein Platz mehr für deine T-Shirts," erklärte sie geduldig. Doch der kleine Junge ließ sich nicht beirren und stapelte weiter entschlossen seine Spielzeugbagger.

Oliver beobachtete die Szene mit einem amüsierten Ausdruck. „Komm, ich zeig dir den letzten Raum," sagte er schließlich und führte mich weg, bevor ich weiter der lustigen Diskussion lauschen konnte.

Er öffnete eine Tür und wir traten in sein Schlafzimmer. Es war überraschend schlicht eingerichtet. Ein großes, breites Bett dominierte den Raum, daneben stand ein kleineres Kinderbett. „Hier ist eigentlich nur für Noah und mich Zutritt erlaubt," erklärte Oliver mit einem verschmitzten Grinsen. „Frauen sind hier normalerweise verboten. Aber ich denke, für dich mache ich eine Ausnahme."

Ich lachte leise. „Na dann fühle ich mich aber geehrt," erwiderte ich und ließ meinen Blick durch den Raum schweifen. Die Wände waren voller Fotos – Oliver und Noah in verschiedenen Momenten. Es war, als ob das Zimmer seine Geschichte erzählte. Ich trat näher, um die Bilder genauer zu betrachten. Es waren Fotos aus der

Babyzeit von Noah, später als Kleinkind, und schließlich ein paar aktuelle Bilder.

„Wie alt war er, als er zu dir kam?" fragte ich schließlich, während ich ein Foto betrachtete, auf dem Noah Oliver mit seinen winzigen Händen das Gesicht hielt.

Oliver trat ans Fenster und schaute nach draußen, seine Stimme wurde sanfter. „Zwei Wochen," begann er und seine Worte waren von einer intensiven Nachdenklichkeit durchdrungen.

„Ich kam gerade aus einem Club nach Hause, als ich ihn fand. Er war in einem Kindersitz vor meiner Tür. Am Anfang dachte ich, es wäre ein schlechter Scherz oder eine Verwechslung. Aber dann sah ich ihn an. Er hat mich einfach angestarrt. Nicht geweint, nichts. Nur geschaut."

Er verstummte für einen Moment, und ich konnte spüren, wie sehr ihn diese Erinnerung bewegte.

„Ich wusste sofort, dass er mein Sohn ist, auch bevor der Test es bestätigt hat. Es war… eine Herausforderung, aber auch der Moment, der mein Leben verändert hat."

Ich setzte mich auf die Bettkante und hörte ihm schweigend zu, während er weitersprach. „Natürlich setzte ich alle Hebel in Kraft seine Mutter zu finden. Ich war sogar dazu bereit sie kennenzulernen und es mit ihr zu versuchen, denn ich weiß selbst wie wichtig eine Familie ist, aber sie wollte nichts mit uns zu tun haben. Also ließ ich die Sache irgendwann auf sich beruhen, bis ich eine Woche nach Noahs ersten Geburtstag Post bekam in der stand, dass seine Mutter tot sei. Suizid. Erfolgreich." Ich schluckte. Unfähig auch nur irgendetwas zu sagen. Meine Wut, die ich am Wochenende hatte, war nun tiefem Mitgefühl gewichen. Ich bekam ein schlechtes Gewissen, mir seine Geschichte nicht direkt angehört zu haben. Natürlich verstand ich nach wie vor nicht genau, warum er nicht direkt mit offenen Karten gespielt hatte, aber ich verstand es besser. Niemand wollte jemanden direkt so nah an sich heranlassen, um ihm so eine Geschichte anzuvertrauen.

„Und nun bin ich also, alleinerziehender Vater eines verwöhnten kleinen Jungens, der mich um den kleinen Finger wickelt, wo er nur kann. Ich wünsche mir jemanden an meine Seite, der vielleicht irgendwann eine Art Mutter für ihn sein kann, denn ich habe das Gefühl, das ihm das fehlt. Vielleicht ist es sogar der Grund, warum er nicht sprechen will und manchmal in einer anderen Welt scheint. Ich versuche so gut es geht diese Lücke zu füllen, aber ich habe das Gefühl, dass es für ihn nicht ausreichend genug ist."

Ich spürte, wie ich eine Gänsehaut hatte. So sehr berührte mich die Geschichte des Mannes, dem ich hoffnungslos verfallen war. Da konnte auch Noah nichts mehr ändern oder all meine guten Vorsätze. Ich war meinen Gefühlen ihm gegenüber ausgeliefert. Im Grunde war es mir bereits am Tag im Zoo klar. Er war anders und genau dieses anders sein, faszinierte mich so sehr an ihm. Liss all meine Bedenken wie eine Schneeflocke auf der Zunge schmelzen. Es machte ihn nur noch schöner, wenn es überhaupt noch möglich war. Ich atmete tief durch und ließ die Worte, die so ein schweres Gewicht hatten, etwas sacken, dann stand ich schließlich auf und nahm ihn in dem Arm. Wir hatten beide eine Vergangenheit, die uns zu den Menschen gemacht hatte, die wir jetzt waren. Das war eine Gemeinsamkeit, die wir beiden teilten.

„Jetzt hast du ja mich!" flüsterte ich ihm schließlich leise die gleichen Worte zu, die er mir in unserer Nacht in Hamburg gesagt hatte, nachdem ich ihm meine Vergangenheit offenbart hatte. Doch gleichzeitig spürte ich den faden Beigeschmack meiner Worte in der Kehle. Es war ein Versprechen, welches einer Lüge gleichkam. Es war mir nicht möglich, ihm mehr als diese eine gemeinsame Woche meines Lebens zu geben. Allerdings war ich mir schon längst nicht mehr sicher, wen ich damit mehr belog oder verletzten würde. Ihn oder mich selbst. Es war nicht mal ein Tag vorbei und meine guten Vorsätzen schwanden schneller dahin als mir lieb war.

Er drehte sich zu mir um, seine Augen waren voller Emotionen. „Danke, Emilia. Das bedeutet mir mehr, als ich sagen kann."

Plötzlich hörten wir schnelle Schritte und Noah stürmte ins Zimmer, dicht gefolgt von Frau Ferdinand. „Noah möchte unbedingt alle seine Bagger mitnehmen," erklärte sie etwas atemlos, während sie an der Tür stehen blieb. Oliver hob nur eine Augenbraue und schüttelte schmunzelnd den Kopf.

„Na gut, lass ihn ein paar mitnehmen. Aber nur ein paar, okay?" sagte er. Noah strahlte über das ganze Gesicht und rannte wieder hinaus. Ich musste lachen. Es war unmöglich, diesem kleinen Kerl zu widerstehen.

Nachdem Oliver seinen Koffer gepackt hatte – allein, was mich überraschte, da ich erwartet hatte, dass Frau Ferdinand ihm vielleicht helfen würde – verbrachten wir die verbleibende Zeit bis zur Abfahrt auf der Terrasse. Die Sonne tauchte das großzügige Grundstück in ein warmes Licht, und Noah spielte glücklich in seinem Sandkasten. Seine kleinen Hände gruben sich voller Begeisterung in den Sand, während er leise vor sich hin murmelte, als würde er eine ganze Baustelle managen.

Ich saß auf einem der bequemen Gartenstühle und ließ meinen Blick über die Szene schweifen. Es war friedlich. Zu friedlich fast, wenn ich die Unruhe in meinem Kopf betrachtete. Die letzten Tage hatten so viele Gefühle und Erinnerungen in mir wachgerufen, dass ich kaum wusste, wohin damit. Gleichzeitig war ich von Oliver beeindruckt – von seiner Fähigkeit, all das, was er erlebt hatte, zu meistern und dabei ein so liebevoller Vater zu sein.

Oliver stand ein paar Schritte entfernt und telefonierte. Ich konnte hören, wie er Anweisungen gab, ruhig, präzise, aber auch bestimmend. Der Tonfall verriet den Geschäftsmann in ihm, der wusste, wie man Dinge vorantreibt. Es faszinierte mich, wie er nahtlos zwischen den Welten wechselte – mal war er der erfolgreiche Unternehmer, mal der fürsorgliche Vater, und in seltenen Momenten, die er mir schenkte, ein einfühlsamer Mann, der mich vollkommen in seinen Bann zog.

Während er sprach, ließ er Noah nicht eine Sekunde aus den Augen. Die Art, wie er ihn beobachtete, war voller Zuneigung und Sorgfalt. Es machte ihn nur noch faszinierender. Ich fragte mich, ob ich vielleicht zu hart zu mir selbst gewesen war. Vielleicht konnte auch ich irgendwann lernen, Beruf und Familie zu vereinen. Doch dieser Gedanke ließ mein Herz schwer werden. Hatte ich nicht längst entschieden, dass für mich keine Familie infrage käme? Dass meine Vergangenheit mich für eine solche Zukunft untauglich gemacht hatte?

Ich schüttelte den Kopf, um die dunklen Gedanken zu vertreiben. Oliver beendete sein Telefonat und trat zu mir. „So," sagte er mit einem zufriedenen Lächeln, „ich denke, wir sollten so langsam los."

Wir stiegen in den Wagen, der schon auf uns wartete, und ich konnte mir ein Schmunzeln nicht verkneifen, als ich den Fahrer wiedererkannte – denselben, der mich vom Flughafen abgeholt hatte. Ohne weitere Instruktionen fuhr er los, als wüsste er genau, was zu tun war. Oliver hatte diese Fähigkeit, alles wie von Zauberhand organisiert wirken zu lassen, und ich fragte mich, wie er das machte.

Kurze Zeit später saßen wir im Flugzeug, und ich spürte eine leichte Beklemmung in meiner Brust. Es war schon wieder ein Flug, so kurz nach dem letzten. Ich hatte nie eine besondere Liebe zum Fliegen entwickelt, aber ich zwang mich, mich zu entspannen. Noah war auf Olivers Schoß geklettert, und keine zehn Minuten nach dem Start war er eingeschlafen. Seine kleinen Hände hielten eine Ecke von Olivers Hemd fest, als ob sie eine Sicherheit brauchten, die er ihnen ohne Worte gab.

Ich beobachtete die beiden und spürte eine wohlige Wärme, die sich in mir ausbreitete. Es war, als hätte ich endlich einen Moment gefunden, in dem alles richtig war. Vielleicht war das Leben doch nicht so grau und kompliziert, wie ich es mir in den letzten Jahren eingeredet hatte. Vielleicht gab es wirklich wieder Liebe und Lebensfreude für mich, wenn ich nur bereit war, sie zuzulassen.

Ich lehnte mich in meinen Sitz zurück, während die Maschine ruhig durch die Wolken glitt, und schloss die Augen. Für den Moment war ich einfach nur glücklich.

Notiz an mich: Das Leben konnte doch wieder so schön sein, wenn man es zulässt!

Handy, Flugzeuge, Pinguine, Liebe?

Mallorca war atemberaubend, selbst in der Dunkelheit, und ich konnte kaum erwarten, die Insel bei Tageslicht zu sehen. Schon die Fahrt von der Flughafenstraße entlang kleiner, kurviger Wege ließ meine Fantasie über die Landschaft schweifen, die sich im ersten Morgenlicht sicher als Traumkulisse entpuppen würde. Oliver fuhr uns sicher, während Noah tief und fest in seinem Kindersitz schlummerte. Ich war beeindruckt von dem Kleinen – nicht nur, weil er scheinbar ungestört von all den Ereignissen schlafen konnte, sondern auch, weil er so unglaublich friedlich wirkte.

Als wir schließlich die Finca erreichten, stockte mir kurz der Atem. Selbst im schwachen Licht der Außenbeleuchtung konnte ich die Schönheit des Hauses und des Grundstücks erkennen. Die Finca hatte eine unaufdringliche Eleganz, die sich perfekt in die umliegende Natur einfügte. Olivers Liebe für dieses Fleckchen Erde war förmlich greifbar, als er Noah sanft aus dem Sitz hob und ihn in eines der Schlafzimmer trug. Ich folgte ihm nicht sofort, sondern blieb stehen, ließ meinen Blick schweifen und sog die warme Nachtluft ein.

„Die Finca ist wunderschön," flüsterte ich schließlich, als Oliver hinter mir auftauchte und mir zärtlich einen Kuss auf den Nacken hauchte. Ich spürte, wie sich ein Kribbeln in meinem Körper ausbreitete, als er schwer ausatmete, als hätte er sich gerade von einer Last befreit.

„Das war sie schon immer," sagte er leise, seine Stimme klang beinahe melancholisch. „Hier haben meine Eltern ihre glücklichsten Zeiten verbracht. Nach ihrem Tod habe ich die Finca behalten. Es fühlt sich an, als wäre ein Teil von ihnen noch hier. Es war immer unser Rückzugsort, egal wie stressig das Leben war. Und jetzt... jetzt bin ich froh, diesen Ort mit dir teilen zu können."

Ich drehte mich zu ihm um, meine Gedanken noch von seinen Worten gefangen. Es gab so viele Seiten an diesem Mann, und jede einzelne zog mich tiefer in seinen Bann. Er war nicht nur charmant und liebevoll, sondern auch tiefgründig und verletzlich, was ihn für mich noch unwiderstehlicher machte.

„Es ist ein wunderbarer Ort, Oliver. Und ich bin dankbar, dass du mich hierher mitgenommen hast," sagte ich ehrlich, spürte aber gleichzeitig, wie meine Brust sich zusammenzog. Die Wahrheit war, dass ich Angst hatte. Angst, dass dieses Glück, diese Verbundenheit, nicht von Dauer sein könnte.

„Ich bin ehrlich gesagt mehr als nur ein bisschen in dich verliebt, Oliver," murmelte ich schließlich. Die Worte entglitten mir, bevor ich sie zurückhalten konnte. Sie fühlten sich ehrlich und doch erschreckend an, als hätten sie eine Macht, die ich nicht mehr kontrollieren konnte.

Oliver sah mich überrascht an, doch seine Augen leuchteten sanft. „Danke, meine süße, süße Emilia," flüsterte er, bevor er mich in seine Arme zog und ins

Schlafzimmer trug. Seine Küsse waren zärtlich und verlangend zugleich, und ich verlor mich völlig in seiner Nähe, seinen Berührungen. Jede Faser meines Körpers schien auf ihn abgestimmt zu sein, und ich wusste, dass ich niemals genug von ihm bekommen würde. Es war, als hätte ich all die Jahre auf diesen Moment gewartet.

Doch kurz bevor ich in seiner Umarmung einzuschlafen drohte, öffnete sich die Tür leise, und Noah stand plötzlich vor dem Bett. Sein kleiner Körper wirkte zerbrechlich im Halbdunkel, und ich war einen Moment lang unsicher, was zu tun war. Oliver, der bereits eingeschlafen war, reagierte nicht, als ich ihn leise rief.

„Möchtest du hier schlafen?" fragte ich den Kleinen schließlich. Noah nickte eifrig und kletterte ohne zu zögern ins Bett. Zu meiner Überraschung schmiegte er sich direkt an mich und vergrub seinen Kopf an meiner Seite. Mein Herz setzte für einen Moment aus, als ich spürte, wie er sich an mich klammerte, als ob er nach Trost suchte. Zögernd strich ich ihm über das Haar, und seine Atmung wurde bald ruhiger.

Ich fühlte mich fremd in dieser Rolle, gleichzeitig aber auch unerwartet wohl. Es war, als hätte Noah einen Teil meines Herzens berührt, den ich lange vergessen hatte. Mit einem leisen Seufzen deckte ich ihn zu und ließ mich von der angenehmen Wärme seiner Nähe und Olivers Schutz in den Schlaf wiegen.

Notiz an mich: Vielleicht bedeutet Liebe, sich manchmal einfach darauf einzulassen ohne an das Morgen oder die Vergangenheit zu denken.

Die Sonne brannte warm auf meiner Haut, das Wasser glitzerte wie tausend Diamanten, und Noahs Lachen hallte fröhlich durch die Luft. Es war ein Klang, der mich für einen Moment vergessen ließ, dass mein Leben jemals anders gewesen war. Oliver und ich tobten mit Noah im Pool, spritzten uns gegenseitig nass, und ich konnte mich nicht erinnern, wann ich zuletzt so ausgelassen gelacht hatte. Es fühlte sich gut an, fast zu gut. Eine Unbeschwertheit, die ich kaum glauben konnte. Doch irgendwo in meinem Hinterkopf flackerte immer noch die kleine Flamme der Realität. Ein Mahnfeuer, das mir sagte, dass diese Woche, diese Augenblicke, begrenzt waren.

Als Noah schließlich müde wurde, nahm Oliver ihn auf den Arm. "Zeit für ein kleines Nickerchen, mein Großer," sagte er sanft, und Noah ließ sich widerstandslos wegtragen. Ich sah ihnen nach, wie sie ins Haus verschwanden. Oliver hielt Noah so sicher und liebevoll, dass mir das Herz schwer wurde. Es war ein Bild von Geborgenheit, wie ich es mir in meinen kühnsten Träumen für mein eigenes Leben gewünscht hätte.

Ich setzte mich auf eine der Sonnenliegen, ließ meinen Kopf in den Nacken fallen und schloss die Augen. Die Wärme der Sonne umarmte mich, aber die Ruhe, die ich eigentlich empfinden wollte, wollte sich nicht einstellen. Die Erinnerung an meine Vergangenheit schlich sich wie ein Schatten in meine Gedanken, bis ich sie wieder vor mir sah. Die Narbe an meinem Bauch, das schmerzhafte Relikt eines Lebens, das ich so verzweifelt hinter mir lassen wollte.

Als Oliver zurückkam, setzte er sich leise neben mich. Ich spürte seinen Blick, fühlte, wie seine Augen über meinen Körper wanderten, bis sie auf meiner Narbe verharrten. Ohne ein Wort glitten seine Finger sanft über die empfindliche Stelle. Ich zuckte leicht zusammen. Nicht wegen des Schmerzes, sondern wegen der Flut an Emotionen, die sein sanfter Touch in mir auslöste.

„Ist die Narbe von ihm?" fragte er leise, fast zögernd.

Ich nickte. Worte schienen in diesem Moment unnötig, aber die Erinnerung an die Nacht, die mein Leben veränderte, war plötzlich wieder da. Die Schmerzen, die Schreie, die Hilflosigkeit. Ich fühlte, wie meine Kehle sich zuschnürte, als ob ich jeden Atemzug bewusst nehmen müsste, um nicht daran zu ersticken. Die Bilder in meinem Kopf waren so klar, dass ich den Raum des Krankenhauses fast wieder riechen konnte. Die Ärzte, die mir Details erklärten, von denen ich wünschte, sie hätten sie nicht ausgesprochen. „Milz entfernt", „Eierstock verloren", „hohes Risiko für zukünftige Schwangerschaften" – die Worte brannten sich in meine Erinnerung, damals wie heute.

Eine einzige Träne lief meine Wange hinunter, doch bevor sie weiterfließen konnte, wischte Oliver sie behutsam mit seinem Daumen weg. Ich sah in seine Augen, die plötzlich von Wut und Schmerz erfüllt waren. Er stand auf, lief aufgebracht hin und her. Seine Bewegungen wirkten rastlos, fast verzweifelt.

„Ich weiß immer noch nicht, was ich sagen soll. Ich hasse Gewalt, aber bei diesem Mann…" Er brach ab, ballte seine Fäuste, und ich konnte sehen, wie sehr er sich anstrengen musste, die Fassung zu bewahren.

„Er hat dich fast zerstört. Wie kann man so etwas tun? Ich… ich könnte ihn umbringen, Emilia. Einfach nur für das, was er dir angetan hat."

Seine Worte hallten nach, und ich fühlte, wie die Welle seiner Emotionen mich mit sich riss. Doch ich wollte nicht, dass Oliver die Last meiner Vergangenheit auf sich nahm. Ich stand auf, trat an ihn heran und legte meine Hand auf seinen Arm. Er stoppte, drehte sich zu mir um, und ich zwang ihn, mir in die Augen zu sehen.

„Es ist vorbei, Oliver," flüsterte ich. Meine Stimme war ruhig, doch in meinem Inneren tobte ein Sturm. „Er wurde bestraft. Ich bin ok… oder ich werde es zumindest irgendwann sein."

Er suchte in meinen Augen nach etwas. Nach einer Bestätigung, einem Zeichen, dass ich die Wahrheit sagte. Doch was er fand, war vermutlich genauso widersprüchlich wie meine Gefühle in diesem Moment. Seine Hände fuhren sanft über meine Arme, als wolle er mich vor etwas schützen, das längst vergangen war.

„Was kann ich für dich tun, Emilia?" Seine Stimme war jetzt kaum mehr als ein Flüstern. „Ich will dir all das nehmen. Die Schmerzen, die Erinnerungen. Aber ich weiß, dass ich es nicht kann. Ich habe Angst, dass ich etwas falsch mache…"

Ich sah ihn an, spürte seine Hilflosigkeit, und mein Herz zog sich zusammen. Oliver war ein Mann, der immer Kontrolle hatte, der immer wusste, was zu tun war. Doch in diesem Moment stand er vor mir wie ein Kind, das nach Antworten suchte. Ich legte meine Hände an sein Gesicht, zog ihn zu mir herunter und küsste ihn. Es war ein Kuss, der all das ausdrückte, was ich nicht in Worte fassen konnte. Dankbarkeit. Zuneigung. Hoffnung.

Als wir uns voneinander lösten, schwiegen wir beide. Es war ein Schweigen voller unausgesprochener Worte, doch es war kein unangenehmes Schweigen. Es war ein Schweigen, das uns beide trug, wie ein stiller Pakt, dass wir diesen Moment gemeinsam bewältigen würden. Oliver setzte sich neben mich, legte seinen Arm um meine Schultern, und gemeinsam sahen wir dem glitzernden Wasser zu, das von der Nachmittagssonne zum Leben erweckt wurde.

Notiz an mich: Die Narbe mag eine Erinnerung an Schmerz sein, aber mit Oliver könnte sie auch der Anfang von Heilung werden.

„Ich glaub er mag dich," sagte Oliver schließlich irgendwann mit einem nachdenklichen Lächeln. Ich sah ihn überrascht an, aber seine Worte ließen ein warmes

Gefühl in mir aufsteigen. Es war, als hätte er etwas ausgesprochen, was ich insgeheim gehofft hatte.

„Ich habe noch nie erlebt, dass außer seiner Anna oder mir ihm jemand etwas zum Essen machen durfte. Nicht mal Charlotte, wenn wir bei ihr zu Besuch sind. Für ihn gibt es eigentlich nur uns beide," erklärte er und sein Blick war dabei so sanft, dass ich mich unwillkürlich geschmeichelt fühlte.

„Ehrlich? Das freut mich wirklich. Aber Noah macht es einem auch nicht gerade schwer, ihn zu mögen. Ihr seid euch beide sehr ähnlich," erwiderte ich lächelnd. Es war eine seltsame, aber schöne Erkenntnis, dass mir die Zuneigung dieses kleinen Jungen genauso wichtig wurde wie die seines Vaters. Vermutlich wollte jede Frau, die in so einer Situation war, sich mit dem Kind ihres Partners verstehen. Doch mit Noah war es irgendwie anders. Es fühlte sich so leicht und natürlich an, selbst wenn er uns nichts sagen konnte.

„Was soll ich sagen? Der Apfel fällt eben nicht weit vom Stamm." Olivers Lachen war ansteckend und plötzlich fühlte sich die Atmosphäre viel entspannter an. Die vorher noch spürbare Spannung löste sich in ein angenehmes Kribbeln auf, während wir gemeinsam Pläne für den Nachmittag schmiedeten.

Oliver schlug vor, nach Palma zu fahren, um ein bisschen zu shoppen und frischen Fisch für den Abend auf dem Markt zu holen. Es klang perfekt, und so verbrachten wir den Nachmittag mit einer Mischung aus Spaß und Überzeugungsarbeit, da Noah unbedingt alles im Disney-Store mitnehmen wollte, was er sah. Dabei war ich mir nicht sicher, wen ich mehr überzeugen musste – ihn oder Oliver. Ihre gemeinsame Begeisterung war schwer zu bremsen, aber wir schafften es, den Einkauf halbwegs vernünftig zu halten.

Doch die wirkliche Herausforderung kam, als wir an einem kleinen Schmuckladen vorbeikamen. Oliver blieb stehen und drehte sich zu mir um, mit einem Gesichtsausdruck, der keinen Widerspruch duldete. „Ich will dir etwas kaufen, das dich immer an unseren ersten gemeinsamen Urlaub erinnert," erklärte er mit einer Mischung aus Entschlossenheit und Zärtlichkeit in seiner Stimme.

„Nein, das ist viel zu teuer!" protestierte ich sofort und schüttelte heftig den Kopf. „Außerdem trage ich keinen Schmuck." Der wahre Grund, dass ich noch nie welchen besessen hatte, blieb unausgesprochen.

„Keine Widerrede. Du setzt dich jetzt genau hier hin, und Noah und ich suchen dir etwas aus." Seine Stimme war sanft, aber bestimmt, und ich wusste, dass ich keine Chance hatte, zu widersprechen. Widerstand war bei Oliver sinnlos, also ließ ich mich auf eine Bank nieder und beobachtete die beiden durch die Fensterscheibe. Sie suchten eifrig, ihre Köpfe zusammengesteckt, als wären sie bei einer großen Mission.

Nach einer gefühlten Ewigkeit kamen sie strahlend zurück. Noah hielt ein kleines Päckchen in den Händen und streckte es mir entgegen, seine Augen leuchteten vor Aufregung. Mein Herz setzte einen Schlag aus. Es war so lange her, dass ich ein Geschenk bekommen hatte, dass sich dieses Päckchen anfühlte wie ein Wunder.

„Danke," murmelte ich und spürte, wie meine Stimme zitterte.

„Los, mach es auf!" drängte Oliver, während Noah mich mit einem erwartungsvollen Lächeln ansah. Langsam zog ich die Schleife auf, und in dem kleinen Päckchen lag ein filigranes Armband mit mehreren Anhängern, die zart im Licht funkelten. Ich hielt den Atem an.

„Wow. Das ist wunderschön," hauchte ich schließlich und kämpfte gegen die Tränen an, die sich ihren Weg bahnen wollten. Noch nie hatte ich etwas so Schönes gesehen. Oliver beugte sich vor und deutete auf die kleinen Anhänger.

„Wir haben uns Mühe gegeben. Jeder Anhänger soll dich an uns erinnern. Siehst du den Pinguin? Der steht für unser erstes Date im Zoo. Das Handy für unsere ersten Nachrichten. Das Flugzeug dafür, dass du zu mir gekommen bist. Die Palme für diesen Urlaub. Der Anker dafür, dass ich immer für dich da sein werde. Und die beiden Herzen stehen für Noah und mich, weil du unsere Herzen längst besitzt."

Seine Worte trafen mich mitten ins Herz, und ich konnte die Tränen nicht mehr zurückhalten. Es waren keine Tränen des Kummers, sondern des tiefen Glücks. Ich hatte das Gefühl, im schönsten Traum meines Lebens zu sein – einem Traum, aus dem ich niemals erwachen wollte.

„Danke," flüsterte ich schließlich. „Ich werde es nie wieder ablegen." Meine Stimme zitterte vor Emotionen, während ich Oliver das Armband hinhielt, damit er es mir umlegen konnte. Als er es tat, fühlte ich seine sanften Finger an meinem Handgelenk, und es schien, als würde er mir damit ein unsichtbares Versprechen geben.

Ich beugte mich vor und küsste ihn. Es war kein impulsiver Kuss, sondern einer, der all die Worte ausdrückte, die ich nicht sagen konnte. All die Liebe, die ich für ihn und Noah empfand. In diesem Moment war ich so verliebt wie nie zuvor.

Ich wollte nicht, dass es sich änderte. Ich wollte und konnte mir schon jetzt kein Leben mehr ohne ihn vorstellen, aber welche Alternative blieb mir? Noch fünf Tage und dann würde alles vorbei sein. Ich konnte nicht einfach zurückrudern und meinen Gefühlen nachgehen. Ich musste dann in meine Welt zurückkehren, egal wie einsam sie war. Diesen Entschluss hatte ich getroffen, auch wenn es mir mit jeder Sekunde, die ich mit Oliver verbrachte, schwerer fiel. Jetzt hatte ich jedoch dieses Geschenk, das mich auf ewig an unsere Zeit erinnern würde. Die schönste Zeit meines Lebens. Mit der Liebe meines Lebens.

„So, und nun ab was zu essen besorgen, damit wir den Grill anschmeißen können. Ich sterbe langsam vor Hunger!" Oliver riss mich aus meinen Gedanken, und so gingen wir, hungrig wie wir waren, einkaufen. Alles, was nur annähernd lecker aussah, wandert in unseren

Korb, mit der leisen Gewissheit, dass wir vermutlich die nächsten zehn Wochen davon überleben konnten.

Während Oliver sich um den Grill kümmerte, machten Noah und ich uns in der Küche an die Vorbereitungen. Es machte Spaß, das musste ich zugeben. Auch wenn der Kleine sich schon jetzt besser auskannte, wenn es darum ging, Essen zuzubereiten, als ich. Aber irgendwie bekamen wir es zusammen hin, und schon kurze Zeit später saßen wir, völlig vollgegessen, mit einem Glas Wein auf der Terrasse.

Noah schlief bereits auf Olivers Schoß ein, also brachte er ihn schließlich ins Bett, während ich die restlichen Sachen in die Küche räumte. Als Oliver zurückkam, brachte er eine neue Flasche Wein mit, und wir tranken sie, während wir dem Sonnenuntergang zusahen. Nie zuvor hatte ich so schöne Sonnenuntergänge gesehen wie hier. Es war eines der Dinge, die ich für immer in Erinnerung behalten wollte. Nie wieder würde ich einen sehen können, ohne an Oliver zu denken – das war mir längst bewusst geworden.

„Würdest du manchmal auch gerne die Zeit anhalten?" fragte ich ihn schließlich, als dieser Gedanke mich immer wieder beschäftigte. Oliver sah mich nachdenklich an, bevor er antwortete.

„Nein, eigentlich nicht. So schön die Zeit hier ist und so sehr ich jeden Moment genieße, so möchte ich doch erleben, was die Zukunft für uns bereithält. Ich möchte meinen Sohn aufwachsen sehen. Möchte erleben, wie wir zusammen alt werden und in 50 Jahren oder so hier wieder sitzen und über unser Leben reden können. Über all die Dinge, die wir zusammen erlebt haben."

„In 50 Jahren?" fragte ich, halb im Scherz, halb neugierig.

„Naja, vielleicht auch 60! Ich wollte schon immer uralt werden!"

Ich musste lachen, aber nur über die Vorstellung, wie wir wohl mit 80 Jahren aussehen würden. Der Gedanke, dass wir es zusammen erleben würden, gefiel mir natürlich mehr als nur gut. Ein ganzes Leben mit Oliver. In kürzester Zeit hatte er es geschafft, all meine Prinzipien, Vorsätze und meine Träume auf den Kopf zu stellen. War vor ein paar Wochen noch meine Karriere der wichtigste Teil meines Lebens gewesen, so war es jetzt diese kleine Familie, die sich hier bildete. In diesem Moment war ich mir sicher, dass wir zusammen alles schaffen könnten. Dass ich alles geben würde, um mit Oliver in eine gemeinsame Zukunft zu gehen, die so schön wäre, wie er selbst.

Trotzdem gab es immer noch diesen anderen Teil in mir. Den Teil, der Angst vor dieser gemeinsamen Zukunft hatte. Der Angst hatte, dass alles nur eine Seifenblase war, die früher oder später zerplatzen würde, und ich wieder zerstört sein würde – wie nach Marks Angriff. Auch wenn es bei Oliver vermutlich eher psychisch als physisch sein würde. Denn wenn ich mir eines sicher war, dann war es, dass Oliver niemals gewalttätig sein würde. Leider war es dieser Teil in mir, der noch immer die Oberhand hatte und der Gedanken an eine gemeinsame Zukunft blockierte und mich zu meiner Entscheidung geführt hatten.

Oliver kniete plötzlich vor mir und streichelte zärtlich über mein Gesicht, bevor er begann, mich liebevoll zu küssen. Jede Berührung löste in mir immer noch mutierte Schmetterlinge aus, und ich ging völlig in Gefühlen unter, die ich bisher nur erahnen konnte, dass sie in mir wohnten. Seine Küsse löschten alle Gedanken einfach aus, und ehe ich mich versehen konnte, hob Oliver mich hoch und warf mich völlig unvorbereitet in den Pool. Noch bevor ich mich von diesem Schock erholen konnte oder auch nur ein Wort sagen konnte, küsste er mich einfach weiter. Seine Lippen glitten über meine, verlangend und dennoch zärtlich, und ich fühlte, wie sich alles in mir auf ihn ausrichtete.

„Was ist, wenn uns hier jemand sieht? Oder Noah plötzlich aufwacht?" fragte ich ihn atemlos zwischen zwei Küssen.

„Baby, hier ist weit und breit kein Mensch, und wenn Noah erst mal schläft, dauert es mindestens vier Stunden, bevor er, wenn überhaupt, wieder aufwacht nach so einem Tag, also… entspann dich einfach. Vertraust du mir?" Ich nickte. Meine Erregung und mein Verlangen nach mehr verhinderten mich, klar denken zu können, und ich ließ mich einfach von meinen Gefühlen leiten.

„Dann komm!" befahl Oliver mir liebevoll, und wir stiegen beide aus dem Pool, gingen gemeinsam nass, tropfend und schweigend ins Schlafzimmer. Dort half er mir Stück für Stück aus den restlichen nassen Klamotten, die ich noch trug. Schnell stand ich schließlich vollkommen nackt vor ihm. Eine leichte Unsicherheit überkam mich, aber sie wurde augenblicklich durch das Verlangen überschattet, das ich in seinen Augen lesen konnte. Sein Blick verschlang mich regelrecht, und ich fühlte eine innere Hitze in mir aufsteigen, die ich kaum noch auszuhalten schien. Es war das pure Verlangen nach diesem Mann. In Olivers Augen spiegelte sich das Gleiche wider. Auch er schien mit jeder Faser seines Körpers erregt zu sein.

„Du bist so unglaublich schön," flüsterte er an meine Lippen, während seine Hände zärtlich über meinen Körper glitten. Sein Atem kitzelte meinen Hals, und als er mich hochhob, legte er mich vorsichtig aufs Bett, als wäre ich aus kostbarem Porzellan, das jederzeit zerbrechen könnte. Nicht aus Fleisch und Blut.

„Wir müssen es noch nicht tun, wenn du noch nicht dazu bereit bist," sagte er leise und strich eine Strähne aus meinem Gesicht. Ich sah die Sorge in seinen Augen, diese absolute Rücksichtnahme, die mich mehr berührte als jede Berührung zuvor.

„Ich will es aber, Oliver. Ich will dich. Ich will dich so sehr!" Mein Körper bog sich ihm und seinen Küssen und Berührungen entgegen. Oliver küsste jeden noch so kleinen Fleck auf meiner Haut. Seine Lippen schienen ein Feuer in mir zu entzünden, das sich immer weiter ausbreitete. Ich hatte das Gefühl, alles um mich herum nicht mehr klar wahrnehmen zu können. Als seine

Finger schließlich meine feuchte Mitte erreichten und mich an meiner empfindlichsten Stelle liebevoll berührten, explodierte etwas in mir. Ein tiefes Sehnen wurde entfacht, das mich vollständig in seinen Bann zog.

„Du machst mich wahnsinnig, Süße!" wisperte er und zog sich kurz von mir zurück. Was tat er denn da? Ich wollte nicht, dass er jetzt aufhörte. Ich spürte augenblicklich eine Kälte, die sich in mir breit machte. Als ich aufsah, beobachtete ich, wie sich Oliver ein Kondom überstreifte. Noch nie hatte ich etwas Erregenderes gesehen in meinem Leben. Noch nie wollte ich etwas stärker als diesen Mann. Ich wollte ihn endlich spüren. Mein Körper verzehrte sich nach ihm, so sehr, dass es beinahe schmerzte, und ich war froh, als er mich endlich erneut begann zu küssen, zu berühren, und mich schließlich erlöste, als er in mich eindrang.

Es war perfekt. Er war perfekt. Mein Körper verschmolz mit seinem, und ich wusste, dass es kein Wort gab, das beschreiben konnte, was ich in diesem Moment fühlte. Oliver bewegte sich mit einer solchen Hingabe, dass ich spürte, wie er alles für mich sein wollte. Er war meine Zuflucht, mein Beweis dafür, dass es nach all den Jahren des Schmerzes noch möglich war, so zu fühlen. Mein Atem wurde schwerer, und ich fühlte, wie sich der Höhepunkt in mir immer mehr näherte, bis ich schließlich explodierte. Ein Beben durchfuhr mich, und ich schrie leise seinen Namen. Nie wieder wollte ich etwas anderes fühlen müssen.

Oliver schien sich die ganze Zeit noch zurückgehalten zu haben, denn seine Atmung wurde nun immer schneller, bis er ein letztes, für ihn erlösendes Mal zustieß und meinen Körper mit dem seinen bedeckte. Ich fühlte mich von ihm umhüllt, vollkommen eins mit ihm. Ich hätte nicht mal sagen können, wo ich aufhörte und wo Oliver anfing. Wir waren in diesem Moment eins geworden.

„Danke," flüsterte ich, bevor ich völlig erschöpft in seinen Armen einschlief, umhüllt von seinem Duft und seiner Liebe.

Notiz an mich: Sex mit Oliver war unbeschreiblich und perfekt…Er war perfekt.

Wunder und Abschiede

Die nächsten Tage vergingen viel zu schnell, wie ein wunderschöner Traum, den ich nicht enden lassen wollte. Jeder Moment war perfekt, und gleichzeitig spürte ich, wie schwer das Ende unserer gemeinsamen Zeit auf mir lastete. Oliver hatte für uns jeden Tag durchgeplant – Besuche in atemberaubenden Buchten, Spaziergänge durch die lebhaften Straßen Palmas, und sogar ein Besuch im Unterwasserzoo, wo Noah mit großen Augen die Fische beobachtete. Sein Lachen, sein Staunen, alles schien die Zeit anzuhalten, und doch rannte sie unaufhörlich weiter.

Jeder Augenblick mit Oliver war ein Geschenk, ein Stück heile Welt, das ich mir nie zu träumen gewagt hätte. Doch je näher der letzte Tag rückte, desto deutlicher spürte ich das Gewicht meines Plans, der sich wie eine Mauer zwischen uns schob. Ich hatte mir dieses Glück nur für einen Moment geliehen, und bald würde ich es zurückgeben müssen.

Unser letzter Abend brach an. Die Finca war in warmes, goldenes Licht getaucht, das sich im leichten Wind über die Terrasse bewegte. Noah spielte fröhlich in seinem kleinen Pool, während Oliver den Grill anwarf. Ich saß mit einem Glas Sangria in der Hand und beobachtete sie beide, Vater und Sohn, wie sie miteinander scherzten und lachten. Es war ein Bild, das ich niemals vergessen wollte. Doch der Schmerz in meiner Brust erinnerte mich daran, dass es bald nicht mehr meines sein würde.

„Danke," sagte ich schließlich und versuchte, die Wärme in meiner Stimme die Traurigkeit überdecken zu lassen. „Das war der schönste Urlaub meines Lebens."

Oliver drehte sich zu mir um und lächelte. Dieses Lächeln, das so viel ausdrückte, ohne ein einziges Wort. „Für mich auch. Aber es ist erst der Anfang, Emilia. Ich freue mich schon auf unseren nächsten Urlaub. Es gibt so viel, was ich dir noch zeigen möchte. Hier, überall auf der Welt."

Ich konnte nur nicken, unfähig, die Wahrheit auszusprechen. Es würde keinen nächsten Urlaub geben. Dies war der Anfang, aber auch das Ende. Doch seine Zuversicht, seine Worte voller Hoffnung, ließen einen bittersüßen Stich in meinem Herzen zurück.

„Du bist heute so nachdenklich," bemerkte er leise und setzte sich neben mich. Seine Hand legte sich auf meine, und ich spürte, wie sein Daumen beruhigend über meine Haut strich. „Was ist los, Emilia?"

Ich schüttelte den Kopf und lächelte, so gut ich konnte. „Ich bin einfach traurig, dass es bald vorbei ist."

Sein Gesichtsausdruck veränderte sich, und ich sah, dass er die Schwere meiner Worte spürte. Doch Oliver war niemand, der sich einfach geschlagen gab.

„Es ist nicht vorbei, Emilia. Es ist nur der Urlaub, der endet, nicht unsere Zeit. Darüber wollte ich ohnehin noch mit dir sprechen. Wir müssen uns etwas überlegen. Hamburg und Berlin, das ist auf Dauer keine Lösung.

Aber ich will nicht, dass uns das auseinanderbringt." Er holte tief Luft.

„Ich will dich nicht verlieren, Emilia," sagte er mit einer Ernsthaftigkeit, die mich zum Stillstand brachte. „Ich weiß, dass das Leben nicht immer einfach ist. Und ich weiß, dass wir beide Dinge haben, die uns verfolgen. Aber ich will, dass du weißt, dass ich bereit bin, für uns zu kämpfen. Egal, was kommt."

Ich drehte mich zu ihm um, und unsere Blicke trafen sich. Da war so viel Liebe in seinen Augen, dass ich fast vergaß zu atmen. Doch in mir tobte der Kampf. Ich wollte ihm glauben, wollte ihm alles geben, aber konnte ich das wirklich? Konnte ich ihm und mir selbst gerecht werden? Seine Worte trafen mich mitten ins Herz. Sie waren alles, was ich hören wollte und doch genau das, wovor ich mich fürchtete. Bevor ich etwas erwidern konnte, kam Noah zu mir gelaufen. Seine kleinen Füße platschten über die Fliesen der Terrasse, und er streckte mir mit einem breiten Lächeln die Arme entgegen. Ich hob ihn hoch, und er schmiegte sich an mich. Dieser kleine Junge hatte eine Art, mein Herz im Sturm zu erobern, genauso wie sein Vater.

Oliver beobachtete uns, sein Blick voller Liebe und Zärtlichkeit. „Weißt du, ich glaube, er mag dich wirklich," sagte er leise.

„Das hoffe ich," antwortete ich, den Kloß in meinem Hals herunterkämpfend. Noah sah mich kurz an, strahlte und rannte wieder spielen.

„Er hat noch nie jemand anderen so nah an sich herangelassen. Nicht mal Charlotte, wenn wir bei ihr sind. Nur seine Anna und mich. Und jetzt dich."

Seine Worte ließen mich innerlich erbeben. Für einen Moment fühlte es sich an, als würde ich tatsächlich dazugehören. Als wäre ich ein Teil von ihnen. Doch ich wusste, dass es nur eine Illusion war, ein Moment, der nicht ewig währen konnte.

„Was ist los, mein Großer?" fragte Oliver sanft, seine Stimme voller Wärme und Geduld, als Noah plötzlich wieder vor uns stand und uns beide mit seinen großen, ausdrucksstarken Augen ansah. Etwas in seiner Haltung ließ uns stutzen, eine Unsicherheit, die ich bei ihm selten wahrgenommen hatte. Er schien etwas zu wollen, aber er zögerte. Oliver beugte sich leicht vor, um ihm näher zu sein, und fragte erneut, diesmal mit einem Hauch von Belustigung in der Stimme: „Willst du etwa in den großen Pool? Ist das der Plan? Aber wir müssen erst essen, Noah. Danach vielleicht."

Noah schüttelte energisch den Kopf, aber seine Augen blieben fest auf mich gerichtet. Seine kleinen Hände ballten sich zu Fäusten, und dann entspannte er sie wieder. Es war, als würde er einen inneren Kampf ausfechten. Ich spürte, wie mein Herz schneller schlug. Irgendetwas Besonderes lag in der Luft. Und dann, völlig unerwartet, bewegten sich seine Lippen, und er formte Worte, zaghaft, unsicher, aber deutlich:

„Mama… komm!" Seine Stimme war brüchig, sanft, aber es waren Worte. Echte Worte.

Ich war wie vom Blitz getroffen. Meine Knie wurden weich, und ich spürte, wie meine Hand leicht zitterte, als Noah nach ihr griff und sie festhielt. Oliver ließ vor Schreck den Grillspatel fallen. Das metallische Klirren schien die Schwere des Augenblicks noch zu unterstreichen. Ich sah Noah an, völlig sprachlos, während mein Herz sich vor Freude zusammenzog und gleichzeitig brach.

„Mama… komm!" wiederholte er, und seine kleinen Finger zogen an meiner Hand, fordernd und doch sanft. Oliver sagte keinen Ton, und ich wagte nicht, mich umzusehen. Alles an diesem Moment fühlte sich wie ein Wunder an.

Ich ließ mich von Noah führen, während mein Verstand in einem Strudel aus Gefühlen ertrank. Mein Herz schlug so laut, dass ich sicher war, Noah konnte es hören. Als wir beim Pool ankamen, ließ er meine Hand los, ging in die Hocke und zeigte mit seinem kleinen Finger auf etwas in seinem Spielzeugboot. „Da!" sagte er klar und entschlossen.

Ich atmete tief durch, um die Welle der Emotionen in mir zu bändigen, und beugte mich zu ihm hinunter. „Oh, ein Gecko!" sagte ich leise, meine Stimme immer noch zitternd vor Rührung.

„Er wohnt hier, weil es so schön warm ist. Nachts frisst er Mücken, damit sie uns nicht stechen. Vielleicht wollte er sich nur noch etwas ausruhen, bevor er loslegt."

Noah sah mich mit großen Augen an, dann formten seine Lippen ein weiteres Wort:

„Geeku?" Sein Blick war voller Neugier, und ein zaghaftes Lächeln erschien auf seinem Gesicht.

„Genau, ein Gecko," bestätigte ich mit einem warmen Lächeln, das ich kaum kontrollieren konnte. Er wirkte zufrieden, wandte sich wieder seinem Spielzeug zu und spielte weiter, als wäre nichts geschehen. Doch für mich hatte sich die Welt verändert.

Langsam richtete ich mich auf und ging zurück zur Terrasse, wo Oliver noch immer wie erstarrt stand. Sein Blick folgte jedem Schritt von Noah, als würde er versuchen, den Moment zu begreifen, der sich gerade vor seinen Augen entfaltet hatte. Der Geruch von verbranntem Fleisch hing in der Luft, aber niemand von uns schien es zu bemerken.

„Oliver?" wagte ich es schließlich, ihn anzusprechen. Er rührte sich nicht, bis ich meine Hand auf seine Schulter legte. Langsam drehte er sich zu mir um. Seine Augen waren glasig, und ich sah, wie er Mühe hatte, seine Gefühle im Zaum zu halten.

„Er… er hat gesprochen, oder?" Seine Stimme war ein Flüstern, als ob er sich selbst nicht traute, es laut auszusprechen.

„Ja, er hat gesprochen," antwortete ich, meine Stimme sanft, aber fest.

„Jetzt setz dich lieber hin. Du bist ganz blass, Oliver." Ich drückte ihn auf einen Stuhl, und erst da schien er die Realität wieder wahrzunehmen.

„Noah hat gesprochen," wiederholte er, als müsse er es selbst glauben. „Und er hat dich Mama genannt." Seine Stimme brach, und ich sah, wie sich Tränen in seinen Augen sammelten.

„Das ist ein Wunder. Ein echtes Wunder."

Ich spürte, wie meine eigenen Augen feucht wurden. Die Freude und das Staunen in Olivers Gesicht waren so überwältigend, dass es mein Herz förmlich zerriss. Ich legte meine Arme um ihn, und er zog mich fest an sich, während seine Schultern leicht bebten.

„Er hat wirklich gesprochen," flüsterte er, fast zu sich selbst. „Und er hat dich Mama genannt. Weißt du, was das bedeutet? Er hat dich akzeptiert. Er hat dich in unser Leben gelassen, Emilia."

Ich wusste nicht, was ich darauf antworten sollte. Es war zu viel, zu groß. Alles, was ich sagen konnte, war:

„Es war ein Wunder, Oliver. Ein echtes Wunder."

Noah kam kurze Zeit später zum Abendessen, und obwohl Oliver und ich uns bemühten, uns normal zu verhalten, schien die Atmosphäre von einem unausgesprochenen Zauber erfüllt zu sein. Jeder neue Blick auf Noah, jede kleine Bewegung von ihm schien für uns eine neue Bedeutung zu haben. Und als er erneut ein leises „Daz!" sagte, um auf das Gemüse zu zeigen, wusste ich, dass dies ein Moment war, den ich niemals vergessen würde.

Später, als Oliver ihn ins Bett bringen wollte, klammerte Noah sich an mich und murmelte wieder: „Mama!" Diesmal war es nicht nur ein Wort. Es war eine

Bitte, eine Anerkennung, ein Platz in seinem kleinen Herzen, den er mir schenkte. Und obwohl ich wusste, dass ich ihn bald verlassen musste, ließ ich ihn diesen Moment in vollen Zügen genießen.

Anstatt einer Antwort kuschelte er sich noch näher an mich und vergrub seinen kleinen Kopf in meiner Halsbeuge. Es fühlte sich an, als könnte er spüren, dass dies unser letzter Abend zusammen war, als wüsste er, dass ich bald gehen würde und diese Nähe alles war, was uns noch blieb. Mein Herz zog sich schmerzlich zusammen, und ich hätte am liebsten erneut die Zeit angehalten, um diesen Moment festzuhalten. Doch ich wusste, dass ich das nicht konnte.

„Ok," sagte ich schließlich mit zitternder Stimme, stand auf und hielt ihn dabei fest in meinen Armen. Seine kleinen Finger klammerten sich an mein Shirt, als wolle er mich nicht loslassen. Mit einer Sanftheit, die mir bisher unbekannt war, machte ich ihn bettfertig, so wie ich es die ganzen Abende zuvor bei Oliver beobachtet hatte. Ich streichelte ihm zärtlich über das Haar und flüsterte ihm kleine, beruhigende Worte zu, bis er schließlich in meinen Armen einschlief. Selbst dann blieb ich noch eine Weile bei ihm sitzen, hielt ihn fest und ließ meinen Blick über sein friedliches Gesicht wandern.

„Es tut mir leid, Noah," flüsterte ich, als ich ihm einen sanften Kuss auf die Stirn gab.

„Pass gut auf dich und deinen Papa auf." Meine Stimme brach am Ende, und ich fühlte eine Träne, die unaufhaltsam meine Wange hinunterrollte. Vorsichtig legte ich ihn in sein Bett, zog die Decke über ihn und verließ leise das Zimmer, mit einem Herz, das schwerer war als je zuvor.

Als ich zurück auf die Terrasse ging, saß Oliver dort, eine Flasche Wein auf dem Tisch vor ihm. Er hatte alles aufgeräumt und begrüßte mich mit einem Lächeln, das so voller Liebe und Wärme war, dass es mir fast den Atem raubte. Dieses Lächeln, dieser Mann. Wie sollte ich das alles hinter mir lassen? Wie sollte ich jemals ohne ihn weitermachen können?

„Das ist so ein schöner Augenblick gerade," sagte er schließlich, während er in die Dunkelheit schaute, nur unterbrochen vom sanften Rauschen des Meeres. Die Stille der Nacht umgab uns wie eine schützende Decke. Selbst diese Ruhe, die ich in Berlin nie finden würde, würde mir fehlen.

„Ja, es ist wirklich unglaublich," antwortete ich, während ich mich setzte und ein Glas Wein nahm. „Vielleicht ist das der Beginn und du wirst dir noch wünschen, dass sein Mund stillsteht," fügte ich mit einem schwachen Lächeln hinzu, um die Stimmung aufzulockern. Doch es gab eine Spannung in der Luft, die nicht so leicht zu vertreiben war. Etwas war anders an diesem Abend. Etwas lag in der Luft, schwer und unausgesprochen.

Oliver sah mich lange an, seine Augen suchten nach den richtigen Worten. Schließlich atmete er tief ein, als hätte er sich zu etwas entschlossen.

„Emilia," begann er, seine Stimme sanft, aber bestimmt, „ich glaube, ich kann keinen klaren Gedanken mehr fassen heute. Was ich jetzt sage, klingt vielleicht verrückt, aber…"

Mein Herz schlug schneller. Was wollte er mir sagen? Seine Nervosität übertrug sich auf mich, und ich spürte, wie meine Hände leicht zitterten.

„Das hat nichts mit Noah und dem, was heute passiert ist, zu tun," fuhr er fort. „Ich hatte es schon vorher geplant. Bitte, versteh das nicht falsch." Er machte eine Pause, als müsse er sich sammeln. „Emilia, bitte bleib für immer bei mir. Bei uns. Ich habe noch nie einen Menschen so sehr gewollt und gebraucht wie dich. Ich weiß, es klingt verrückt, aber ich will, dass du meine Frau wirst. Heirate mich."

Seine Worte trafen mich wie ein Blitzschlag. Alles um mich herum schien stillzustehen, als hätte die Welt aufgehört, sich zu drehen. Oliver sprach weiter, erklärte, dass er keine schnelle Antwort erwartete, dass er wüsste, wie überrumpelnd das für mich sein musste. Doch ich hörte kaum zu. Meine Gedanken überschlugen sich. Mein Herz wollte laut „Ja" schreien, während mein Verstand mich daran hinderte, auch nur ein Wort zu sagen.

Ich sah ihn an, unfähig, etwas zu erwidern. Seine Augen waren voller Liebe und Hoffnung, und es brach mir das Herz, dass ich ihn in diesem Moment nicht glücklich machen konnte. Wir saßen lange schweigend da, bis Oliver schließlich die Stille brach.

„Ich werde jetzt ins Bett gehen," sagte er leise. „Tut mir leid, wenn ich dich überrumpelt habe. Ich wollte dir keine Angst machen. Ich wollte nur, dass du weißt, wie ich mich fühle." Seine Stimme war ruhig, aber ich konnte die Unsicherheit darin spüren.

„Egal, wie du dich entscheidest, Emilia, es wird nichts an meinen Gefühlen für dich ändern. Ich liebe dich."

Er gab mir einen sanften Kuss, bevor er ging und mich allein auf der Terrasse zurückließ. Die Stille der Nacht war nun erdrückend, und die Sterne über mir schienen vor meinen Augen zu verschwimmen. Oliver wollte sein Leben mit mir teilen, und ich hatte nichts gesagt. Nicht, weil ich es nicht wollte, sondern weil die Angst und die Zweifel in mir immer noch zu laut waren.

Die Nacht umhüllte mich wie ein schwerer Mantel, als ich mich aus dem Haus schlich. Jede Bewegung fühlte sich falsch an, wie ein Verrat an allem, was wir in den letzten Tagen aufgebaut hatten. Doch in meinem Inneren hallte der gleiche Satz immer wieder wider: *Es ist das Beste. Für ihn, für Noah, für dich.* Ich wiederholte es wie ein Mantra, während ich mit bebenden Händen meinen Koffer griff und mich auf leisen Sohlen Richtung Tür bewegte.

Im Schlafzimmer blieb ich kurz stehen, mein Blick fiel auf Oliver, der tief und ruhig schlief. Sein Gesicht war entspannt, seine Lippen leicht geöffnet, und er wirkte so friedlich, dass ich fast glaubte, alles könnte noch gut werden. Ich beugte mich langsam zu ihm hinunter und gab ihm einen letzten Kuss auf die Stirn. Meine Lippen zitterten dabei, doch ich konnte den Schmerz in mir nicht länger unterdrücken. Es war das Letzte, was ich von ihm mitnahm – sein Duft, seine Wärme, der Geschmack dieses Moments.

„Es tut mir so leid," flüsterte ich, obwohl ich wusste, dass er mich nicht hören konnte. Seine Brust hob und senkte sich gleichmäßig, ein leiser Trost inmitten meines Chaos. Ich zwang mich wegzusehen, zog die Tür hinter mir leise ins Schloss und ließ mein Herz mit jedem Schritt ein bisschen mehr zurück.

Als ich draußen stand, die Nachtluft auf meiner Haut spürte und das leise Rauschen der Wellen in der Ferne hörte, war ich versucht, zurückzulaufen. Doch ich tat es nicht. Stattdessen rief ich ein Taxi und starrte während der Fahrt zum Flughafen stumm aus dem Fenster. Jedes Bild, das vorüberzog, war wie ein Abschied von der schönsten Woche meines Lebens. Mallorca, mit seinen leuchtenden Farben, der Wärme und dem endlosen Blau des Himmels, würde für immer der Ort bleiben, an dem ich mich das erste Mal wirklich vollständig gefühlt hatte und ihn das letzte Mal gesehen hatte.

Im Flughafenterminal setzte ich mich auf eine der harten Bänke und wartete auf meinen Flug. Ich war leer. Nichts außer der Stille in meinem Kopf, in der sich ab und zu ein Bild von Noah schlich, wie er zu mir „Mama" sagte, oder von Oliver, wie er mich ansah, als er mir sein Herz offenbarte. Meine Hände glitten unwillkürlich über mein Handgelenk, das jetzt leer war. Das Armband, das so viele Erinnerungen trug, hatte ich absichtlich auf dem

Nachttisch gelassen. Es gehörte nicht mehr zu mir. Es war ein Teil einer anderen Welt, einer anderen Version von mir, die ich nicht sein durfte.

Als das Boarding begann, stand ich auf und reihte mich ein. Meine Beine fühlten sich schwer an, als trüge ich die Last der Entscheidungen, die ich getroffen hatte. In der Maschine ließ ich mich auf meinen Sitz fallen und schloss die Augen, während die Flugbegleiter ihre Sicherheitsanweisungen durchgingen. Ich hörte ihnen nicht zu. Mein Geist war zu sehr damit beschäftigt, sich mit meinem Herz zu streiten.

Du hast das Richtige getan. Sie werden besser ohne dich sein. Du wolltest nie eine Familie. Doch mit jedem Kilometer, den wir in die Luft stiegen, fühlte es sich an, als würde ich etwas verlieren, das ich nie wiederfinden würde.

Als die Tränen unaufhaltsam zu fließen begannen, wischte ich sie hastig weg. Sie durften nicht bleiben. Es war meine Entscheidung, und ich musste mit den Konsequenzen leben. Aber in mir wusste ich, dass dieser Abschied nicht nur ein Verlust war. Es war der endgültige Bruch mit der Liebe meines Lebens.

„Leb wohl, Oliver," flüsterte ich leise in die Dunkelheit des Flugzeuges. „Es ist das Beste für dich und Noah."

Notiz an mich: Manchmal muss man das Herz brechen, um das Richtige zu tun. Auch wenn es das eigene ist.

Schmerz...

Ich hatte gedacht, es würde schwer sein, alles hinter mir zu lassen, doch ich hatte mich geirrt. Es war nicht schwer, es war die Hölle. Ein Schmerz, der nicht nur meinen Körper lähmte, sondern auch meine Seele zerriss. Ich fühlte mich, als würde mir die Luft zum Atmen fehlen, als hätte man mir mein Herz bei lebendigem Leib aus der Brust gerissen und es in verdrehten Stücken wieder eingesetzt. Es war ein permanenter Schmerz, unaufhörlich und unendlich, schlimmer als alles, was ich je zuvor ertragen hatte. Selbst der Schmerz, den Mark mir zugefügt hatte, verblasste im Vergleich dazu. Denn dieser Schmerz war nicht nur körperlich, sondern emotional – und er schien keinen Ausweg zu bieten.

Dennoch hatte ich eine Entscheidung getroffen. Und mit dieser musste ich leben. Doch war es noch Leben? Ich existierte lediglich, funktionierte wie eine Maschine, die in Endlosschleife ihren Aufgaben nachging. Die ersten drei Monate in der Klinik hatte ich hinter mich gebracht, ein Abschnitt, der mich zwar körperlich forderte, mir aber auch etwas Halt gab. Die Arbeit war anstrengender als erwartet, aber sie erfüllte mich. Wenn es eine Sache gab, die ich nicht bereute, dann war es die Wahl, Ärztin zu werden. Die Medizin bot mir eine Struktur, die ich in meinem zerbrochenen Inneren dringend brauchte.

Meine Abschlussprüfung hatte ich trotz allem erfolgreich bestanden. Vielleicht war es die Arbeit, die mich rettete, oder vielmehr der ständige Druck, der mich davon abhielt, zu lange in meinem Schmerz zu verweilen. Es war auch der Grund, warum ich bereits eine Verlängerung meines praktischen Jahres zugesagt bekommen hatte. Ich war die, die immer verfügbar war, die keine freien Tage beanspruchte und gerne doppelte Schichten übernahm. Nicht, weil ich besonders ehrgeizig war, sondern weil die Klinik mein sicherer Hafen war. Zuhause war es schlimmer. Zuhause war der Schmerz allgegenwärtig.

Dort hatte ich keine Ablenkung. Nur die Einsamkeit.

Im Krankenhaus hingegen lenkten mich die Menschen ab, die mich brauchten. Die Patienten, die Schicksale. Ich musste oft mit ansehen, wie das Leben endete, wie Familien auseinandergerissen wurden. Die Abschiede, die ich miterlebte, ließen meinen eigenen kleiner erscheinen. Schließlich wusste ich, dass Oliver und Noah lebten. Dass sie irgendwo da draußen waren und vermutlich glücklich. Dass sie mich längst vergessen hatten, während ich jeden Tag mit der Erinnerung an sie kämpfte.

Notiz an mich: Selbst wenn ich ihn gehen ließ, hat ein Teil von mir nie aufgehört, bei ihm zu bleiben.

Oliver hatte sich nach meinem Abschied nicht ein einziges Mal gemeldet. Kein Anruf, keine Nachricht, kein Versuch, mich zu erreichen. Es schien, als hätte er keine weiteren Erklärungen gebraucht. Auf eine Weise war ich dankbar dafür. Ein Kontakt hätte alles nur komplizierter gemacht. Doch der andere Teil von mir schmerzte. Hatte er so schnell aufgegeben? Meine Entscheidung zu akzeptieren war eine Sache, nicht um mich zu kämpfen, eine andere. Vermutlich hasste er mich jetzt mehr, als ich mich selbst hasste. Ich war sicher, er hatte mich längst aus seinem Leben gelöscht. Rückstandslos und endgültig.

Seit ich Oliver verlassen hatte, waren meine Albträume zurückgekehrt. Diese vertraute Dunkelheit, die sich in meinem Inneren ausbreitete, und mich jede Nacht heimsuchte. Ob es an dem lag, was ich zurückgelassen hatte, oder an der Tatsache, dass Mark aus dem Gefängnis entlassen worden war, konnte ich nicht sagen. Wahrscheinlich beides. Ich hatte diesen Tag gefürchtet, seitdem das Urteil gefällt wurde. Rosalie hatte mir beiläufig erzählt, sie hätte ihn auf einer Party gesehen. Es fühlte sich an, als hätte jemand eine alte Wunde aufgerissen. Meine Ängste, meine Erinnerungen. Alles stürzte über mir zusammen. Ich wusste, dass die sechs Jahre irgendwann enden würden, aber ihn tatsächlich in meiner Nähe zu wissen, ließ mich beinahe krank werden. Er durfte sich mir nicht nähern, das Gericht hatte klare Regeln erlassen. Doch Mark hatte sich noch nie um Regeln geschert. Und ich glaubte nicht, dass sich das hinter Gittern geändert hatte.

Heute Abend hatte ich mich zum ersten Mal seit Wochen mit Elias verabredet. Ich musste wieder ins Leben zurückfinden, mich zwingen, nicht mehr in meinen Ängsten und meiner Traurigkeit zu ertrinken. Es war Freitag, und ich hatte das Wochenende frei. Die ersten zwei freien Tage am Stück seit Wochen. Ein Teil von mir freute sich auf die Erholung, doch ein anderer fürchtete sich vor der Einsamkeit, die mit dieser Zeit kommen würde. Elias holte mich pünktlich nach meiner Schicht um sieben Uhr an der Klinik ab. Wir wollten zusammen mit Ben etwas trinken gehen. Es überraschte mich, dass sie immer noch ein Paar waren. Dieses Mal schien es etwas Ernstes zu sein, und ich freute mich für Elias, auch wenn meine eigene Freude gedämpft war.

„Hey, Süße", begrüßte Elias mich mit einem prüfenden Blick. „Du siehst ja noch blasser aus als letztes Mal. Du brauchst dringend mal wieder eine Spezialbehandlung bei mir. Wie wär's morgen früh?" Er versuchte zu scherzen, doch ich merkte, dass hinter seinen Worten Sorge lag.

„Danke für das Kompliment", antwortete ich mit einem angestrengten Lächeln. „Ich freu mich auch, dich wiederzusehen." Seine Umarmung fühlte sich vertraut und tröstend an, und ich hielt mich einen Moment länger fest als nötig.

Wir fuhren zu einer kleinen Cocktailbar, in die wir früher oft gegangen waren. Ben wartete schon auf uns. Nachdem wir unsere Drinks bestellt hatten, erzählten sie mir, dass sie vorhatten, zusammenzuziehen.

„Das ist großartig", sagte ich und zwang mich zu einem Lächeln. „Habt ihr schon etwas in Aussicht?"

„Ja", sprudelte Elias aufgeregt. „Nächste Woche bekommen wir den Schlüssel. Die Wohnung ist der absolute Wahnsinn. Ganz in der Nähe vom Laden. Perfekt, oder?"

Ich nickte und versuchte, meine Freude zu zeigen. Natürlich freute ich mich für Elias, doch gleichzeitig war es ein weiterer schmerzlicher Reminder dessen, was ich verloren hatte. Mein Leben stand still, während sich das der anderen weiterentwickelte. Ich war gefangen in meinen Entscheidungen, meiner Einsamkeit.

„Emi? Alles okay?" Bens Stimme riss mich aus meinen Gedanken. Ich bemerkte, dass ich in mein Glas gestarrt hatte, ohne ein Wort zu sagen.

„Ja, sorry." Ich zwang mich zu einem erneuten Lächeln. „Ich freue mich wirklich für euch. Das klingt nach einem großartigen Plan."

„Du wirkst aber nicht so", bohrte Elias nach. „Was ist los? Und erzähl mir jetzt nicht, dass du nur müde bist. Das ist nicht dein 'Nur-müde-Gesicht'. Ich kenne dich."

Ich zögerte, doch schließlich brach es aus mir heraus. „Mark wurde entlassen." Meine Stimme war leise, fast ein Flüstern.

Elias' Gesicht wurde ernst. „Ich weiß, Süße. Rosalie hat es mir erzählt. Aber ich glaube nicht, dass du dir Sorgen machen musst. Er darf sich dir nicht nähern, sonst geht er zurück in den Knast. Und wer will das schon? Vielleicht hat er sich geändert."

Ich wünschte, ich könnte seine Worte glauben, doch ich wusste es besser. Mark hatte sich nie an Regeln gehalten.

Warum sollte er jetzt damit anfangen? Die Vorstellung, ihm wieder zu begegnen, ließ mich frösteln.

„Vermutlich mache ich mir nur zu viele Gedanken", murmelte ich und versuchte, die Unterhaltung zu beenden.

Elias streichelte tröstend meinen Rücken. „Wir passen auf dich auf", versprach er. Seine Worte erinnerten mich an Oliver, und ich spürte einen weiteren Stich in meinem Herzen.

Bevor ich etwas darauf antworten konnte, gesellten sich Bekannte von Ben zu uns. Das Thema war für den Moment beendet, doch die Angst blieb. Sie war ein Schatten, der mich überallhin verfolgte.

Wir plauderten noch eine Weile weiter über den bevorstehenden Umzug, die geplanten Renovierungen und all die kleinen Details, die dazugehörten. Elias und Ben zeigten uns auf ihren Handys Bilder von Möbelstücken, die sie bereits gekauft hatten, und diskutierten begeistert über Farbschemen und Dekorationsideen. Es war schön, sie so glücklich zu sehen, aber ein leises Stechen ließ sich in meiner Brust nicht ignorieren. Ich wusste, dass ich Stück für Stück meinen besten Freund verlor. Natürlich würde er immer für mich da sein – das würde ich nie in Frage stellen. Doch ich musste lernen, ihn zu teilen. Und dieser Gedanke machte mich traurig, auch wenn ich es nie zugeben würde. Elias hatte dieses Glück verdient, und ich hätte alles dafür gegeben, mich einfach nur für ihn freuen zu können.

„So, Jungs", begann ich schließlich und schob mein leeres Glas ein Stück zur Seite.

„Es tut mir wirklich leid, aber ich bin völlig fertig und will einfach nur ins Bett. Wärt ihr sehr böse, wenn ich mich jetzt schon verabschiede?" Es war keine Ausrede. Ich fühlte mich ausgelaugt, erschöpft und alles in mir schrie nach Ruhe. Nach einer Nacht ohne Albträume von Mark oder sehnsüchtigen Gedanken an Oliver.

„Schade", antwortete Elias und musterte mich mit einem prüfenden Blick. „Aber ich kann dich vollkommen verstehen. Du siehst auch wirklich noch ziemlich fertig aus. Wir bezahlen schnell und bringen dich nach Hause."

Gesagt, getan. Keine halbe Stunde später saß ich, frisch geduscht und in meine Decke gekuschelt, auf meinem Bett. Die Wohnung war still. Rosalie hatte mir nur eine kurze Nachricht geschickt, dass sie übers Wochenende spontan mit Eric verreist war. Wieder war ich allein. Und diese Erkenntnis traf mich härter, als ich erwartet hatte.

War das wirklich das Leben, das ich mir vorgestellt hatte? Hatte ich ernsthaft geglaubt, es würde einfacher werden? Warum traf man Entscheidungen, die sich später wie ein Fehler anfühlten? Vielleicht hätte Oliver und ich doch eine Chance gehabt. Vielleicht hätte ich ihm vertrauen können. Vielleicht wäre ich jetzt nicht so… verloren. Doch ich war mir damals so sicher gewesen, die richtige Wahl getroffen zu haben. Sollte dieser Schmerz dann nicht irgendwann nachlassen? Warum fühlte es sich immer noch an, als würde mein Herz bei jedem Gedanken an ihn zerspringen?

Ich starrte auf die Decke über mir, während die Stille sich wie ein schwerer Mantel um mich legte. Die Zweifel nagten an mir, unaufhörlich. Doch egal, wie lange ich noch über das „Was wäre, wenn?" nachdenken würde – das Ergebnis würde sich nicht ändern. Ich hatte ihn verlassen. Es gab keinen Weg zurück. Keine zweite Chance. Das war die Realität, mit der ich leben musste. Eine Entscheidung, die ich selbst getroffen hatte. Und es wurde Zeit, mit diesem Selbstmitleid aufzuhören. Schließlich war es der Weg, den ich gewählt hatte. Der Weg, den ich für richtig gehalten hatte.

Notiz an mich: Schau nach vorn… getroffene Entscheidungen sind nicht zu ändern.

Einsturzgefahr

Am Samstagmorgen führte mich mein erster Weg zu Elias' Salon. Es war dringend nötig, wieder einmal etwas Gutes für mich selbst zu tun, und ein Besuch bei ihm stand schon lange auf meiner imaginären To-Do-Liste. Schon beim Betreten seines Ladens überfiel mich die vertraute Mischung aus Haarpflegeprodukten und Parfüms. Sie hatte etwas Beruhigendes, fast Heilendes.

„Wie wäre es mit ein paar Strähnchen? Das bringt Frische rein", schlug Elias vor, während er meine Haare kritisch begutachtete.

Ich zögerte. „Ich weiß nicht... Ich mag mein Braun eigentlich. Aber ein bisschen Abwechslung kann wohl nicht schaden. Wenn du es sagst, dann vertraue ich dir blind. Du bist schließlich der Profi."

Elias grinste zufrieden. „Das werde ich mir merken."

Veränderungen hatten mich immer vorsichtig gemacht, aber ich wusste, dass ich Elias vollkommen vertrauen konnte. Er hatte noch nie einen schlechten Vorschlag gemacht, zumindest nicht, wenn es um meine Haare ging. Vielleicht, dachte ich, sollte ich Veränderungen nicht immer fürchten. Vielleicht konnten sie auch etwas Gutes mit sich bringen.

Nach einer Weile hatte Elias mich nicht nur zu einem Haarschnitt mit dezenten Strähnen überredet, sondern auch zu einer ausgiebigen Gesichtsbehandlung. Normalerweise legte ich wenig Wert auf solche Dinge, aber heute fühlte es sich an wie Balsam für meine Seele. Die Stunden im Salon waren wie eine kurze Flucht aus meinem Kopf. Elias unterhielt mich mit Geschichten über seine Einrichtungsvorhaben mit Ben, ihre Diskussionen über Wandfarben und Fußböden, und schaffte es sogar, mich hin und wieder zum Lachen zu bringen. Es war ein ungewohntes Gefühl, fast fremd, aber auch wohltuend.

„So, Süße, jetzt siehst du aus, als könntest du jeden um den Finger wickeln", verkündete Elias schließlich, als er das letzte Strähnchen in Form gebracht hatte.

Ich betrachtete mich im Spiegel und konnte kaum glauben, was ich sah. Meine Haare fielen in sanften Wellen um mein Gesicht, die Strähnen verliehen ihnen eine Lebendigkeit, die ich schon fast vergessen hatte. Mein Make-up war so dezent, dass es eher wie frische, makellose Haut wirkte. Es war, als hätte Elias einen Teil von mir zurückgebracht, den ich verloren geglaubt hatte.

„Danke", sagte ich und drückte ihm einen Kuss auf die Wange. Seine Arbeit hatte mich so inspiriert, dass ich beschloss, noch ein wenig shoppen zu gehen. Es war Zeit, auch meinen Kleiderschrank aufzufrischen und mich von alten Dingen zu trennen.

In den Geschäften wurde ich schnell fündig. Es war, als hätte ich mir den Kaufrausch monatelang aufgespart. Dank meines Gehalts konnte ich mir endlich leisten, etwas Neues zu kaufen, und es fühlte sich gut an, mir selbst eine Freude zu machen. Mit vollen Taschen kehrte ich schließlich nach Hause zurück, wo ich mich sofort daran machte, meinen Kleiderschrank auszumisten. Alles, was mich an die gemeinsame Zeit mit Oliver erinnerte, landete gnadenlos im Müll. Es war schmerzhaft, doch ich wusste, dass es ein notwendiger Schritt war.

Nach Stunden des Entrümpelns und Neusortierens gönnte ich mir ein langes, heißes Bad. Das warme Wasser schien die Anspannung aus meinen Schultern zu ziehen, und für einen Moment fühlte ich mich fast schwerelos. Frisch gebadet und in einen flauschigen Bademantel gewickelt, ließ ich mich mit einer Flasche Wein auf die Couch fallen und schaltete den Fernseher ein. Das Samstagsabendprogramm plätscherte im Hintergrund vor sich hin, während ich langsam entspannte.

Es war ein seltsames Gefühl, alleine hier zu sitzen. Früher waren Elias oder Rosalie oft an meiner Seite gewesen. Doch heute genoss ich es, selbst zu entscheiden, was ich sehen wollte. Vielleicht hatte das Alleinsein auch Vorteile. Der Wein lockerte meine Gedanken, und mit jedem Schluck fühlte ich mich ruhiger. Es war, als hätte ich für einen Abend den Weg zurück in eine Welt gefunden, die sich sicher und beherrschbar anfühlte.

Ich ließ meinen Blick über den leeren Raum schweifen, meine Augen wurden schwer, und schließlich gab ich der Müdigkeit nach. Es war ein kleiner Moment der Normalität, und ich hielt ihn so fest, wie ich konnte.

Notiz an mich: Manchmal beginnt Heilung mit den kleinsten Veränderungen.

Ein beharrliches Klopfen riss mich aus meinem traumlosen Schlaf. Benommen setzte ich mich auf, mein Blick wanderte suchend durch das Wohnzimmer. Es dauerte einen Moment, bis mir klar wurde, dass ich auf der Couch eingeschlafen war. Das Klopfen ertönte erneut, hartnäckig und unnachgiebig. Ich rieb mir über die Augen, unfähig, einen klaren Gedanken zu fassen, und schleppte mich zur Tür. Es war kurz vor Mitternacht, wie der flüchtige Blick auf die Wanduhr verriet. Wer konnte um diese Zeit etwas von mir wollen?

Ohne lange nachzudenken, öffnete ich die Tür. Meine verschlafene Verwirrung wich schlagartig, als ich Oliver erkannte. Er stand da, schwankend, seine Hand klammerte sich an den Türrahmen, um nicht umzukippen.

„Oliver," flüsterte ich heiser, mein Atem stockte. „Was… was tust du hier?"

Seine Augen, glasig und doch von Schmerz durchzogen, fixierten mich.

„Warum hast du mir das angetan?" zischte er. Seine Stimme war rau, die Worte schwer von Alkohol durchtränkt. Der süßliche Geruch seines Atems bestätigte meinen Verdacht. Oliver war betrunken, aber das machte den Ausdruck in seinen Augen nicht weniger eindringlich.

Ich starrte ihn an, unfähig, eine Antwort zu geben. War das hier wirklich real? Oder träumte ich? War ich in einem weiteren Albtraum gefangen, einem dieser dunklen, endlosen Szenarien, die mich jede Nacht heimsuchten?

„Sag es mir!" Seine Stimme wurde lauter, drängender.

„Warum hast du mir das angetan? Und nicht nur mir, auch Noah! Wie konntest du das tun?"

Sein Vorwurf traf mich wie ein Schlag. Ich fühlte, wie sich meine Kehle zuschnürte. Die Worte, die ich sagen wollte, blieben mir im Hals stecken.

„Ich… ich…hatte Angst" stotterte ich hilflos.

„Du hattest Angst?" höhnte er. „Angst wovor? Vor mir?" Er kam näher, sein Schritt unsicher, aber zielgerichtet. Instinktiv wich ich einen Schritt zurück.

„Sag es mir, Emilia! Wovor hattest du solche Angst, dass du einfach mitten in der Nacht verschwunden bist, nachdem ich dich gefragt habe, ob du mich heiraten willst?"

Mein Herz raste. Ich wollte etwas sagen, aber meine Gedanken schienen zu einem chaotischen Wirbel aus Schuld, Schmerz und Angst zusammenzuschmelzen. Schließlich brachte ich hervor, was mir am meisten auf der Seele brannte: „Vor meinen Gefühlen für dich."

Bevor ich die Konsequenzen meiner Worte ergründen konnte, überwand ich den kurzen Abstand zwischen uns, griff nach seinem Gesicht und küsste ihn. Es war ein verzweifelter Kuss, voller Reue und Sehnsucht. Zu meiner Überraschung erwiderte Oliver ihn sofort, seine

Hände fanden ihren Weg in mein Haar, und wir hielten uns fest, als könnten wir so die Zeit zurückdrehen. Meine Tränen mischten sich mit unserem Kuss, salzig und warm, und es fühlte sich an, als ob sie uns beide zugleich verbrennen und heilen würden.

Oliver zog sich plötzlich zurück, sein Blick war gebrochen und voller Widersprüche.

„Ich hasse dich dafür, was du Noah mit deinem plötzlichen Verschwinden angetan hast. Trotzdem bekomme ich dich nicht mehr aus meinem Kopf. Ich hätte nie erwartet einen Menschen gleichzeitig hassen und lieben zu können. Verflixt. Ich will das alles nicht, weil mir klar ist, ich kann nichts erzwingen, aber ich kann mich einfach nicht damit abfinden, dass das alles nicht wahr war, was zwischen uns gewesen ist. Ich gehe immer und immer wieder alles in meinen Gedanken durch. Ich hatte nie den Eindruck, du wärst nicht glücklich mit uns gewesen..." Meine Tränen liefen mittlerweile still, aber unaufhaltbar aus meinen Augen.

„Ich war jeden einzelnen Moment immer glücklich mit euch. Daran lag es nie, aber..." Ich holte tief Luft. Oliver sah mich mit kalten Augen an. Jede Wärme schien daraus verschwunden zu sein. Was hatte ich diesem Mann nur angetan. Wie konnte ich nur so egoistisch gewesen sein.

„Aber ich habe mir einfach selbst geschworen, nie wieder einen Mann an mich heranzulassen, nachdem was mit Mark passiert war. Ich wollte einfach nur meinen Job und meine Mauern. Doch dann bist du auf einmal in mein Leben gefegt und hast sie so schnell zum Wackeln gebracht. Ich wusste nicht mehr was richtig oder falsch war. Ich wollte dich so sehr, aber es durfte nicht sein. Darum kam ich auf diese bescheuerte Idee, mir wenigstens eine Woche mit dir zu erlauben, wenn ich mehr nicht haben konnte." Meine Stimme erstickte nun unter meinen Tränen. Irgendwann mussten doch keine mehr da sein.

Oliver hatte mir mittlerweile den Rücken zugewandt und hielt sich mit beiden Händen an der Stuhllehne fest. Ich wusste nicht, ob es daran lag, dass er damit sein Schwanken lindern wollte oder um seine Fassung zu bewahren.

„Ich hatte nie die Absicht dich oder Noah in irgendeiner Weise zu verletzen. Das wollte ich niemals, dass musst du mir glauben bitte, aber ich wollte mich auch nie so sehr in euch verlieben. Doch das ist irgendwie einfach passiert und es hat mir Angst gemacht. Ich wusste, wenn ich nicht gehen würde, würde ich es vermutlich nie mehr schaffen und das durfte nicht passieren. Ich dachte mir ihr seid ohne mich und meinen Ängsten und Problemen immer besser dran. Meine eigentlichen Pläne spielten zu der Zeit schon längst keine Rolle mehr. Kein Job der Welt war noch wichtiger als ihr. Ist es immer noch nicht." Ich wollte ihm alles sagen und erklären, aber glaubte einfach nicht die richtigen Worte dafür zu finden. Befürchtete er könne alles falsch verstehen.

„Hättest du nicht einfach versuchen können mit mir darüber zu reden? Mir alles erklären, was in dir vorging." Fragte er mich auf einmal vollkommen ruhig, ohne sich jedoch zu mir umzudrehen.

„Das ist etwas, was ich nie gelernt habe. Ich weiß nicht, wie das geht, Oliver. Ich weiß nicht wie man in einer Partnerschaft Dinge… Probleme gemeinsam lösen kann. Marks Lösungen waren eben immer seine Fäuste auf meinem Körper."

„Ich bin aber nun mal nicht er. Ich würde dir nie etwas derartiges antun und das solltest du eigentlich auch wissen."

Ich holte tief Luft und Oliver drehte sich endlich zu mir um und kam etwas näher. Zärtlich strich er mir meine Haarsträhnen aus dem Gesicht. Ich spürte, wie mein Herz wild klopfte. So sehr, dass ich dachte er könne es vermutlich hören.

„Nie, Emilia! Nie!" Wiederholte er sich und sah mir dabei tief in die Augen. Ich wusste, es war die absolute Wahrheit. Ich hatte nie Zweifel an seinen Worten gehabt.

„Dann hilf mir zu lernen, anders zu werden. Hilf mir zu heilen. Bitte." Er nahm mein Gesicht in beide Hände und sah mir tief in die Augen.

„Jederzeit, wenn du es zulässt!" Bevor mich seine Lippen erneut trafen und sein Versprechen an mich damit besiegelten. Wir küssten uns so innig, voller Liebe und Verlangen, dass ich erst wieder etwas um mich wahrnahm. Seine Lippen fanden meine, und der Kuss war dieses Mal sanfter, weniger verzweifelt, aber voller

Bedeutung. Als wir uns schließlich auf die Couch zurückzogen, spürte ich, wie ein winziger Teil des Schmerzes, der mich so lange gequält hatte, verschwand.

„Du hast mir so gefehlt", murmelte Oliver, bevor sein Atem ruhiger wurde.

Als ich bemerkte, dass er eingeschlafen war, zog ich ihm die Schuhe aus und deckte ihn vorsichtig zu. Ich betrachtete sein Gesicht, das in der Ruhe des Schlafes fast jungenhaft wirkte, und zum ersten Mal seit Wochen spürte ich wieder Hoffnung. Betrachtete diesen schönen Mann neben mir und musste feststellen, dass trotz der letzten aufregenden Stunde ich mich das erste Mal, seit Mallorca wieder sicher und beschützt fühlte. Dieses Gefühl hatte mir Oliver vom ersten Moment gegeben. Mir war plötzlich egal was morgen ist oder was gestern war, denn ich wusste mit ihm an meiner Seite würde ich alles schaffen können. Wie konnte ich nur so dumm sein und das jemals in Frage stellen.

Notiz an mich: Manchmal ist es der Mut, jemanden zurückzulassen, der uns bricht. Aber es ist der Mut, jemanden zurückzuholen, der uns heilt.

Als ich das nächste Mal erwachte, hatte sich der Raum mit dem sanften Licht eines neuen Morgens gefüllt. Es überraschte mich, wie tief und traumlos ich geschlafen hatte. Seit Wochen war das nicht mehr passiert. Keine Albträume hatten mich in dieser Nacht heimgesucht, keine dunklen Erinnerungen hatten mich verfolgt. Ich fühlte mich erfrischt, beinahe…leicht. Doch als ich mich vorsichtig aufsetzte, zog eine neue Art von Unruhe in mein Herz ein.

Mein Blick fiel auf Oliver. Er lag immer noch da, auf der Couch, tief in den Kissen versunken, seine Gesichtszüge entspannt. In diesem Moment wirkte er so friedlich, so verletzlich, dass ich die plötzliche Sehnsucht spürte, ihn zu beschützen. Vor allem, vor mir selbst. Sein bloßer Anblick ließ Schmetterlinge in meinem Bauch flattern, und ich konnte nicht anders, als ihm einen zarten Kuss auf die Stirn zu geben, bevor ich leise ins Badezimmer schlich.

Die heiße Dusche spülte die Müdigkeit von meinem Körper, doch sie konnte die Gedanken nicht fortwaschen, die wie ein nicht enden wollendes Karussell in meinem Kopf kreisten. Oliver war hier. Nach all der Zeit. Nach all dem Schmerz, den ich ihm zugefügt hatte. Und obwohl ich wusste, dass unsere Geschichte alles andere als einfach werden würde, klammerte ich mich an die Hoffnung, dass es vielleicht doch noch einen Weg für uns geben könnte.

Frisch geduscht und mit einem heißen Kaffee in der Hand setzte ich mich an den Küchentisch. Mein Handy vibrierte, und eine Nachricht von Rosalie blitzte auf dem Bildschirm auf.

Rosalie: *„Hi Süße, ich wollte eigentlich bis morgen warten, um es dir zu sagen, aber ich kann nicht mehr so lange* *abwarten… ich kann es irgendwie selbst noch gar nicht glauben, darum dachte ich mir, wenn ich es lesen kann in einer Nachricht an dich, glaub ich es vielleicht eher. Halt dich fest! Eric und ich, wir werden HEIRATEN!"*

Ich starrte auf die Worte. Heiraten! Rosalie und Eric! Ein Gefühl, das irgendwo zwischen Freude und einem leichten Stich lag, breitete sich in meiner Brust aus. Natürlich war ich überglücklich für die beiden, aber gleichzeitig erinnerte mich diese Nachricht an das, was ich selbst so leichtfertig aufgegeben hatte.

Mit zitternden Fingern tippte ich meine Antwort:

Emilia: *„Herzlichen Glückwunsch! Ich freu mich so sehr für euch. Bin schon gespannt, alles ausführlich über Erics Antrag zu hören. Ich kann es gar nicht fassen."*

Ich legte das Handy zurück und nahm einen weiteren Schluck von meinem Kaffee. Der Geschmack war warm und beruhigend, doch mein Inneres blieb unruhig. Mein Kopf war ein Chaos aus Gedanken, die sich in endlosen Schleifen drehten: Was hätte sein können, was hätte ich anders machen sollen, und was, wenn ich nie die Chance bekäme, es wiedergutzumachen?

Die Antwort auf diese quälenden Fragen kam schneller, als ich erwartet hatte. Die Küchentür öffnete sich leise, und Oliver trat ein. Sein Haar war zerzaust, und seine Augen hatten diesen schläfrigen, fast schüchternen Ausdruck, den ich sofort wiedererkannte.

Er sah gleichzeitig verletzlich und stark aus, eine Kombination, die mich immer wieder aus der Fassung brachte.

„Hi," sagte er leise, fast zögernd, als ob er nicht wusste, wie willkommen er war.

„Hi," erwiderte ich ebenso vorsichtig, meine Stimme kaum mehr als ein Flüstern.

Er trat langsam näher, als würde er die Distanz zwischen uns ebenso vorsichtig abwägen wie die Worte, die er gleich sagen würde. „Wie geht's dir?" fragte er schließlich. „Hast du gut geschlafen?"

Ich lächelte nervös. „Mir geht's gut. Aber wie geht's dir? Kater? Dein Kopf? Dein Magen?" Ich konnte selbst hören, wie unsicher ich klang. Wir hatten uns geküsst, waren zusammen eingeschlafen, und doch lag da eine Distanz zwischen uns, die schmerzhafter war als die Zeit, die wir getrennt waren. Was bedeutete das alles für uns? Gab es überhaupt ein uns?

Oliver setzte sich an den Tisch und schüttelte den Kopf. „Komischerweise fühle ich mich erstaunlich gut. Ich kann mich nicht erinnern, wann ich das letzte Mal so lange geschlafen habe. Das muss vor Noah gewesen sein."

Ich lachte leise, obwohl mein Herz schwer war. „Wo ist Noah?" fragte ich schließlich, weil ich wusste, dass Oliver niemals lange ohne seinen Sohn blieb.

„Er ist bei Charlotte. Sie hatte gestern Geburtstag, darum sind wir in Berlin. Normalerweise trinke ich nicht, aber die Tatsache dir seit Wochen auf einmal wieder so nah zu sein aber dich nicht sehen zu können hat mich verrückt gemacht und so kam eins zum anderen… besser gesagt ein Glas nach dem anderen und plötzlich stand ich hier vor deiner Tür. Naja, den Rest kennst du ja."

Seine Worte trafen mich tief. Mein Herz setzte einen Schlag aus, bevor es umso schneller zu schlagen begann. Er war hier, weil er mich wollte, weil er nicht mehr ohne mich konnte. Und ich wusste, dass ich genauso fühlte.

„Ich bin froh, dass du gekommen bist," flüsterte ich, meine Stimme leise und brüchig.

Er hob den Blick und sah mich an, seine Augen suchten in meinem Gesicht, als wollte er jedes Detail einfangen, jedes Stück von mir verstehen.

„Wie geht es jetzt weiter mit uns, Emilia?" fragte er schließlich, und seine Worte schienen den Raum auszufüllen. Sie waren schwer mit Bedeutung, mit Hoffnung und Angst.

Fragte er schließlich. Die gleiche Frage, die ich mich auch die ganze Zeit stellte.

„Wie gesagt, ich hatte einen Plan für mein Leben und in diesem Plan gab es keinen Mann oder Kind an meiner Seite. Ich war mir so sicher, dass dieses Leben nicht für mich vorgesehen sein würde. Dass ich so viel Glück niemals verdienen würde, aber ich möchte nicht mehr ohne dich und Noah sein, dass ist mir als ich dich heute Nacht vor mir sah sofort klar gewesen und eigentlich nicht erst da, es war mir die ganze Zeit klar, aber ich konnte und durfte es nicht zulassen. Nichts anderes ist mehr wichtig oder macht mich glücklicher als ihr und das möchte ich euch jede Sekunde beweisen und bei euch sein, wenn du mich lässt... mir noch eine Chance dazu gibst. Ich weiß, ich habe einen riesengroßen Fehler gemacht, als ich euch verlassen habe. Es ist kein Tag vergangen, an dem ich nicht diese Entscheidung bereut habe, aber ich dachte es wäre das Beste für euch."

„Warum hast du mir dann nach meiner Lüge so schnell verziehen, wenn dir doch eigentlich klar war, dass es keine Zukunft für uns geben würde? Wäre es nicht besser gewesen da bereits einen Schlussstrich zu ziehen?"

Er hatte recht. Er hatte so verdammt recht. Es war egoistisch und falsch von mir gewesen.

„Weil ich dich so sehr wollte, dass ich keine klaren Gedanken mehr fassen konnte. Noch nie hatte ich so viele Gefühle für einen Mann und ich wollte nur einmal glücklich sein. Es war total dumm zu denken, dass nach einer Woche mit dir meine Gefühle noch kontrollierbar hätten sein können, aber ich konnte nicht zurück. Ich sah keinen anderen Ausweg als den, den ich mir von Anfang an offengehalten hatte. Ich dachte ich kenne mich mit Schmerzen und Einsamkeit aus, doch das, was ich fühlte, war nicht auszuhalten. Leider sah ich kein Zurück mehr und da du nicht einmal versucht hast Kontakt aufzunehmen dachte ich das du mich hassen würdest. Ich habe es versucht mir einzureden, um es so erträglicher zu machen."

„Ich hasse dich nicht." Antwortete Oliver knapp. Ich hielt unendliche Monologe wie mir schien und er sah mich immer noch ausdruckslos an. Ich wusste nicht, was ich noch machen konnte.

„Was kann ich noch tun, damit du mir verzeihen kannst Oliver?"

Er sah mich mit seinen großen wunderschönen blauen Augen an und es fühlte sich an, als würde er mir direkt bis ins Herz damit schauen. Wie konnte ich ihn nur jemals verlassen haben.

„Mich nie wieder allein lassen!"

„Niemals! Niemals will ich wieder ohne dich sein. Heißt das, du gibst mir noch eine Chance? Kannst du mir den Fehler meines Lebens verzeihen?"

„Ja! Verdammt, ja Emilia! Keine Ahnung, warum ich so verrückt bin. Aber auch ich hatte einen Fehler gemacht und du konntest mir verzeihen. Ohne dich kann und will ich einfach nicht mehr sein. Selbst wenn du mir so sehr weh getan hast, sind meine Gefühle für dich noch die gleichen wie in an unserem letzten gemeinsamen Abend. Ich bekomm dich nicht aus meinem Kopf und aus meinem Herz erst recht nicht." Ich sprang Oliver förmlich in die Arme. Schlang meine Arme und Beine um ihn. Flüsterte ein danke an seine Lippen, bevor ich sie wieder und wieder küsste. Es war ein Kuss, der all unsere Gefühle besiegelte. Ich wollte ihn nie wieder loslassen.

„Versprichst du mir etwas?" Fragte mich Oliver schließlich als wir es schafften uns voneinander zu lösen. Ich nickte und ich sah ihn an.

„Sprich mit mir. Sag was dich belastet. Wovor du Angst hast. Was du möchtest. Einfach alles. Ich will voll und ganz Teil deiner Welt sein und nur wenn wir miteinander reden, schaffen wir alles. Ich weiß, du hast Angst und das ist auch absolut in Ordnung. Ich möchte jedoch alles dafür tun, dass du diese Angst verlierst und mir blind vertrauen kannst."

„Das verspreche ich dir Oliver. Ich werde immer ehrlich und offen sein. Ab jetzt keine Lüge oder Fluchten mehr."

„Das klingt perfekt. Ich bin froh, dass ich heute Nacht gekommen bin. Auch wenn dafür etwas Alkohol nachhelfen musste, da ich sonst nie so mutig gewesen wäre." Oliver sah etwas verlegen zu Boden.

„Leider muss ich auch gleich los, auch wenn mir das so gar nicht passt, gerade jetzt wo ich dich wieder habe, aber heute Abend findet leider ausnahmsweise am Sonntag eine Telefonkonferenz statt und ich muss noch Noah abholen vorher. Charlotte macht sich sicher auch schon Gedanken. Ich hatte ihr nur eine kurze Nachricht geschickt, dass ich bei dir bin." Es fiel mir so schwer ihn gehen zu lassen. Ich spürte, dass es ihm auch nicht leichter fiel. Es gab noch immer so viel, worüber wir reden müssten, was wir klären sollten. Außerdem hatte ich Angst, alles nur geträumt zu haben und aus diesem Traum plötzlich aufzuwachen und in der bitteren

Realität zu landen. Oliver versicherte mir, alles wäre ok und er würde versuchen so schnell es eben ging wieder zu kommen. Also blieb ich allein mit meinen Gedanken zurück. Glücklich und traurig zugleich.

Notiz an mich: Manchmal sind die größten Fehler die wertvollsten Lektionen. Ich habe ihn zurück, und dieses Mal lasse ich ihn nie wieder los. Keine Zweifel mehr, keine Flucht, nur noch wir drei. Oliver, Noah und ich. Meine Familie.

Frohes Fest?

Die Tage vergingen wie im Flug, und Weihnachten war nun zum Greifen nah. Die festliche Stimmung, die überall zu spüren war, konnte meine innere Anspannung kaum lindern. Seit meiner Rückkehr in Olivers Leben waren fast fünf Wochen vergangen, doch die Narben meines Fehlers waren noch lange nicht verheilt. Oliver war liebevoll und zugewandt, aber ich spürte die Vorsicht in jedem seiner Blicke, in jeder seiner Gesten. Es war, als ob er sich selbst zurückhielt, um sein Herz vor einem erneuten Bruch zu schützen. Und ich konnte es ihm nicht verübeln.

Ich gab ihm die Zeit, die er brauchte, auch wenn es mich manchmal innerlich zerriss. Mein größter Wunsch war es, ihm und Noah zu beweisen, wie ernst es mir war, wie sehr ich bereit war, für uns zu kämpfen. Doch Oliver war vorsichtiger geworden, und ich wusste, dass ich Geduld haben musste.

Rosalie und Eric waren währenddessen voll und ganz mit ihrer bevorstehenden Hochzeit beschäftigt. Seit sie den Termin im März, in zwei Jahren allerdings erst, festgelegt hatten, gab es kaum noch ein anderes Thema. Rosalie hatte den Enthusiasmus einer Braut, die sich mit jeder Faser ihres Wesens auf den großen Tag freute, und ich gönnte ihr dieses Glück von Herzen. Doch mit jeder neuen Hochzeitsidee, jedem Fortschritt bei der Wohnungssuche, wurde mir klarer, dass ich bald allein in unserer WG sein würde. Die leeren Räume, die sie hinterlassen würden, schienen jetzt schon laut zu hallen.

Mit Oliver hatte ich über solche langfristigen Themen wie Zusammenziehen oder unsere gemeinsame Zukunft noch nicht gesprochen. Wir waren noch dabei, die Brücken zu reparieren, die ich niedergerissen hatte, und ich wollte nichts überstürzen. Seine Zurückhaltung spiegelte sich auch in Noahs Abwesenheit wider. Ich hatte ihn seit unserer Versöhnung nicht wiedergesehen. Oliver erklärte, dass er seinem Sohn das ständige Hin und Her nicht zumuten wollte, aber ich spürte, dass auch hier seine Vorsicht mitspielte. Ob bewusst oder unbewusst, er schützte Noah – und vielleicht auch sich selbst.

Trotzdem sprach Oliver oft von ihm. Er erzählte mir von Noahs Fortschritten, wie er immer mehr Worte lernte und zunehmend neugierig auf die Welt um ihn herum wurde. Seine Stimme war voller Stolz und Erleichterung, wenn er von seinem Sohn sprach. Es machte mich glücklich, ihn so zu hören, und ich freute mich unendlich darauf, Noah wiederzusehen. Dieses Wiedersehen sollte an Weihnachten stattfinden.

Oliver hatte vorgeschlagen, die Feiertage bei Charlotte zu verbringen. Er glaubte, dass eine vertraute Umgebung für Noah am besten wäre, um mich wieder in seinem Leben zu sehen. Ich stimmte zu, ohne zu zögern. Ich würde alles tun, um dieses Vertrauen zurückzugewinnen – das von Oliver und auch das von

Noah. Weihnachten schien der perfekte Moment zu sein, um neu zu beginnen.

Die Tage bis Weihnachten vergingen schneller, als mir lieb war.

Elias und Ben waren mitten in der Renovierung ihrer gemeinsamen Wohnung und arbeiteten gegen die Zeit. Sie wollten unbedingt vor Weihnachten fertig sein, um ohne Stress zu Bens Eltern reisen zu können. Ab und zu schaffte ich es, den beiden zu helfen, zumindest Kleinigkeiten, aber meistens fiel ich nach meinem Dienst todmüde ins Bett. Meine freien Tage waren rar, und die wenigen, die ich hatte, verbrachte ich so oft wie möglich mit Oliver. Es war, als würde ich in diesen Momenten mit ihm wieder zu mir selbst finden.

Dieses Wochenende sollte er nach Berlin kommen, und ich zählte bereits die Stunden, bis ich ihn endlich wiedersehen konnte. Zwölf lange Tage lagen seit unserem letzten Treffen zurück, und die Sehnsucht schien mit jedem Tag größer zu werden. Oliver schien es ähnlich zu gehen, denn als ich Freitagnachmittag die Klinik verließ, lehnte er bereits lässig an seinem Wagen und wartete auf mich. Der Anblick ließ mein Herz direkt Purzelbäume schlagen. Ich musste unwillkürlich an unser erstes Date denken, als er mich genau so empfangen hatte.

„Hey, schönste Frau Doktor, ich habe gehört, Sie haben Feierabend?" begrüßte er mich mit einem schelmischen Grinsen und einem zaghaften Kuss.

„Ja, endlich! Zum Glück ist auch mein Taxi schon da," neckte ich zurück und fiel ihm in die Arme. Es war, als hätte ich die ganze Woche nur auf diesen Moment gewartet. Seine Lippen zogen mich magisch an, wie eine Oase in der Wüste, und ich konnte mich nicht dagegen wehren.

„Ich habe dich vermisst," flüsterte ich zwischen zwei Küssen.

„Ich habe dich auch vermisst, Emilia," antwortete er, und mein Name klang in seiner Stimme wie Musik. Es war einer dieser magischen Momente, die ich für immer festhalten wollte. Doch dann verdüsterte sich sein Gesicht ein wenig.

„Leider habe ich schlechte Nachrichten," sagte er leise. „Ich muss morgen früh zurück nach Hamburg fliegen."

Die Worte trafen mich wie ein kalter Windstoß. Ich spürte, wie sich die Enttäuschung in mir ausbreitete. Wir hatten uns so auf dieses Wochenende gefreut, und jetzt schien unser Plan wieder einmal durchkreuzt zu werden.

„Was ist passiert?" fragte ich, bemüht, meine Enttäuschung zu verbergen.

„Markus muss dringend zu seinen Eltern, sein Vater ist wohl schwer krank. Ich kann die Verhandlungen am Samstagnachmittag nicht absagen." Seine Stimme klang aufrichtig bedauernd. „Ich habe mich so sehr auf dieses Wochenende mit dir gefreut, aber es geht einfach nicht anders. Ich verspreche dir, wenn ich wieder zurück bin, gehört jede Sekunde nur dir und Noah. Kein Handy, keine Arbeit. Nur wir."

Ich zwang mich zu einem Lächeln. Was sollte ich auch anderes tun? Ich verstand seine Situation, und er konnte weder seinen Freund noch seine Firma im Stich lassen. Trotzdem schmerzte es.

„Dann lass uns den heutigen Tag genießen," schlug ich vor. Trübsal zu blasen war keine Lösung. Jede gemeinsame Minute war kostbar, und ich wollte sie nicht vergeuden.

„Wie wäre es mit einem Weihnachtsmarkt?" fragte ich schließlich.

„Dein Wunsch ist mir Befehl. Los, steig ein!" sagte er und hielt mir die Tür auf.

Kurze Zeit später schlenderten wir Hand in Hand über den Weihnachtsmarkt. Es war voll, wie zu erwarten, aber das störte uns nicht. Wir genossen die Atmosphäre, die Lichter, den Duft von Glühwein und gebrannten Mandeln. An einem Stand entdeckte ich eine kleine Holzeisenbahn, bei der jeder Waggon einen Buchstaben trug.

„Oh, schau mal. Wäre das nicht etwas für Noah?" fragte ich begeistert. Oliver war sofort überzeugt, und wir kauften sie. An einem weiteren Stand tranken wir heißen Kakao, doch trotz des warmen Getränks froren meine Füße allmählich.

„Weißt du, worauf ich jetzt am meisten Lust habe?" flüsterte Oliver plötzlich dicht an meinem Ohr.

„Nein," antwortete ich neugierig und spürte, wie seine Stimme eine Gänsehaut auf meiner Haut hinterließ.

„Auf dich. Nackt. In deinem Bett." Seine Worte ließen mein Herz schneller schlagen, und ich spürte, wie sich ein wohliges Kribbeln in mir ausbreitete. Oliver wusste genau, welche Wirkung er auf mich hatte, und es war eindeutig Absicht.

„Na, was hält uns dann noch hier?" fragte ich frech und zog ihn in Richtung Parkplatz. Sein Lachen, tief und herzlich, erfüllte die kalte Nachtluft und wärmte mich mehr, als es jeder Kakao jemals könnte.

In diesem Moment fühlte ich mich so glücklich, dass ich dachte, mein Herz könnte vor Freude zerspringen.

Notiz an mich: Mit Oliver an meiner Seite fühlte sich alles wieder richtig an. Als könnte nichts uns jemals trennen.

Es war der Abend vor Heiligabend, und ich verbrachte meinen Dienst mit Nico, einem meiner liebsten Kollegen. Nico war bereits Oberarzt, aber trotz seines Status' war er bodenständig und ein unglaublich guter Lehrer. Von ihm hatte ich in meiner Zeit in der Klinik wohl am meisten gelernt, und dafür war ich ihm sehr dankbar. Der Abend war bislang ruhig geblieben, und wir saßen mit einer Tasse Kaffee und ein paar selbstgebackenen Keksen im Dienstzimmer.

„Und? Wie sehen deine Pläne für die Feiertage aus?" fragte Nico, während er mich aufmerksam musterte. Er war einer der wenigen hier, die von Oliver und Noah wussten. Ich war sonst niemand, der viel über sein Privatleben sprach.

„Wenn alles wie geplant läuft, werde ich Weihnachten mit Oliver und seinem Kleinen bei seiner Schwester verbringen. Danach wollen wir nach Hamburg fahren und die Zeit genießen. Wir hatten in den letzten Wochen nicht viel Zeit füreinander." Ich warf einen Blick auf die Uhr, die bereits nach 20 Uhr zeigte, und seufzte. „Er wollte eigentlich schon längst zurück in Berlin sein. Aber er hat sich noch nicht gemeldet. Das ist ziemlich ungewöhnlich. Hoffentlich ist nicht wieder irgendetwas dazwischengekommen."

Nico nickte verständnisvoll. „Das klingt doch echt schön. Nach dem ganzen Stress hier hast du dir das auch mehr als verdient. Habt ihr eigentlich schon Pläne, wie es langfristig weitergeht? Die Pendelei ist doch auf Dauer nichts, oder?"

Er hatte recht. Und auch wenn es mir schwerfiel, darüber nachzudenken, wusste ich, dass wir eine Lösung finden mussten. Oliver war fest in Hamburg verwurzelt, und ich liebte meine Arbeit hier. Die Frage war, ob ich bereit wäre, all das hinter mir zu lassen. Ich konnte es noch nicht sagen. Eines aber wusste ich: Ohne Oliver und Noah konnte ich mir keine Zukunft mehr vorstellen.

„Nein, da hast du recht. Vor allem für Noah ist das Hin und Her nichts. Es ist sicher nicht gut für ihn, wenn sein Papa ständig zwischen zwei Städten pendelt. Aber das Leben hält sich eben nicht immer an Pläne." Ich zwang mich zu einem Lächeln, doch in mir tobte ein Sturm aus

Unsicherheit. Der Gedanke an Noah bereitete mir eine Heidenangst. Würde er mir noch einmal verzeihen können? Und was, wenn nicht? Ich wollte gar nicht darüber nachdenken.

Nico lächelte, doch sein Blick war ernst. „Dann verlieren wir dich hier bald, was? Das wäre wirklich schade. Du bist verdammt gut, Emilia."

Ich wurde verlegen. „Danke. Aber wir haben wirklich noch nicht darüber gesprochen. Keine Ahnung, ob ich in Hamburg überhaupt eine Stelle finden würde, geschweige denn eine, die so toll ist wie meine hier. Es war immer mein Traum, in dieser Klinik zu arbeiten."

Nico holte gerade Luft, um etwas zu sagen, als unsere Funkgeräte gleichzeitig Alarm schlugen. Ein Notfall war unterwegs. Blitzschnell waren wir beide auf den Beinen und rannten in die Ambulanz. Gleichzeitig traf der Rettungswagen ein.

„Schwerer Verkehrsunfall auf der A 100!" berichtete der Notarzt, während die Sanitäter die Trage aus dem Wagen zogen. „Ein Verletzter, männlich, etwa Mitte dreißig. Kreislauf am Unfallort stabilisiert, aber es war verdammt knapp. Massive Blutverluste, weiterhin nicht ansprechbar. Das Fahrzeug hat sich mehrfach überschlagen, nachdem er von der Fahrbahn gedrängt wurde. Ersthelfer berichten, ein anderes Auto könnte beteiligt gewesen sein. Er soll den Anschein gemacht haben, als wäre es mit voller Absicht auf den Wagen gefahren. Die Feuerwehr hat lange gebraucht, um ihn aus dem Wrack zu befreien."

Meine Kehle schnürte sich zusammen, als ich die Schwere der Situation erkannte. Es war immer schlimm, wenn ein Patient in einem derart kritischen Zustand eingeliefert wurde. Man konnte nie vorhersagen, wie es ausgehen würde.

„Blutdruck fällt! Nur noch 60/40!" rief die Schwester, als ich gerade einen provisorischen Verband anlegte, um die Blutung am Bein zu stoppen. Sein rechtes Bein war mehrfach gebrochen, die Schulter ausgekugelt, und sein Gesicht war durch Blut und Hämatome nahezu unkenntlich. Doch das waren nur die sichtbaren Verletzungen. Das Abdomen war hart und angespannt – ein sicheres Zeichen für innere Blutungen.

„Verdammt, bestimmt innere Verletzungen!" Nico fluchte leise. „Abdomen angespannt. Er blutet irgendwo massiv. Ruf im OP an! Saal 1, sofort!"

Wir rannten mit der Trage Richtung Aufzug, keine Sekunde zu verlieren. Der Patient brauchte dringend eine Operation, um auch nur die geringste Chance zu haben.

„Ausgerechnet zu Weihnachten," murmelte Nico, und ich konnte den Frust in seiner Stimme hören.

Ich biss die Zähne zusammen und sah auf den Patienten hinunter. „Halt durch," flüsterte ich, als ob meine Worte ihn zurückholen könnten.

Wir hatten die Schleuse zum Operationssaal erreicht. Alles lief routiniert, bis ich automatisch nach dem Intubationsbesteck griff und dann traf es mich wie ein Schlag. Mein Blick fiel auf seine Hände, den teuren

Anzug, seine markante Uhr. Die Details, die ich zunächst ausgeblendet hatte, fügten sich plötzlich wie ein grausames Puzzle zusammenn. Der Boden unter meinen Füßen begann zu zittern, die Welt um mich herum schien zu verschwimmen.

Oh mein Gott.

Nein. Nein. Das durfte nicht wahr sein.

„Was ist los, Emilia?" Nicos Stimme drang zu mir durch, scharf und fordernd. „Wir müssen jetzt weitermachen."

Ich konnte nicht antworten. Mein Herz raste, ein schmerzhafter Druck breitete sich in meiner Brust aus. Mein Blick wanderte zurück zu ihm, zu Oliver, der vor mir auf der Trage lag. So zerbrechlich, so still. Blut klebte an seiner Haut, Hämatome entstellten sein Gesicht, vermutlich hatte ich ihn deswegen nicht sofort erkannt.

„Ich... ich kann nicht!" Meine Stimme war ein verzweifeltes Flüstern, das sich schnell zu einem Schrei steigerte. „Ich kenne ihn! Das ist Oliver! Ich kann das nicht!"

Ich fühlte, wie meine Hände zitterten, spürte, wie mein ganzer Körper zu versagen drohte. Bilder blitzten in meinem Kopf auf. Sein Lachen, wie er Noah hochnahm, unsere letzten Gespräche, sein Versprechen, rechtzeitig zu Weihnachten da zu sein. All das schien mich zu erdrücken.

„Verdammt, Emilia!" Nico trat auf mich zu, packte mich an den Schultern und zwang mich, ihn anzusehen. „Hör mir genau zu! Du kannst das jetzt nicht fühlen. Du kannst dir das nicht leisten! Schalt es ab, alles. Ich brauche dich am Tisch. Es geht um jede Minute. Wenn wir jetzt auf jemanden warten, verliert er vielleicht diese Chance. Wir verlieren ihn vielleicht. Also schalt. Es. Ab!"

Seine Worte drangen langsam durch den Schleier meiner Panik. Ich zwang mich zu nicken, kämpfte gegen das Zittern in meinen Beinen an und holte tief Luft. Nico hatte recht. Oliver brauchte mich jetzt. Es durfte keine Rolle spielen, was ich fühlte. Nur, was ich tun konnte.

Ich betrat den OP und zwang mich, meine Gedanken auf die Anweisungen von Nico zu richten. Es war ein verzweifelter Kampf, aber ich klammerte mich an die Routine. „Milzruptur", erklärte Nico knapp. „Das erklärt die Blutung."

„Blutdruck fällt weiter!" meldete die Schwester.

„Verdammt!" Nico arbeitete schnell, seine Hände präzise, doch ich sah den Schweiß auf seiner Stirn. „Wir müssen die Blutung jetzt sofort in den Griff bekommen."

Ich griff automatisch nach den Klemmen, saugte ab, reichte Instrumente. Jeder Handgriff war ein Akt purer Selbstbeherrschung. Ich durfte nicht auf seinen Körper sehen, nicht an sein Gesicht denken, nicht daran, wie es wäre, wenn Noah seinen Vater verlieren würde.

Stunde um Stunde verging, während wir arbeiteten. Schließlich ließ Nico aufatmen. „Die Blutung ist gestillt. Nähen wir."

Ich nickte stumm, setzte die Nadel an und nähte mit zittrigen Händen, doch ich machte keinen Fehler. Alles, was ich für ihn tun konnte, lag in diesen Stichen.

Irgendwann hörte ich Nico sagen, dass wir ihn stabil hatten und das Schlimmste vorüber war. Mein Herz wollte das glauben, auch wenn es sich noch nicht beruhigt hatte.

Nach der Operation hatten wir schnell ein CT von Olivers Kopf machen lassen. Ich hatte darauf bestanden, obwohl Oliver glücklicherweise keine Anzeichen für eine Gehirnblutung zeigte. Nico gab, glaube ich, nur mir zuliebe sein Einverständnis, und er behielt auch recht. Es war alles in Ordnung. Oliver schien in jeder Hinsicht einen echten Dickschädel zu haben.

Mehrere Stunden waren vergangen, und endlich war Oliver aus dem OP auf die Intensivstation verlegt worden. Da bisher kein weiterer Notfall gemeldet worden war, konnte ich bei ihm bleiben. Nico hatte mir versichert, dass er mich informieren würde, falls er meine Hilfe brauchte, aber ich bezweifelte, dass ich in dieser Nacht noch einen klaren Gedanken fassen könnte.

Die Monitore piepsten leise, sein Atem war ruhig, gleichmäßig, während die Maschinen ihm halfen. Ich hatte das Licht gedimmt, um seine Ruhe nicht zu stören, und beobachtete sein Gesicht. Die Platzwunden und Hämatome schienen ihn fremd zu machen, doch für mich war er noch immer derselbe Mann, den ich liebte.

„Es tut mir so leid," flüsterte ich, während ich vorsichtig eine Strähne aus seiner Stirn strich. Meine Stimme brach, und ich konnte die Tränen nicht länger zurückhalten. „Es tut mir so leid, Oliver. Ich hätte alles tun sollen, um dich zu beschützen."

Er sah so friedlich aus, dass es mir das Herz zerriss. Seine Hand lag regungslos auf der weißen Bettdecke, und ich ergriff sie vorsichtig, klammerte mich an sie wie an einen Rettungsanker.

Die Tür öffnete sich leise, und Nico trat ein, einen Becher Kaffee in der Hand. Er stellte ihn vor mich und legte mir kurz die Hand auf die Schulter.

„Du warst heute großartig," sagte er leise. „Es ist die Hölle, wenn man jemanden operieren muss, den man liebt. Aber du hast ihm eine echte Chance gegeben. Du kannst stolz auf dich sein."

Ich nickte stumm, unsicher, ob ich ihm glauben konnte. Nico holte tief Luft.

„Die Polizei hat seine Angehörigen informiert. Seine Schwester wird gleich hier sein."

Ich fühlte, wie sich mein Magen zusammenzog. Charlotte. Ich hatte sie noch nie getroffen und konnte mir nicht vorstellen, was sie von mir denken würde, wenn sie mich sah. Noch bevor ich weiter überlegen konnte, öffnete sich die Tür erneut.

Eine junge Frau trat ein, ihre Augen rot und tränenverhangen. Ihre Schultern bebten, doch sie trat zögernd ans Bett, blickte auf ihren Bruder hinunter und schlug eine Hand vor den Mund, um ein Schluchzen zu unterdrücken.

„Wird er... wird er es schaffen?" flüsterte sie schließlich, ohne den Blick von Oliver zu lösen.

„Er ist stabil," antwortete ich mit ruhiger Stimme, die ich nicht wirklich fühlte. „Die ersten 24 Stunden sind entscheidend, aber er hat eine gute Chance."

Sie nickte langsam, trat näher und griff nach Olivers Hand. Ihre Tränen fielen lautlos auf die Bettdecke. „Danke," flüsterte sie. „Danke, dass Sie ihn gerettet haben."

Ich konnte nicht antworten. Alles, was ich wollte, war, Oliver wieder lächeln zu sehen, ihn wieder in meinen Armen zu halten und nie wieder loszulassen.

„Oh mein Gott!" flüsterte sie schluchzend und stand wie gelähmt am Bett. Ihre Hände zitterten, und ihre Augen füllten sich mit Tränen, die unaufhaltsam über ihre Wangen liefen. Ich konnte sehen, wie überfordert und hilflos sie sich fühlte. Der Anblick von Oliver – so regungslos, an Schläuchen angeschlossen, von Maschinen unterstützt – musste für sie ein Albtraum sein. Noch beängstigender, weil sie ihn in einem Zustand sah, den sie nie mit ihrem Bruder in Verbindung gebracht hätte.

„Sind Sie seine Schwester?" fragte ich sanft und trat einen Schritt näher.

Sie nickte stumm, ohne den Blick von Oliver abzuwenden. Ihr Schluchzen wurde leiser, aber die Tränen hörten nicht auf.

„Er hat die Operation gut überstanden. Wir lassen ihn nur noch für diese Nacht an der Beatmung, damit er sich vollständig erholen kann. Es gab schwere innere Verletzungen, drei gebrochene Rippen, eine komplizierte Fraktur am Unterschenkel und eine Schulterluxation, die gerichtet wurde. Es wird Zeit brauchen, aber wir sind optimistisch, dass er sich vollständig erholen wird."

Ich hielt inne und schluckte schwer. In meinem Inneren wiederholte ich die Worte wie ein Mantra, versuchte, mir selbst Mut zuzusprechen. Oliver musste es schaffen. Für Noah. Für seine Schwester. Für mich.

„Also… er wird wieder gesund?" Ihre Stimme zitterte, als sie zu mir aufsah, und ihre Augen spiegelten eine Mischung aus Hoffnung und Verzweiflung wider.

„Können Sie mir das versprechen? Ich kann ihn nicht verlieren! Er hat einen kleinen Sohn. Wissen Sie, wie schlimm es war, Noah zu erklären, dass sein Papa Weihnachten nicht da sein wird? Er hat nur noch ihn!"

Ich spürte, wie mir ein Kloß im Hals aufstieg. Ihre Worte trafen mich ins Mark, und ich spürte die Schwere der Verantwortung, die auf uns allen lastete.

„Sie werden ihn nicht verlieren," sagte ich mit fester Stimme und sah ihr direkt in die Augen. „Das verspreche ich Ihnen. Wir werden ihn nicht verlieren."

Ihr Blick veränderte sich, als sie diese letzten Worte hörte. Sie wirkte verwirrt, als ob sie mich zum ersten Mal wirklich wahrnahm. Ihre Augen musterten mich eindringlich.

„Was meinen Sie mit ‚wir'?" fragte sie leise. „Kennen Sie meinen Bruder etwa?"

Ich trat einen Schritt auf sie zu und streckte ihr meine Hand entgegen. „Es tut mir leid. Ich hätte mich gleich vorstellen sollen. Ich bin Emilia Wagner."

Charlottes Augen weiteten sich, und ihre Lippen formten ein stummes „Oh". Dann hob sie eine Hand an ihren Mund, bevor sie mit leiser Stimme sagte: „Natürlich. Jetzt erkenne ich Sie. Sie sind das Gesicht von dem Foto auf Ollis Schreibtisch. Oh mein Gott… so hatte ich mir unser erstes Kennenlernen wirklich nicht vorgestellt."

Plötzlich trat sie vor und schloss mich in eine Umarmung. Sie drückte mich fest, als wollte sie in diesem Moment all ihre Angst und Dankbarkeit ausdrücken. Ich spürte ihre Wärme, und ich erwiderte die Umarmung.

„Trotzdem freue ich mich, dich endlich zu treffen," sagte sie, ihre Stimme war immer noch brüchig, aber es lag ein Hauch von Erleichterung darin.

„Ich mich auch," flüsterte ich, bemüht, meine eigenen Tränen zu unterdrücken.

Charlotte trat zurück, wischte sich über die Wangen und setzte sich an Olivers Bett. Behutsam nahm sie seine Hand in ihre und sprach leise: „Hey Brüderchen… du musst kämpfen, hörst du? Wir brauchen dich."

Ihre Worte brachen mir das Herz und gleichzeitig füllten sie mich mit Hoffnung. Sie brachten so viel Liebe und Stärke in den Raum, dass es mich überwältigte.

Ich wusste, es war Zeit, ihnen diesen Moment zu lassen. Charlotte und Oliver hatten ihre Nähe verdient, auch wenn es mir schwerfiel, den Raum zu verlassen. Bevor ich ging, warf ich noch einen letzten Blick auf ihn. Der Anblick, wie Charlotte vorsichtig seine Hand hielt und leise mit ihm sprach, rührte mich tief.

„Ich komme gleich wieder," sagte ich leise und verließ das Zimmer. Draußen atmete ich tief durch, meine Gedanken waren bei Oliver. Nie wieder würde ich von seiner Seite weichen. Nie wieder würde ich zulassen, dass ich ihn oder Noah verliere. Dessen war ich mir sicher.

„Willst du nicht ein bisschen schlafen, Emilia?" fragte mich Nico mit einem leisen, besorgten Ton, als ich das Dienstzimmer betrat, um mir eine weitere Tasse Kaffee einzuschenken. Die Müdigkeit war in jeder Faser meines Körpers spürbar, doch ich schüttelte den Kopf.

„Meinst du, es bringt etwas, wenn du die ganze Nacht am Bett wachst?" fuhr er fort, ohne eine Antwort abzuwarten. „Wir haben hier ein großartiges Team auf der Intensiv, das weißt du genauso gut wie ich. Sie melden sich sofort, wenn irgendetwas sein sollte. Und falls heute Nacht doch noch ein Notfall kommt, du kennst mich. Ich schmeiß dich sofort aus dem Bett!"

Ein schwaches Lächeln zuckte über meine Lippen. „Ich weiß das doch alles, Nico, aber ich kann nicht. Ich könnte ohnehin kein Auge zumachen. Ich bin viel zu aufgewühlt nach allem, was heute Nacht passiert ist. Leg du dich doch hin."

Er hob die Hände in einer gespielten Geste der Kapitulation. „Okay, wie du willst. Das lasse ich mir nicht zweimal sagen." Damit verschwand er widerstandslos im Bereitschaftszimmer, während ich allein zurückblieb.

Ich hielt meine Tasse in beiden Händen und ließ meinen Blick durch das Fenster schweifen. Der Schnee fiel in dichten, lautlosen Flocken und bedeckte die Welt draußen in einem friedlichen Weiß. Weiße Weihnachten. Wann hatten wir die zuletzt erlebt? Der Gedanke an Oliver und Noah drängte sich in meinen Kopf. Ich stellte mir vor, wie wir drei morgen vielleicht draußen einen Schneemann gebaut hätten oder eine Schneeballschlacht gemacht hätten. Ein perfekter, fröhlicher Moment, der mir jetzt so unerreichbar erschien.

Langsam ließ ich die vergangenen Stunden in meinem Kopf Revue passieren. Der Adrenalinstoß, als ich Oliver auf der Trage erkannte, die angespannte Operation, die bangen Minuten, in denen sein Leben am seidenen Faden hing. Meine Hände zitterten leicht, als ich die Tasse abstellte. Alles hätte so viel schlimmer ausgehen können. Eine Winzigkeit hätte genügt, und ich hätte ihn für immer verloren. Es war meine Schuld. Immer wieder kehrte dieser Gedanke zurück, unerbittlich wie eine Welle, die an die Klippen schlägt. Wenn ich nicht damals gegangen wäre, wenn ich mich nicht so feige zurückgezogen hätte, Oliver hätte nicht um sein Leben kämpfen müssen, und Noah… Noah hätte seinen Vater nicht verlieren können. Ich hatte gedacht, ich tue das Richtige. Ich wollte ihn schützen, wollte verhindern, dass ich ihn und Noah in mein Chaos hineinziehe. Aber stattdessen hatte ich nur Schmerz hinterlassen. Bei ihm, bei mir und jetzt bei uns allen.

Ich schloss die Augen und atmete tief durch, doch der Kloß in meiner Kehle wollte nicht verschwinden, als mir bewusst wurde, wie viel Glück Oliver trotz allem gehabt hatte. Mir fiel wieder ein, wie sehr er immer auf Sicherheit geachtet hatte. Schon an unserem ersten Abend hatte er von seinem Auto gesprochen, dass er es wegen der Sicherheit, die es bot, ausgesucht hatte. Diese Sorgfalt hatte ihm heute das Leben gerettet, das wusste ich. Aber die Panik wuchs in mir. Was, wenn Noah mit ihm im Auto gewesen wäre? Was wäre passiert, wenn das Schicksal noch grausamer zugeschlagen hätte?

Ich rieb mir über die Augen, doch das Bild ließ sich nicht vertreiben. Was war überhaupt passiert? Stimmte es, dass er von der von der Straße gedrängt worden war? Wenn ja, warum? Wer würde so etwas tun? Die Fragen prasselten auf mich ein, unaufhaltsam und ohne Antworten.

Plötzlich spürte ich, wie mir heiße Tränen die Wangen hinunterliefen. Zum ersten Mal seit Olivers Einlieferung ließ ich die Fassade fallen. Ich ließ die Tränen zu, spürte die Wucht der Erkenntnis, dass ich ihn heute beinahe für immer verloren hätte. Es traf mich mit einer solchen Heftigkeit, dass ich mich an die Fensterbank klammern musste, um nicht zu schwanken.

„Verdammt," flüsterte ich. Meine Stimme zitterte unter der Last des Schmerzes und der Erleichterung. Fast hätte ich ihn verloren. Fast wäre Noah morgen ohne seinen Vater gewesen. Die bloße Vorstellung schnürte mir die Kehle zu. Aber er hatte es geschafft. Oliver hatte überlebt, und ich würde nicht zulassen, dass uns je wieder etwas auseinanderbrachte.

Während die Tränen langsam versiegten, hob ich den Blick wieder zum Fenster. Der Schnee fiel noch immer sanft und stetig, als wollte er die Welt mit seinem Frieden bedecken. Vielleicht, dachte ich, war das Schicksal heute auf unserer Seite gewesen. Und ich würde nicht vergessen, wie knapp wir dem Abgrund entkommen waren.

Nachdem ich mich wieder etwas gesammelt hatte, wusch ich mir das Gesicht mit kaltem Wasser und versuchte, die Erschöpfung abzuschütteln. Zurück an Olivers Bett legte ich meine Hand auf seine, als wollte ich ihm durch diese kleine Geste meine Stärke und meinen Glauben vermitteln. Charlotte saß noch immer an seiner anderen Seite, ihre Finger sanft um seine geschlossene Faust gelegt. Sie blickte zu mir auf, ihre Augen waren rot und glasig von den Tränen, aber ihr Ausdruck verriet, dass sie sich bemühte, stark zu bleiben.

„Du solltest jetzt nach Hause gehen, Charlotte," sagte ich leise. „Du bist die ganze Nacht hier gewesen, und ich verspreche dir, ich rufe sofort an, wenn sich irgendetwas verändert."

Sie sah mich an, und für einen Moment dachte ich, sie würde protestieren, doch dann nickte sie. Sie stand auf, beugte sich über Oliver und drückte ihm einen Kuss auf die Stirn.

„Danke, dass du bei ihm bleibst," sagte sie, ihre Stimme kaum mehr als ein Flüstern, bevor sie mich umarmte. Es war eine kurze, aber innige Umarmung, die so viel mehr sagte als Worte.

„Ich verspreche dir, ich lasse ihn nicht allein," sagte ich, und sie nickte, bevor sie ging.

Ich setzte mich zurück an Olivers Seite. Der Rest der Nacht verstrich in einer Art unwirklicher Ruhe. Ich hatte irgendwann meinen Kopf auf seine Hand gelegt und musste eingeschlafen sein, denn das nächste, was ich wahrnahm, war Nico, der mich sanft an der Schulter rüttelte.

„Emilia, komm schon. Du solltest nach Hause gehen und ein bisschen schlafen. Der Rest der Nacht war ruhig, und die Kollegen hier haben alles im Blick."

Ich setzte mich auf und fuhr mir mit der Hand durch die Haare. Mein Kopf war schwer, mein Körper träge von der Erschöpfung, doch der Gedanke, Oliver allein zu lassen, war unerträglich. „Ich kann nicht, Nico. Ich bleibe hier."

Er seufzte und verschränkte die Arme. „Emilia, du weißt, dass du ihm so nicht hilfst. Irgendwann musst du dir selbst auch eine Pause gönnen."

„Ich weiß," murmelte ich, „aber ich kann nicht. Ich habe ihn schon einmal allein gelassen. Das werde ich nie wieder tun."

Nico runzelte die Stirn, sein Blick eine Mischung aus Verständnis und Frustration. „Du weißt, dass das nicht rational ist, oder? Aber ich bin zu müde, um mit dir zu diskutieren. Bleib, wenn du unbedingt willst, aber bitte pass auch auf dich selbst auf."

Ich nickte, dankbar für sein Nachgeben, auch wenn ich wusste, dass er recht hatte.

„Danke, Nico. Und… Frohe Weihnachten."

Er schüttelte nur den Kopf, warf mir ein müdes Lächeln zu und verließ das Zimmer.

Ich sah Oliver an, seine Brust hob und senkte sich gleichmäßig, die Monitore zeigten stabile Werte an. Ich nahm seine Hand wieder in meine, beugte mich vor und flüsterte: „Frohe Weihnachten, Oliver. Du musst das schaffen, hörst du? Wir haben noch so viel vor. Ich liebe dich, weißt du das?"

Notiz an mich: Frohe Weihnachten. Seltsam, diese Worte auszusprechen, wenn die Welt für einen Moment stillsteht. Doch vielleicht liegt in ihnen auch Hoffnung.

Erwachen

Der zweite Weihnachtsfeiertag verging in einer zähen, beinahe unerträglichen Langsamkeit. Oliver war seit gestern Nachmittag von der Beatmung befreit, und doch schien er einfach nicht aufwachen zu wollen. Die Ärzte waren zufrieden mit seinen Werten, und medizinisch gesehen sprach alles dafür, dass es ihm gut ging. Doch er lag weiterhin still, als ob er selbst entscheiden wollte, wann er bereit wäre, in die Welt zurückzukehren.

Ich konnte mir einreden, dass der Schlaf ihm guttat, dass er die Erholung brauchte. Aber der Wunsch, seine Stimme zu hören, ihn anzusehen und ihm zu sagen, wie sehr ich ihn liebte, nagte an mir. Ich brauchte dieses Zeichen, dass er wirklich wieder bei uns war. Dass alles gut werden würde.

Charlotte war heute mit Noah gekommen. Wir hatten beschlossen, dass es besser wäre, wenn ich während ihres Besuchs nicht da war. Noah sollte durch meine Anwesenheit nicht zusätzlich verwirrt werden. Die Distanz, die das zwischen Oliver und mich brachte, tat weh, aber ich wusste, dass es so das Beste für alle war.

Zurück in meiner Wohnung fühlte ich mich leer, fast entwurzelt. Der Gedanke, nicht an Olivers Seite zu sein, war unerträglich. Doch nachdem ich endlich geduscht und frische Kleidung angezogen hatte, fühlte ich mich zumindest körperlich ein wenig besser. Es war merkwürdig, wie ein kleiner Moment der Normalität, wie eine warme Dusche, einem das Gefühl geben konnte, wieder ein wenig Kontrolle über die Situation zu gewinnen.

Ich beschloss, Elias anzurufen. Es war Zeit, ihn auf den neuesten Stand zu bringen. Mein Telefon wählte kaum, da nahm er schon ab.

„Hey Süße, alles okay? Gibt es was Neues? Wie geht's Oliver?" Seine Stimme klang besorgt, und ich spürte sofort, wie sich mein Brustkorb ein wenig lockerte. Elias hatte diese magische Fähigkeit, mich zu beruhigen, egal wie schlimm die Situation war.

„Leider immer noch unverändert," antwortete ich und versuchte, meine Stimme neutral zu halten. „Charlotte ist mit Noah bei ihm, und ich bin kurz nach Hause gefahren, um zu duschen."

„Soll ich nicht doch lieber zurückkommen? Ben hat da wirklich Verständnis. Es wäre überhaupt kein Problem." Seine Worte waren ernst gemeint, und ich wusste, dass er alles stehen und liegen lassen würde, um bei mir zu sein. Aber das war nicht nötig. Zum einen wollte ich ihm sein erstes gemeinsames Weihnachten mit Ben nicht verderben, zum anderen hätte er ohnehin nichts tun können. Sein Besuch wäre wegen der Besuchsregelungen nicht einmal möglich gewesen.

„Nein, wirklich nicht. Es geht mir gut, Elias. Es gibt gerade einfach nichts zu tun, außer zu warten."

Er seufzte am anderen Ende der Leitung. „Okay, wenn du sicher bist. Aber du weißt, ich bin da, wenn du mich brauchst, oder?"

„Ja, das weiß ich. Danke." Ein Lächeln schlich sich auf meine Lippen, auch wenn meine Stimmung ansonsten alles andere als heiter war. „Erzähl mir lieber, wie es bei dir läuft."

Wir plauderten noch eine Weile, und Elias erzählte mir von Bens Familie und den skurrilen, aber irgendwie charmanten Traditionen, die sie pflegten. Für einen kurzen Moment konnte ich wirklich lachen, und das tat unendlich gut. Elias hatte wie immer das Talent, meine Sorgen zumindest für eine Weile zu vertreiben.

Nachdem wir aufgelegt hatten, machte ich mich wieder auf den Weg ins Krankenhaus. Das Gefühl, von Oliver getrennt zu sein, war wie ein Ziehen, ein schmerzhafter Sog, der mich unaufhörlich zu ihm zurückrief. Zurück auf der Station ging ich zuerst ins Dienstzimmer, wo ich auf den Monitoren sah, dass Charlotte und Noah nicht mehr da waren. Mein Herz pochte schneller. Endlich konnte ich wieder zu ihm.

Als ich das Zimmer betrat, legte ich meine Tasche beiseite, ging an seine Seite und nahm seine Hand in meine. „Hey," flüsterte ich, auch wenn ich wusste, dass er mich vermutlich nicht hören konnte. „Ich bin wieder da, Oliver. Es ist Zeit, aufzuwachen. Zeit, uns zu zeigen, dass alles gut wird."

Sein Atem war ruhig und gleichmäßig, und ich konzentrierte mich auf das sanfte Heben und Senken seiner Brust, ließ mich von diesem Rhythmus beruhigen. Ich würde warten. So lange es auch dauern würde. Oliver musste wissen, dass ich hier war.

„Sie waren nur ganz kurz da, Emilia. Der kleine Junge, sein Sohn, oder? Der hat ganz fürchterlich geweint. Man konnte ihn gar nicht mehr beruhigen." Schwester Paula sprach mit einer sanften Stimme, während sie Olivers Monitor überprüfte und einige Notizen machte. Ihr Blick war mitleidsvoll, und ich spürte, wie sich mein Herz zusammenzog bei der Vorstellung von Noahs Tränen.

„Armer Noah! Er ist noch so klein. Wie soll er das auch alles schon verstehen können?" Paula nickte zustimmend, legte mir eine Hand auf die Schulter und verließ das Zimmer, um mich mit Oliver allein zu lassen.

Ich setzte mich auf die Bettkante, unfähig, weiter von ihm entfernt zu sein. Der Stuhl schien nicht nah genug, nicht richtig, nicht das, was ich in diesem Moment brauchte. Stattdessen nahm ich seine Hand in meine, spürte ihre Wärme und strich sanft mit meinen Fingern über seinen Arm, seine Wange, als ob meine Berührungen ihn zurück ins Leben holen könnten.

„Ach, Oliver, wenn du doch endlich die Augen aufmachen würdest," flüsterte ich und fühlte, wie die Worte aus den tiefsten Tiefen meines Herzens kamen. „Noah braucht dich so sehr, und ich… ich auch. Wir können nicht ohne dich sein. Du fehlst uns so unbeschreiblich."

Meine Stimme zitterte, doch ich ließ es zu. Die Worte waren nicht für mich, sie waren für ihn. Vielleicht konnte er sie spüren, irgendwo in dem Dämmerzustand, in dem er sich befand. Ich sprach weiter, leise und unaufhörlich, erzählte ihm von allem, was passiert war, von Noah, von Charlotte, von uns.

Dann passierte es.

Ein kaum wahrnehmbares Zucken seiner Wimpern. Mein Atem stockte, und mein Herz begann zu rasen. War es Einbildung? Ein Wunschtraum? Doch dann geschah es erneut. Seine Augenlider bewegten sich, langsam, vorsichtig, als ob sie ein immenses Gewicht tragen müssten.

„Oliver?" flüsterte ich, und meine Stimme war nicht mehr als ein Hauch.

Langsam öffneten sich seine Augen, diese blauen Augen, die ich so sehr vermisst hatte. Sein Blick wanderte durch den Raum, suchte, versuchte zu verstehen. Schließlich fand er mich. Sein Gesicht war verwirrt, aber da war auch ein Funken Wiedererkennung.

„Hallo, mein Schatz," sagte ich leise, fast ehrfürchtig. Ich wollte ihn nicht überfordern, wollte ihm die Zeit geben, die er brauchte.

„E...Em...Emilia?" Seine Stimme war rau und brüchig, als hätte er vergessen, wie man sprach.

Ich nickte, unfähig, etwas zu sagen, weil mein Herz so voller Emotionen war. Tränen stiegen mir in die Augen, und ich lächelte ihn an. Es war ein Lächeln, das alle meine Ängste und meine Liebe für ihn in sich trug.

„W-Was ist passiert?" fragte er schließlich, sein Gesicht eine Maske aus Schmerz und Verwirrung.

„Du hattest einen schweren Autounfall," begann ich vorsichtig. „Du wurdest sehr schwer verletzt und warst bewusstlos. Aber jetzt bist du wach, und das ist alles, was zählt." Meine Stimme zitterte, doch ich sprach weiter. „Ich bin so froh, dass du wieder bei uns bist."

„Noah!" rief er plötzlich, sein Gesicht verzog sich vor Anstrengung, und er versuchte, sich aufzurichten. Ein scharfer Schmerz durchzuckte ihn, und er fiel zurück aufs Kissen.

„Nein, Oliver! Du darfst dich noch nicht bewegen." Meine Hände waren sofort bei ihm, sanft, aber bestimmt. „Noah geht es gut. Er ist bei Charlotte. Alles ist in Ordnung. Du musst dich erst erholen, okay? Ruh dich aus."

Er sah mich an, seine blauen Augen voller Sorge, doch er nickte schwach. „Wie… fühle mich so müde."

„Das ist normal, mein Schatz. Du hattest eine große Operation und hast viel durchgemacht. Aber du bist stark, und du wirst wieder gesund." Ich beugte mich vor, streichelte sein Gesicht und spürte die feinen Linien seiner Haut unter meinen Fingern.

„Ich hatte solche Angst um dich," flüsterte ich, und eine Träne lief über meine Wange. Oliver hob schwerfällig seine Hand und wischte sie fort, seine Berührung sanft und liebevoll.

„Schlaf jetzt noch ein wenig," sagte ich, während ich seine Hand in meine nahm. „Ich bin hier. Ich gehe nirgendwo hin."

Als ich mich gerade erheben wollte, um den Kollegen Bescheid zu geben, griff er nach meiner Hand. Sein Griff war schwach, aber er hielt mich fest.

„Bitte geh nicht. Bleib bei mir. Ich… ich möchte jetzt nicht allein sein."

Seine Worte, so leise sie waren, brachen mir fast das Herz. Ich setzte mich wieder hin, beugte mich vor und küsste ihn zaghaft auf die Lippen. „Ich bleibe hier, Oliver. Alles ist gut. Schlaf, ich werde bei dir sein."

Ich blieb an seiner Seite, spürte, wie sich meine eigene Erschöpfung allmählich ausbreitete. Und bevor ich es verhindern konnte, schloss ich meine Augen und schlief an seiner Bettkante ein, seine Hand noch immer fest in meiner.

„Hey!" Die leise, raue Stimme von Oliver weckte mich aus einem leichten Schlummer. Es war fast völlig dunkel im Zimmer, nur das gedämpfte Licht des Monitors spendete ein schwaches Glimmen.

„Hey," antwortete ich, ein Lächeln auf meinen Lippen, während ich mich schnell aufrichtete. „Wie fühlst du dich? Etwas besser? Hast du noch Schmerzen?"

„Nein, es ist auszuhalten," murmelte er, seine Stimme schwach, aber klar genug, um meine Erleichterung hervorzurufen. „Ich fühle mich nur recht… schwach."

Ich schob das Kopfteil seines Bettes sanft nach oben, damit er sich etwas aufrechter hinsetzen konnte, und reichte ihm vorsichtig ein Glas Wasser. Er nahm es dankbar entgegen und trank langsam. Dabei konnte ich sehen, wie sich seine Stirn in Falten legte und seine Augen ins Leere starrten.

„Worüber denkst du nach?" fragte ich leise, während ich das Glas zurückstellte.

„Über das, was passiert ist," sagte er schließlich, sein Blick weiterhin gedankenverloren.

„Kannst du dich denn an irgendetwas erinnern?" fragte ich behutsam und trat einen Schritt zurück, um das kleine Licht im Zimmer anzuknipsen. Der Raum füllte sich mit einem sanften, warmen Schimmer. Ich begann, unbewusst auf und ab zu gehen, und wartete geduldig auf seine Antwort.

„Ich war fast bei Charlotte angekommen," begann er langsam, seine Stimme zögernd, während er versuchte, die Bruchstücke seiner Erinnerung zusammenzusetzen. „Da tauchte plötzlich dieses Auto hinter mir auf, mit Lichthupe, ganz nah. Es fuhr wie ein Verrückter, viel zu dicht auf. Ich dachte noch: Was ist das für ein Idiot? Ich wechselte die Spur, aber er folgte mir trotzdem. Er kam immer näher, immer aggressiver. Dann, plötzlich…" Er hielt inne, seine Stimme wurde brüchig. „Ich spürte einen heftigen Ruck. Es war, als hätte mich jemand gestoßen. Mein Auto geriet ins Schleudern, ich konnte es nicht mehr kontrollieren. Dann war da nur noch Lärm… und Dunkelheit."

Ich sah, wie seine Atmung schneller wurde, seine Hände krampften sich in die Bettdecke. Sein Gesicht verlor die ohnehin schon blasse Farbe, und auf dem

Monitor beobachtete ich alarmiert, wie sein Blutdruck gefährlich anstieg.

„Oliver, es ist gut. Es ist vorbei. Du bist hier und in Sicherheit," sagte ich eilig, setzte mich neben ihn auf das Bett und nahm seine Hand. „Du brauchst dich jetzt nicht an alles erinnern. Lass uns darüber reden, wenn du stärker bist, okay?"

Ich streichelte beruhigend über seinen Arm, ließ meine Hand über seine Wange gleiten und gab ihm einen sanften Kuss. Ich konnte spüren, wie die Anspannung langsam aus seinem Körper wich. Seine Atmung wurde ruhiger, sein Puls stabilisierte sich. Doch sein Blick blieb düster, seine Worte schwer.

„Emilia," begann er erneut, seine Stimme kaum mehr als ein Flüstern. „Ich glaube... es war kein Unfall. Das war Absicht. Dieses Auto wollte mich von der Straße drängen. Es war nicht... normal. Die Wucht, mit der ich getroffen wurde..."

Seine Worte hingen in der Luft, bedrückend und voller unausgesprochener Möglichkeiten. Er schloss die Augen, bevor ich etwas sagen konnte, und fiel zurück in einen unruhigen Schlaf. Die Medikamente, die er bekam, waren notwendig, doch sie ließen ihn oft müde und schläfrig werden.

Ich beobachtete ihn eine Weile, sein Gesicht, das trotz der Schrammen und Blutergüsse immer noch so vertraut wirkte. Seine Worte hallten in meinem Kopf nach: *Absicht*. Da war es wieder. Die Sanitäter hatten bereits darauf hingewiesen. Der Gedanke, dass jemand Oliver absichtlich verletzt haben könnte, ließ meinen Magen zusammenziehen. Aber wer und warum?

Ich konnte nicht einfach die Verantwortung für diese Gedanken von ihm nehmen. Ich versprach mir, ihn nicht allein damit zu lassen. Ich würde ihn beschützen und vor allem: Ich würde herausfinden, was wirklich passiert war.

Langsam verließ ich das Zimmer, um Charlotte zu informieren. Ihre Sorge um ihren Bruder hatte mich nie mehr belastet als in diesem Moment. Sie sollte wissen, dass er endlich wach war und sich gut orientieren konnte. Doch bevor ich sie anrief, führte mich mein Weg zur Kaffeemaschine. Das vertraute Brummen der Maschine war der erste Klang, der mich beruhigte.

Während der Kaffee durch die Maschine lief, gingen mir Olivers letzte Worte immer wieder durch den Kopf. *Absicht* – er war fest davon überzeugt, dass der Unfall kein Zufall war. Aber warum sollte jemand ihm so etwas antun? Oliver war ein Mensch, der bei allen beliebt war. Charmant, freundlich, immer hilfsbereit. Feinde hatte er keine, zumindest keine, von denen ich wusste. Doch der Unfall? Kein zweiter Wagen, keine weiteren Opfer. Das machte keinen Sinn.

„Du bist ja immer noch hier," ertönte plötzlich Nicos Stimme neben mir und riss mich aus meinen Gedanken.

„Wieder," korrigierte ich trotzig und nahm meine Kaffeetasse. Es war mir egal, ob er wusste, dass ich nur für kurze Zeit zuhause gewesen war. Ich hatte nicht vor, Olivers Seite länger als nötig zu verlassen.

„Oliver ist wach," informierte ich ihn, und ich sah, wie die Erleichterung deutlich über sein Gesicht huschte.

„Gott sei Dank," sagte er leise, sichtlich erleichtert. „Das sind wirklich gute Nachrichten. Wie geht es ihm?"

„Den Umständen entsprechend. Aber er ist noch sehr schwach." Ich hielt inne, bevor ich weitersprach. „Er glaubt, es war Absicht. Dass er von der Straße gedrängt wurde."

Nico nickte ernst. „Das passt zu dem, was die Polizei schon vermutet. Sie haben mich heute Vormittag angerufen. Der Wagen von Oliver hat massive Auffahrspuren, aber es gibt keine Bremsspuren. Und Zeugen wollen gesehen haben, wie ein anderes Auto ihn von der Straße gedrängt hat, bevor es einfach davonfuhr. Es sieht alles danach aus, als hätte jemand diesen Unfall tatsächlich absichtlich herbeigeführt."

Seine Worte ließen mich erschauern. Die Realität dessen, was passiert war, fühlte sich plötzlich noch viel bedrohlicher an. Jemand hatte Oliver bewusst verletzt. Jemand hatte versucht, ihm das Leben zu nehmen. Warum? Wer könnte zu so etwas fähig sein?

„Dein Oliver hatte wirklich einen Schutzengel," fügte Nico hinzu und sah mich mit ernsten Augen an. „Es war verdammt knapp. Es sah wirklich nicht gut aus."

Ich nickte stumm. Es zu hören, machte es umso realer. Oliver war so nah daran gewesen, mir genommen zu werden. Diese Erkenntnis schnürte mir die Kehle zu.

Doch ich wusste, dass wir den kommenden Weg gemeinsam schaffen würden auch wenn er lang und mühsam sein würde. Hauptsache, Oliver war bei mir.

Nicos Funker piepte plötzlich, und er entschuldigte sich schnell. „Ich muss los! Halt die Ohren steif, Emilia," sagte er, bevor er aus dem Raum verschwand.

Endlich rief ich Charlotte an. Sie nahm fast sofort ab.

„Emilia! Wie geht es ihm? Gibt es Neuigkeiten?" Ihre Stimme klang angespannt, aber ich hörte auch die Hoffnung darin.

„Er ist wach und orientiert. Es geht ihm den Umständen entsprechend gut," beruhigte ich sie. Ich hörte, wie sie hörbar ausatmete.

„Das ist so eine Erleichterung," flüsterte sie. Nach einem kurzen Zögern fügte sie hinzu: „Meinst du, wir könnten morgen mit Noah wiederkommen? Wir schaffen es kaum, ihn zu beruhigen. Selbst seine Anna hilft nicht mehr. Er weint die ganze Zeit nach Papa."

Ich schluckte schwer. Die Situation war für uns alle belastend, aber für Noah war es mit Abstand am schlimmsten. Oliver war sein Anker, sein Ein und Alles. Wie sollte er verstehen, was geschehen war?

„Natürlich," sagte ich schnell. „Kommt morgen früh. Oliver wird Noah genauso dringend brauchen wie Noah ihn."

„Dann sind wir gegen acht Uhr da," sagte Charlotte, bevor sie auflegte.

Zurück in Olivers Zimmer setzte ich mich vorsichtig auf die Bettkante. Ich schob meine Hand in seine und lehnte mich an ihn, spürte die Wärme seines Körpers. Trotz all der Sorgen und Ängste war ich so unendlich dankbar, dass er noch hier war. Ich schloss die Augen und versprach mir selbst, nie wieder von seiner Seite zu weichen.

„Emilia!" Die Stimme der Nachtschwester riss mich aus meinem Schlaf. Ich schrak hoch, desorientiert, während mir langsam bewusst wurde, wo ich war. Schon wieder war ich einfach eingeschlafen, obwohl ich mir fest vorgenommen hatte, endlich einmal nach Hause zu gehen und in meinem eigenen Bett zu schlafen.

„Tut mir leid," murmelte ich direkt und versuchte, mich zu rechtfertigen. „Ich wollte heute eigentlich nach Hause."

Die Schwester schüttelte den Kopf, ein sanftes Lächeln auf ihrem Gesicht. „Ach, das ist schon in Ordnung. Aber ich habe dir ein Bett reingeschoben. Ich kann das einfach nicht mehr mit ansehen."

Erst jetzt fiel mein Blick auf das schmale Bett, das in die Ecke des Raumes geschoben worden war. Ich hatte es nicht einmal gehört, so fest war ich eingeschlafen gewesen. Ein weiteres Zeichen dafür, wie ausgelaugt ich war. Die letzten Tage hatten mir mehr Kraft gekostet, als ich mir eingestehen wollte.

„Danke," flüsterte ich und spürte, wie meine Kehle sich zuschnürte vor Dankbarkeit.

„Das ist unglaublich lieb von dir. Aber bist du sicher, dass du nicht meinetwegen Ärger bekommst?"

„Keine Sorge," antwortete sie und winkte ab. „Niemand wird etwas sagen. Falls du Hunger hast, habe ich auch noch etwas zu essen dabei. Komm einfach, wenn du magst. Aber jetzt leg dich hin und ruhe dich aus. Glaub mir, du hilfst Oliver nicht, wenn du irgendwann selbst zusammenklappst. Und ehrlich gesagt, so wie du aussiehst, ist das nicht mehr weit entfernt. Verzeih mir, dass ich das so direkt sage."

Ein schwaches Lächeln zog über mein Gesicht. Die Fürsorglichkeit, die mir hier entgegengebracht wurde, war überwältigend. Wie aufmerksam sie alle waren, wie viel Mitgefühl sie zeigten. Ich fühlte mich unglaublich dankbar.

Nachdem die Nachtschwester gegangen war, sank ich auf das kleine Bett. Mein Körper fühlte sich schwer an, meine Gedanken wirr, doch bevor ich mich überhaupt entscheiden konnte, ob ich mich zudecken sollte, war ich bereits wieder eingeschlafen.

Notiz an mich:
Manchmal sind es die kleinen Gesten im Leben, die einem mehr bedeuten, als man ausdrücken kann.

„Papa! Papa!" Die zarte, aufgeregte Stimme von Noah ließ mich hochschrecken. Panik durchzuckte mich. Verdammt, ich wollte doch längst gegangen sein. Noah sollte mich hier nicht sehen, nicht so. Ich zog hektisch die Decke etwas höher, als könnte sie mich vor der Situation verbergen. Aber ich wusste, es war sinnlos. Die Stimme des kleinen Jungen hallte erneut durch das Zimmer. „Papaaaa!"

Oliver, der zuvor tief geschlafen hatte, öffnete sofort die Augen, als er die vertraute Stimme hörte. Schmerz verzerrte sein Gesicht, als er versuchte, sich aufzurichten. Reflexartig war ich bei ihm, um das Kopfteil des Bettes nach oben zu fahren, damit er Noah umarmen konnte.

„Noah! Mein Großer!" sagte er mit schwacher Stimme, während er den kleinen Jungen an sich zog und ihm unzählige Küsse auf den Kopf drückte. Noah begann vergnügt zu lachen, ein herzerwärmender Klang in der sterilen Stille des Krankenzimmers.

„Ich habe dich so sehr vermisst!" flüsterte Oliver und hielt seinen Sohn fest.

„Noah Papa auch!" antwortete der Kleine mit seiner kindlich klaren Stimme. Die Worte trafen mich tief und ließen mich lächeln, während meine Augen feucht wurden. Es war wunderschön, die beiden wieder vereint zu sehen.

Charlotte stand ebenfalls neben dem Bett und weinte still. „Olli, du hast mir einen solchen Schrecken eingejagt. Mach das nie wieder! Ich hatte so furchtbare Angst um dich." Ihre Stimme brach, während sie vorsichtig nach seiner Hand griff.

Oliver lächelte schwach. „Entschuldige, Schwesterherz. Es kommt nicht wieder vor. Versprochen."

Charlotte versuchte, ihre Emotionen zu fassen. „Das will ich dir auch geraten haben," sagte sie streng, während sie ihn sanft umarmte. „Zum Glück warst du in den besten Händen." Sie warf mir einen dankbaren Blick zu.

Doch dann passierte es. Noah, der bisher ganz auf Oliver fixiert war, ließ seinen Vater los und sah sich neugierig im Raum um. Sein Blick blieb an mir hängen. Seine großen Augen, die so sehr an die seines Vaters erinnerten, bohrten sich in meine.

Ich lächelte unsicher. „Hi Noah, wie geht's dir?" fragte ich schüchtern, meine Stimme kaum mehr als ein Flüstern. Mein Herz pochte laut in meiner Brust. Der Kleine schwieg. Ein unangenehmes Kribbeln breitete sich in meinem Magen aus. „Bitte sag etwas," dachte ich verzweifelt. Doch Noah blieb stumm. Schließlich kletterte er vom Bett und kam langsam auf mich zu.

Ich ging in die Hocke, um auf Augenhöhe mit ihm zu sein. „Bist du böse auf mich?" fragte ich leise. Er nickte langsam, ohne ein Wort zu sagen. Seine Augen sprachen Bände. Sie waren voller Schmerz und Enttäuschung. Oliver und Charlotte beobachteten uns angespannt.

„Das habe ich auch verdient," gestand ich ihm. „Aber glaub mir, ich bereue es jeden Tag. Manchmal machen Erwachsene dumme Fehler, die sie hinterher nicht mehr rückgängig machen können. Es tut mir so unendlich leid, Noah. Meinst du, du kannst mir vielleicht verzeihen?"

Er zuckte mit den Schultern, seine kleinen Hände spielten nervös mit seinem Shirt. „Was hältst du davon, wenn wir uns einen Kakao besorgen und du in Ruhe darüber nachdenken kannst?" fragte ich vorsichtig.

Er nahm meine Hand in seine kleine, und ich deutete es als ein Ja. Ich warf Oliver und Charlotte noch einen kurzen Blick zu, bevor ich mit Noah in die Cafeteria verschwand. Dort angekommen, kaufte ich ihm eine große Tasse Kakao und eine Tüte Kekse. Er hatte immer noch kein einziges Wort gesagt, aber da er mitgekommen war, deutete ich es als ein gutes Zeichen – einen Anfang.

Auf dem Rückweg gingen wir noch im Dienstzimmer vorbei, wo Noah sofort sämtliche Aufmerksamkeit auf sich zog, was ihm ziemlich zu gefallen schien. Nun zusätzlich noch mit Stiften und Papier bewaffnet, machten wir uns wieder auf den Weg zu Oliver. Dort angekommen setzte Noah sich direkt an einen kleinen Tisch in der Ecke und begann zu malen. Charlotte war nicht mehr da, und Oliver schien meinen suchenden Blick bemerkt zu haben.

„Charlotte musste weg. Sie arbeitet als Journalistin und muss unbedingt noch einen Artikel fertigbekommen. Sie kommt später und holt Noah wieder ab. Ich hoffe, das ist kein Problem?" erklärte er mir.

Ich schüttelte den Kopf. Natürlich war das kein Problem. Ganz im Gegenteil – ich wollte den Kleinen am liebsten sowieso nie wieder weglassen.

„So hatte ich mir euer Wiedersehen echt nicht vorgestellt", sagte Oliver, und versuchte es locker klingen zu lassen. Ich wusste jedoch, dass er sich Sorgen machte, dass Noah es so nicht gut verkraften würde. Und ich verstand ihn. Ein Kloß bildete sich in meinem Hals. Noah nach all den Wochen endlich wieder zu sehen, zeigte mir wieder, was ich getan hatte. Wie egoistisch ich gewesen war, als ich gegangen war, obwohl ich die ganze Zeit nur das Beste für die beiden wollte. Ich wollte sie nie verletzen, doch genau das Gegenteil hatte ich erreicht. Der Schmerz, den ich in der Trennung gespürt hatte, war nicht annähernd genug für den Schmerz, den ich hätte fühlen müssen. Den, den ich verdient hätte.

„Hey, Baby, alles okay?" riss mich Oliver aus meinen Gedanken. Ich setzte mich wieder zu ihm auf das Bett und streichelte seine Hand.

„Ja, alles ist okay. Ich bin einfach nur so froh, euch beide wieder zu haben", antwortete ich und gab ihm einen Kuss. Endlich seine Lippen wieder küssen zu können, war wunderschön. Niemals würde ich davon genug bekommen.

„Das bin ich auch. Jetzt wird alles gut werden, denn wenn man dem Tod so nah war wie ich und man eine zweite Chance bekommt, muss es einfach so sein. Noah wird..."

Weiter kam er nicht, denn Noah war aufgestanden und plötzlich zu uns aufs Bett geklettert.

„Noah Mama ganz doll vermisst!"

„Oh Noah, ich habe dich auch so doll vermisst! Mama hat dich auch vermisst, meine ich." Meine Antwort kam, ohne dass ich auch nur eine Sekunde darüber nachdachte, was ich sagte. Mein Herz hatte die Worte gefunden, nicht mein Verstand, und manchmal war es besser, diese Antwort einfach zuzulassen.

„Komm her!" sagte ich, und schneller, als ich gucken konnte, krabbelte er weiter auf meinen Schoß und drückte mich so fest, wie es seine kleinen Kinderarme zuließen. Ich küsste ihn auf den Kopf. Es stimmte, ich hatte ihn wirklich furchtbar vermisst. Ich konnte und wollte es nicht länger leugnen. Ich liebte Oliver, aber ich liebte Noah auch. Diese beiden Männer bedeuteten mir mittlerweile alles.

„Hey, und was ist mit mir?" hörte ich Oliver schmunzelnd fragen. Seine Stimme klang erschöpft und müde, dennoch leicht und glücklich.

„Sollen wir den Papa auch drücken?" Noah sah mich mit seinen großen Augen an – genau den Augen von Oliver, wie ich immer wieder feststellen musste.

„Aua?" fragte er mich vorsichtig.

„Ja, wir beiden machen ganz vorsichtig, okay?" Er nickte und kuschelte sich vorsichtig an Olivers Seite.

„Ich liebe euch", kam es mir wie von selbst über die Lippen. Ich war überwältigt von all meinen Gefühlen, die überquellen drohten. Endlich die beiden wieder so nah bei mir zu haben nach all den Wochen, in denen wir getrennt waren, und besonders Oliver nach den letzten Tagen voller Angst – es war unbeschreiblich.

„Liebe euch!" plapperte Noah fröhlich meine Worte nach.

„Und ich liebe euch!" Es war so schön, diese Worte zu hören. Wir kuschelten uns noch einen Moment an Oliver, bis ich merkte, wie sein Gesicht schmerzverzerrt war. Er sah sehr blass aus und hatte dunkle Ringe unter seinen wunderschönen Augen. Natürlich. Er musste vollkommen fertig sein.

„Du solltest dich jetzt etwas ausruhen und versuchen zu schlafen", sagte ich schließlich zu ihm.

„Ich will euch aber noch nicht wieder loslassen."

„Das musst du auch nie wieder. Versprochen. Du erholst dich jetzt, damit du bald wieder fit bist. Noah und ich machen bis Charlotte kommt noch die Klinik hier ein bisschen unsicher, okay?"

„Mmh…" antwortete er noch und war schon eingeschlafen. Also ließ ich vorsichtig sein Kopfteil runter, gab ihm noch einen Kuss und nahm Noah auf den Arm. Ich zeigte ihm noch den Rest vom Krankenhaus, und Noah wickelte bereits jetzt jeden um den kleinen Finger, auch die Krankenschwestern, die ihn süß fanden. Endlich fühlte ich mich wieder glücklich. Glücklich und angekommen. Angekommen in meiner kleinen, perfekten Familie.

Notiz an mich: Familie ist das Wertvollste, das wir haben. Keine Karriere, keine Ängste oder Zweifel sollten jemals wichtiger sein.

Familie

Als ich am nächsten Morgen ausgeschlafen in die Klink fuhr, saß Oliver bereits im Bett, als ich das Zimmer betrat. Er war immer noch blass aber sah eindeutig besser aus als in den letzten Tagen.

In seinenAugen lag ein Glanz, der ihm in den letzten Tagen gefehlt hatte.

„Endlich bist du da," sagte er mit einem müden, aber strahlenden Lächeln. „Ich habe dich vermisst."

„Wer hat dir erlaubt, dass du schon sitzen darfst?" fragte ich vorwurfsvoll und verschränkte die Arme. Mein Herz zog sich bei seinem Anblick zusammen. Natürlich wusste ich, wie ungeduldig er war, doch nach allem, was er durchgemacht hatte, machte ich mir umso mehr Sorgen. Wenn der Mensch, den man liebt, ein Patient ist, sieht man jede Kleinigkeit durch ein verstärktes Vergrößerungsglas.

„Für sowas brauche ich doch keine Erlaubnis." Er grinste leicht. „Ich sterbe hier fast vor Langeweile. Wann kann ich endlich aufstehen, Frau Doktor?"

Ich verdrehte die Augen. Sein Humor war zurück – ein gutes Zeichen, auch wenn ich weniger darüber lachen konnte. „Es tut mir leid, aber da ich hier privat bin, musst du diese Frage deinem behandelnden Arzt stellen," sagte ich in einem gespielten, förmlichen Tonfall. Doch bevor ich weitersprechen konnte, unterbrach er mich.

„Halt endlich deine Klappe und küss mich!"

Sein Blick war fordernd, und ohne zu zögern beugte ich mich vor, um ihm einen Kuss zu geben. Seine Arme legten sich zögernd, aber fest um mich. Ich merkte, wie er leicht zusammenzuckte – die Schmerzen waren unvermeidlich –, doch er schüttelte den Kopf und hielt mich weiter fest. Es war ein Moment des Friedens, der uns beide für einen Augenblick aus der Realität riss.

Dann klopfte es. Wir sahen beide zur Tür, die sich langsam öffnete. Zwei Polizeibeamte traten ein.

„Guten Morgen," begann einer der beiden. „Wir möchten gerne mit Herrn Monser sprechen."

Oliver nickte, doch als ich gehen wollte, griff er nach meiner Hand. „Bleib bitte," sagte er leise.

Ich setzte mich wieder an seine Seite und hielt seine Hand, während die Beamten ihre Fragen stellten. Oliver schilderte geduldig, was er sich noch aus der Nacht des Unfalls ins Gedächtnis rufen konnte. Seine Stimme klang angespannt, und ich sah, wie ihn die Erinnerung an die Ereignisse erschöpfte.

„Es war mitten in der Nacht," begann er zögerlich. „Ich glaube, der Fahrer trug eine dunkle Mütze. Schwarz oder dunkelblau vielleicht. Ich bin mir nicht sicher. Es war alles so schnell."

Die Polizisten nickten und notierten. „Haben Sie etwas über das Auto erkennen können? Vielleicht das Modell, eine Farbe oder ein besonderes Merkmal?"

Oliver schloss kurz die Augen, als würde er versuchen, die Bilder in seinem Kopf klarer zu machen. „Es war ein alter Transporter, hellblau oder fast weiß. Sehr abgenutzt. Ich glaube, er hatte Berliner Kennzeichen. Aber das ist alles, was ich weiß. Es ging so schnell…"

Ich spürte, wie seine Hand in meiner zitterte. Die Erinnerung an den Unfall quälte ihn.

„Das ist bereits sehr hilfreich," sagte einer der Beamten. „Sollte Ihnen noch etwas einfallen, melden Sie sich bitte. Jeder Hinweis kann wichtig sein. Es handelt sich hier um einen Mordversuch, Herr Monser."

Die Worte trafen mich wie ein Schlag. Mordversuch. Sie waren so endgültig, so real. Mein Griff um Olivers Hand wurde fester. Die Polizisten verabschiedeten sich höflich und ließen uns allein.

„Ich denke, es ist besser, wenn wir jetzt hier aufhören. Herr Monser braucht dringend wieder etwas Ruhe." Ich sprach entschlossen und blickte den beiden Polizisten an, die mir gegenüberstanden. Ihre Mienen spiegelten Verständnis wider, doch in ihren Augen schwang auch die Ernsthaftigkeit der Situation mit.

„Natürlich, aber falls Ihnen noch etwas einfallen sollte, hier ist meine Nummer. Jeder Hinweis ist wichtig. Wir reden hier schließlich über einen Mordversuch, Herr Monser." Der Polizist sprach ruhig, aber mit Nachdruck, als er mir seine Visitenkarte reichte. Mit einem kurzen Nicken verabschiedeten sie sich und verließen das Zimmer. Doch als die Tür ins Schloss fiel, spürte ich einen Kloss in meinem Hals, der mich fast erstickte.

Es war das Wort „Mordversuch", das in meinem Kopf nachhallte, immer wieder. Es machte alles so viel realer, als ich es je hatte begreifen wollen. Da war jemand, der es wirklich auf Oliver abgesehen hatte – jemand, der ihm absichtlich schaden wollte. Ein schrecklicher Gedanke, der mich nicht losließ. Wie konnte es überhaupt zu so etwas kommen? Wie konnte jemand so weit gehen?

„Danke," sagte Oliver leise und drehte seinen Kopf zu mir, seine Augen suchten die Sicherheit, die nur ich ihm bieten konnte.

„Schon okay, Liebling. Ich weiß, wie anstrengend das alles für dich ist." Ich versuchte ihm ein beruhigendes Lächeln zu schenken, doch in seinen Augen lag so viel Sorge, dass es mir schwerfiel, das Gefühl der Leichtigkeit zu vermitteln.

„Hast du Schmerzen?" fragte ich sanft, als ich ihn noch immer an der Seite des Bettes betrachtete, seine Wangen blass und das schwere Atmen verriet mir, wie ausgelaugt er war.

„Nein," antwortete er schwach, „ich möchte eigentlich einfach nur ein bisschen schlafen, dann bin ich wieder fit."

Ich streichelte beruhigend über seine Hand, bis er schließlich in einen unruhigen Schlaf fiel. Doch in meinem Kopf drehte sich alles. Die Worte, die er mir erzählt hatte, ließen mich nicht los. Da war ein Gedanke, der sich leise, aber unaufhaltsam in mein Bewusstsein schlich, und als er sich festsetzte, ließ er mich beinahe ersticken.

Es war wie ein Schock, der mich durchzuckte: Ein alter, hellblauer Transporter. Ein Auto, das Oliver genau beschrieben hatte. Ein Auto, das er gerade als Teil der

Erinnerung an den Vorfall wieder ins Spiel gebracht hatte. Und dann war es mir klar – Mark! Genauso einen hatte er gefahren, bevor er ins Gefängnis musste. Ich erinnerte mich an die Geschichten, wie er und sein bester Freund das Auto damals in der Werkstatt seines Vaters selbst lackiert hatten. Ein hellblauer Transporter, mit einer Sonderlackierung.

Ein kälterer Schauer lief mir über den Rücken, als die Verbindungen in meinem Kopf begannen, Sinn zu machen. Mark hatte dieses Auto besessen. Hatte er es vielleicht noch immer? Oder war es ihm nicht sogar gelungen, das Fahrzeug wieder zu bekommen? Ich wusste es nicht, aber es war doch kein Zufall, dass ausgerechnet Oliver von diesem Auto von der Straße gedrängt worden war.

Mark hatte mich immer noch unter Kontrolle, zumindest in den Schatten, die er auf mein Leben warf. Er durfte sich mir nach wie vor nicht nähern, also verletzte er mich auf eine Weise, die ich nie ganz begreifen konnte – er versuchte, mir alles zu nehmen, was ich liebte. Er wollte Oliver. Er wollte meine ganze Welt zerstören.

In diesem Moment wurde mir alles klar, und gleichzeitig fühlte ich mich wie in einem Albtraum, aus dem es kein Entkommen gab. Der Boden unter meinen Füßen schien mir zu entgleiten. Die Erkenntnis, dass Mark hinter allem steckte, war wie ein schwerer Schlag in die Magengrube.

Ich stand da, mein Blick noch immer auf Oliver gerichtet, der in seinem Schlaf unruhig atmete. Seine Verletzungen waren noch immer sichtbar, aber sie verblassten langsam. Die blauen Flecken, die er durch den Angriff davongetragen hatte, würden mit der Zeit verschwinden. Doch das, was tief in ihm steckte – der Schmerz, den diese Erfahrung in ihm hinterlassen hatte – würde nicht so leicht vergehen.

Ich ging zu ihm und beugte mich zu ihm hinunter, küsste ihn sanft auf die Stirn. „Bin gleich wieder da. Ich liebe dich", flüsterte ich, als ich das Zimmer verließ.

Es war der Moment, in dem ich wusste, dass ich nicht länger in Angst und Unwissenheit leben konnte. Ich musste herausfinden, was hinter all dem steckte. Mark musste gestoppt werden. Und ich würde nicht ruhen, bis ich alles wusste.

Ich rannte förmlich zur nächsten Polizeiwache, bevor mich mein Mut verlassen würde. Dort erzählte ich all meine Gedanken und Vermutungen.

„Frau Wagner, Sie glauben also, der Wagen könnte Herrn Sanders gehören?" Der Polizist sah mich aufmerksam an. Seine Stimme war ruhig, doch ich spürte, dass er genau hinsah, jede Nuance meiner Reaktion beobachtete. Meine Hände krampften sich ineinander, während ich nickte. Meine Kehle war wie zugeschnürt, aber ich zwang mich zu sprechen.

„Ja. Es… es könnte sein. Mark hatte damals einen hellblauen Transporter, eine Sonderlackierung. Er war stolz darauf. Er hat immer gesagt, dass er ihn niemals verkaufen würde, egal was passiert." Ich hielt kurz inne und kämpfte gegen die Tränen, die in meinen Augen brannten. „Er... er hat mich damals schon für alles verantwortlich gemacht, was in seinem Leben schiefgelaufen ist. Und jetzt... ich glaube, er wollte mir wehtun, indem er Oliver..." Meine Stimme brach, und ich konnte die Worte nicht aussprechen.

„Das klingt ernst. Wir werden dieser Spur nachgehen," sagte der Polizist und lehnte sich leicht nach vorne. „Haben Sie noch andere Informationen, die uns helfen könnten?"

„Nein... ich... ich weiß es nicht. Vielleicht hat er den Wagen nicht mehr, vielleicht doch. Aber wenn er es war..." Ich schüttelte den Kopf. Der Gedanke daran, was hätte passieren können, schnürte mir erneut die Kehle zu. „Bitte tun Sie alles, um das herauszufinden."

Der Polizist nickte. „Wir melden uns bei Ihnen, sobald wir mehr wissen."

Als ich die Wache verließ, fühlte ich mich kaum erleichtert. Der Gedanke, dass Mark hinter Olivers Unfall stecken könnte, machte mich schwindelig. Ich griff nach meinem Handy und tippte mit zitternden Fingern eine Nachricht an Elias:

Emilia: *„Hey Eli, ich glaub Mark ist schuld an Ollis Unfall. War gerade bei der Polizei. Ich habe solche Angst."*

Kaum hatte ich die Nachricht abgeschickt, klingelte mein Handy. Elias.

„Wie kommst du denn jetzt auf Mark?" Seine Stimme klang aufgebracht, fast panisch. Er wartete keine Begrüßung ab.

„Olli hat das Auto beschrieben," begann ich und merkte, wie meine Stimme zitterte. „Ein hellblauer Transporter, Eli. Genau wie der, den Mark damals hatte. Es passt alles zusammen. Das kann kein Zufall sein, oder?"

„Aber glaubst du wirklich, dass er den Wagen noch hat? Nach all den Jahren?" Elias' Skepsis war nachvollziehbar, aber ich konnte das Gefühl nicht abschütteln.

„Vielleicht. Ich weiß es nicht. Aber ich weiß, wie sehr er mich damals gehasst hat. Und wenn er es war… Was, wenn er mir Oliver wegnehmen wollte? Was, wenn er uns allen wehtun wollte?" Die Worte kamen schnell, unkontrolliert, und ich spürte, wie die Panik mich zu überwältigen drohte.

„Beruhig dich, Emilia," sagte Elias sanft, aber bestimmt. „Du hast das Richtige getan, zur Polizei zu gehen. Ich bin stolz auf dich. Aber jetzt will ich, dass du sofort ins Krankenhaus zurückfährst. Bleib bei Oliver und Noah. Ich will nicht, dass du alleine bist."

Ich versprach es ihm, auch wenn ich nicht sicher war, ob ich mich wirklich sicher fühlen konnte. Ich nahm ein Taxi zurück ins Krankenhaus, wo ich zu Olivers Zimmer eilte.

Oliver saß auf der Bettkante, als ich hereinkam. Bei ihm war ein Physiotherapeut, den ich vage als Thomas erkannte.

„Hallo," begrüßte ich beide leise und setzte mich auf einen Stuhl in der Ecke.

„Ich denke, es reicht für heute", sagte Thomas, „Das war super für den Anfang. Morgen versuchen wir dann ein paar Schritte mit den Gehstützen." Oliver nickte, und Thomas verabschiedete sich freundlich. Als er gegangen war, blieb ich einen Moment nachdenklich zurück.

Ich spürte, wie die Gedanken in meinem Kopf wirbelten. Sollte ich Oliver alles erzählen? Ich wusste, dass es bisher nur Vermutungen waren, aber der Gedanke, ihm nichts zu sagen, war unerträglich. Andererseits wollte ich ihn nicht unnötig belasten, zumal er noch so viel durchgemacht hatte. Aber er würde es früher oder später ohnehin erfahren, und ich konnte nicht länger mit diesem Geheimnis leben.

„Wo bist du mit deinen Gedanken?" Oliver ergriff als Erster das Wort und sah mich fragend an. Ich blickte auf und schenkte ihm ein schwaches Lächeln. In seinen Augen las ich die Sorge, die er um mich hatte, und plötzlich wusste ich, dass ich ihm die Wahrheit sagen musste. Ich stand auf und setzte mich neben ihn auf die Bettkante. Er nahm meine Hand, seine Finger verschränkten sich fest mit meinen. Ich starrte auf unsere Hände und atmete tief durch, bevor ich die Worte fand.

„Ich war bei der Polizei. Ich glaube, dass es Mark war, der den Wagen gefahren hat", flüsterte ich, und die

Worte schnitten durch die Stille wie ein scharfer Schmerz. Oliver starrte mich an, und ich konnte die Unsicherheit in seinem Blick sehen.

„Du meinst, dein Ex Mark? Der Mark?" fragte er, als wollte er sicherstellen, dass er mich richtig verstanden hatte. Ich nickte und wir sahen uns beide an.

„Ja, genau. Deine Beschreibung vom Auto hat mich plötzlich auf den Gedanken gebracht. Denn sein Auto, das er damals fuhr, war ein hellblauer Transporter. Die Polizei hat mir versprochen, der Sache nachzugehen."

Oliver zog scharf die Luft ein, als hätte ihn ein Schlag getroffen. Ich konnte sehen, wie er sich anstrengte, ruhig zu bleiben, doch ich wusste, dass er innerlich erschüttert war. Wenn er nicht schon so blass gewesen wäre, hätte er sicherlich jegliche Farbe verloren.

„Es tut mir so leid", flüsterte ich, und plötzlich überkam mich ein überwältigendes Gefühl der Schuld. Ich hatte ihn in diese Situation gebracht, und der Gedanke, dass er wegen mir hier war, quälte mich.

„Es ist nicht deine Schuld", sagte Oliver leise, doch ich konnte die Unsicherheit in seiner Stimme hören. Ich drückte seine Hand fester, und trotzdem konnte ich die Schwere, die auf uns beiden lag, spüren. „Wenn jemand Schuld trägt, dann ist es Mark. Nicht du. Nie du."

„Aber wenn ich damals nicht gegangen wäre...", begann ich, doch er unterbrach mich sanft.

„Wenn du damals nicht gegangen wärst, hätten wir nie erfahren, wie stark wir zusammen sein können. Emilia, du bist nicht perfekt. Niemand ist das. Aber das macht dich nicht schwach. Du hast mich zurückgeholt. Du hast uns gerettet."

Seine Worte trafen mich wie ein Schlag. Plötzlich fühlte sich der schwere Kloß in meiner Brust etwas leichter an. Ich wusste, dass der Weg noch lang war, aber in diesem Moment, mit seiner Hand in meiner und seinem Blick, der mich nicht losließ, fühlte ich mich nicht mehr so allein. Wir waren in dieser schwierigen Zeit zusammen, und das gab mir neue Kraft.

Ich schluckte schwer, doch die Worte kamen mir trotzdem über die Lippen. „Ich mache mir einfach Sorgen. Über alles. Über uns. Über mich." Die Tränen, die ich so lange zurückgehalten hatte, begannen nun, ohne Widerstand über meine Wangen zu rollen. „Ich habe das Gefühl, dass ich immer alles falsch mache. Dass ich die Ursache für all das bin. Für deinen Unfall. Für Mark. Für… für alles, was schiefgelaufen ist."

Oliver zog mich sanft zu sich und legte seine Hand an mein Gesicht. „Hör auf", sagte er leise. „Du bist nicht schuld. Du hast mich nicht in diese Situation gebracht. Wenn jemand für das verantwortlich ist, dann ist es Mark. Du bist hier, du bist bei mir, und das ist alles, was zählt."

Ich blickte in seine Augen, suchte in ihnen nach Antworten, nach Trost. Ich fand beides. Und in diesem Moment, mit seiner Hand in meiner und seiner Nähe, wusste ich, dass wir alles zusammen

„Ich würde das alles, wirklich alles, immer und immer wieder in Kauf nehmen, um bei dir sein zu können, hörst du? Und wenn du wirklich recht hast und es Mark war, dann wird er dieses Mal nicht so einfach davonkommen. Er wird seine gerechte Strafe bekommen."

Er beugte sich vor und küsste meine Tränen weg. Ich schloss die Augen, fühlte die Wärme und Geborgenheit, die er mir gab, obwohl er selbst so geschwächt war. Dann spürte ich seine Lippen auf meinen, und für einen Moment war die Welt wieder in Ordnung.

„Ich habe solche Angst," gab ich schließlich zu. Meine Stimme war kaum mehr als ein Flüstern, und ich ließ meinen Kopf gegen seine Schulter sinken.

Oliver nickte leicht, während er mich beruhigend hielt. „Ich weiß, Baby," sagte er leise. „Aber wir stehen das durch. Gemeinsam."

Bevor ich etwas erwidern konnte, wurde die Tür aufgerissen, und Noah stürmte ins Zimmer.

„Papaaaa!!" Seine Stimme war ein glücklicher, heller Schrei, der die düstere Atmosphäre augenblicklich durchbrach. Ehe wir reagieren konnten, sprang er aufs Bett und warf sich in Olivers Arme. Ich musste meine Tränen hastig wegwischen, um ihn nicht zu verunsichern, doch ein Lächeln breitete sich trotzdem auf meinem Gesicht aus.

„Da ist ja mein Liebling!" rief Oliver und drückte seinen Sohn fest an sich. Trotz seines geschwächten Zustands schien er neue Kraft zu schöpfen, als er Noah hielt.

„Papa aua weg?" fragte Noah leise, während er auf Olivers Bauch zeigte, seine Augen voller Sorge.

„Fast," sagte Oliver mit einem liebevollen Lächeln. „Auf jeden Fall schon viel besser."

„Papa nachhause?" hakte Noah hoffnungsvoll nach.

Oliver atmete tief durch, bevor er den Kopf schüttelte. „Ich glaub, das dauert leider noch ein bisschen. Aber ich verspreche dir, ich strenge mich ganz doll an, damit ich bald wieder bei dir bin."

Noahs Enttäuschung war unverkennbar, und mein Herz zog sich bei seinem traurigen Gesichtsausdruck zusammen. Charlotte stand währenddessen noch in der Tür und beobachtete die Szene. Sie lächelte sanft, ihre Augen jedoch glasig vor Erleichterung.

„Schön, dass es dir besser geht," sagte sie schließlich, trat näher und umarmte ihren Bruder vorsichtig. Sie drückte ihn nur kurz, doch die Geste sprach Bände.

Die Stunden vergingen, während wir miteinander redeten. Charlotte erzählte von Frau Ferdinand, die Noah betreute und gleichzeitig ihre Wohnung auf Hochglanz brachte. Sie schilderte die kleinen Dinge des Alltags so lebendig, dass wir alle hin und wieder lachen mussten. Sogar Oliver. Es fühlte sich an wie ein kleiner Lichtblick nach den dunklen Tagen.

Es war bereits spät, als Noah auf Olivers Bett einschlief. Gerade, als ich überlegte, ob wir ihn in das Bett, welches immer noch in der Ecke stand, legen sollten, klopfte es an der Tür. Die beiden Polizeibeamten vom Vormittag traten ein.

„Entschuldigen Sie die späte Störung," begann einer der beiden, „aber wir wollten Ihnen persönlich mitteilen,

310

dass sich Herr Mark Sander vorerst in Untersuchungshaft befindet."

Oliver und ich sahen uns an, die Worte drangen nur langsam zu mir durch.

„Wir sind direkt nach Frau Wagners Hinweisen zu ihm gefahren. Sein Wagen, ein hellblauer Transporter, weist deutliche Schäden an der Front auf und wurde in der Garage seiner Eltern gefunden. Nach aktuellem Stand der Beweislage sieht es so aus, als hätten wir den richtigen Täter. Mehr können wir Ihnen im Moment leider nicht mitteilen."

Die Erleichterung war greifbar. Oliver nickte den Beamten zu. „Danke für die Informationen."

Als sie gingen, fühlte ich, wie der Druck auf meiner Brust langsam nachließ. Ich sah zu Oliver, der Noahs Hand hielt und mich beruhigend anlächelte. Zum ersten Mal seit Wochen fühlte ich mich wieder sicher.

Notiz an mich: Wahre Liebe trifft einen dann, wenn man es am wenigsten erwartet und selbst wenn man denkt, dass es weder die richtige Zeit noch der richtige Ort ist, ist der Liebe dies vollkommen egal und holt einen ein, schlägt ein wie ein Blitz, fesselt und lässt einen nie wieder los.

Epilog

„Olli, ich bin schwanger, nicht krank! Ich kann mir wirklich allein ein Glas Wasser holen," protestierte ich mit einem gespielt genervten Ton, während ich versuchte, mich aus der Decke zu wickeln.

Oliver schüttelte nur den Kopf, ein amüsiertes Lächeln auf den Lippen. „Ich weiß, dass du das kannst, aber ich will nicht, dass du die ganzen Stufen nach unten wackelst, nur um dir etwas zu trinken zu holen. Bis du wieder hier bist, bin ich längst eingeschlafen." Er zwinkerte mir zu, stand auf und schlüpfte in seine Hausschuhe. „Ich bin viel schneller – bleib einfach sitzen."

Ich gab mich geschlagen und lächelte ihn an. Er wollte nur das Beste für mich, das wusste ich. Trotzdem ging mir sein ständiges Bemuttern manchmal ein bisschen auf die Nerven. Aber er hatte recht: Mit meinem inzwischen kugelrunden Babybauch war jeder Schritt eine kleine Herausforderung. Der Gedanke daran, die Treppe zu nehmen, fühlte sich wie ein Marathon an. Und eigentlich war es ja ganz schön, sich von ihm so verwöhnen zu lassen.

Während Oliver in die Küche ging, ließ ich meinen Blick auf meinen Bauch gleiten. Es konnte jeden Moment losgehen. Ich konnte es kaum erwarten, unser kleines Mädchen endlich in den Armen zu halten. Welche Augenfarbe sie wohl haben würde? Ob sie Olivers markante Nase oder meine zierlichen Hände bekommen hatte? Noah war schon jetzt überglücklich, bald ein großer Bruder zu sein, und hatte sich sogar darauf vorbereitet, seiner Schwester alles über Dinosaurier und seine liebsten Bauklötze zu erzählen.

Ich ließ die letzten zwei Jahre Revue passieren. So vieles hatte sich in dieser Zeit verändert. Mehr, als ich mir je hätte vorstellen können. Rosalie und Erik hatten nach ihrer Hochzeit ein kleines Haus in der Nähe gekauft, und während Oliver nach seiner Entlassung aus dem Krankenhaus noch seine Reha machte, zogen er und Noah vorübergehend in meine kleine Wohnung. Es war eng, aber die Nähe tat uns gut. Oliver arbeitete von zu Hause aus, so gut es eben ging, während Markus sich um die meisten Termine in der Firma kümmerte. Doch irgendwann war klar: Oliver musste zurück nach Hamburg. Seine Kunden und Markus brauchten ihn, und auch er sehnte sich nach einem geregelten Alltag.

Im März, nach Rosalies Hochzeit, zogen wir schließlich nach Hamburg. Ich gab meine Stelle in der Klinik auf. Es fiel mir leichter, als ich gedacht hatte. Zu viel verband ich mit diesem Ort, und der Gedanke, dort weiterzuarbeiten, fühlte sich falsch an. Stattdessen fand ich eine Stelle in einer kleinen Praxis, nur wenige Minuten von unserem neuen Zuhause entfernt. Die Arbeitszeiten waren perfekt, und Oliver bestand darauf, dass ich nur arbeitete, wenn ich wirklich wollte. Es ging ihm nicht um das Geld, sagte er. Aber ich wollte meinen Beitrag leisten. Also fanden wir einen Kompromiss. Der Rest meiner Zeit gehörte Noah.

Noah... Ich lächelte bei dem Gedanken an ihn. Die Monate, in denen er mehr bei mir als bei Frau Ferdinand war, hatten uns noch enger zusammengeschweißt. Inzwischen redete er wie ein Wasserfall. Vermutlich, um all die Worte aufzuholen, die er als Baby verpasst hatte.

Dann war da Mark. Sein Prozess war eines der schwersten Kapitel meines Lebens. Ihm wieder gegenüberzustehen, seine Stimme zu hören, seine Blicke zu spüren... es war wie ein Alptraum. Doch Oliver war an meiner Seite, hielt meine Hand, und mit ihm schaffte ich es, auch das durchzustehen. Mark wurde zu elf Jahren und vier Monaten Haft verurteilt. Zum ersten Mal fühlte ich mich wirklich sicher.

Im Sommer flogen wir nach Mallorca. Es war der erste richtige Urlaub seit langem, und dort geschah das Wunder: Ich wurde schwanger. Anfangs hatte ich Angst, mich zu freuen. Zu groß war die Sorge, dass etwas schiefgehen könnte. Doch als ich Oliver eines Abends das erste Ultraschallbild zeigte, war all meine Unsicherheit verflogen. Seine Augen leuchteten vor Freude, und seine Umarmung war voller Liebe. Von diesem Moment an war es eines der glücklichsten Kapitel unseres Lebens.

Kurz darauf stellte er mir die Frage aller Fragen. Zum zweiten Mal. Dieses Mal gab es kein Zögern, kein Nachdenken. Mein „Ja" kam sofort. Wir heirateten in einer kleinen Zeremonie, nur mit den Menschen, die uns wirklich wichtig waren. Es war ein wunderschöner Tag. Elias und Ben kamen mit ihrem neuen Familienmitglied, einem kleinen Welpen, der allen die Show stahl. Aber das machte mir nichts aus. Oliver schenkte mir an diesem Tag mein Armband zurück, das er all die Zeit aufbewahrt hatte. Es war nun um einen Anhänger reicher: zwei Ringe, verschlungen ineinander. Jede Erinnerung, jeder Moment mit ihm war ein Teil meiner Geschichte. Unserer Geschichte.

„Hier, mein Schatz," sagte Oliver und riss mich aus meinen Gedanken. Er stellte ein Glas Wasser auf den Nachttisch und setzte sich neben mich. „An was denkst du?"

Ich lächelte, das Glas ignorierend, und nahm stattdessen seine Hand. „Ich liebe dich so sehr. Weißt du das eigentlich?"

Er strahlte. Es war dieses Strahlen, das mich schon am ersten Abend in seinen Bann gezogen hatte. „Ich dich auch," sagte er leise und drückte meine Hand.

Doch bevor ich antworten konnte, durchzuckte mich ein plötzlicher, heftiger Schmerz. Mein Atem stockte, und ich sah Oliver erschrocken an. „Ist alles in Ordnung?" fragte er, die Augen vor Sorge weit aufgerissen.

Ich sah an mir herunter. Eine kleine Pfütze bildete sich auf dem Boden.

„Oh," sagte ich und schnappte nach Luft. „Ich glaube, deine Tochter will endlich ihren Papa kennenlernen."

Notiz an mich:

Manchmal führt dich das Leben auf Umwege, die du nie geplant hättest. Doch am Ende stehst du da, an genau dem richtigen Ort, mit genau den richtigen Menschen an deiner Seite. Ich habe so lange nach den Antworten gesucht, die ich in mir selbst zu finden versuchte, dass ich oft die Menschen um mich herum übersehen habe. Ich habe geglaubt, dass ich stark genug bin, alles allein zu tragen, dass ich meine Ängste, meine Verletzungen, meine Zweifel in den Griff bekomme, ohne jemanden an mich heranzulassen. Doch je mehr ich mich von der Welt abkapselte, desto mehr merkte ich, wie leer es in mir wurde. Es sind nicht die großen Dinge, die uns verändern, sondern die leisen, stillen Momente. Die, in denen wir uns öffnen, ohne es zu merken. Die Hand eines Freundes, die uns auffängt, wenn wir fallen, das Lächeln eines geliebten Menschen, das uns erinnert, dass wir nicht alleine sind. All diese kleinen Dinge haben mich daran erinnert, dass es okay ist, nicht immer stark zu sein. Dass es okay ist, Hilfe anzunehmen und sich verwundbar zu zeigen.
Ich habe gelernt, dass die wahre Stärke nicht in der Selbstgenügsamkeit liegt, sondern in der Fähigkeit, sich zu verbinden. Zu lieben, trotz der Angst, verletzt zu werden. Zu hoffen, auch wenn die Welt uns manchmal niederdrückt. Die Menschen, die an

unserer Seite bleiben, die uns begleiten und in den dunkelsten Momenten nicht von uns ablassen. Sie sind das, was uns durchhalten lässt.

Ich habe viel verloren, aber ich habe noch mehr gewonnen. Ich habe gelernt, dass der Schmerz, so tief er auch sein mag, uns nicht definiert. Es ist die Liebe, die uns trägt. Die Freundschaft, die uns heilt. Und die Erkenntnis, dass es nicht die perfekte Zukunft ist, die uns glücklich macht, sondern der Weg, den wir zusammen gehen, mit all seinen Höhen und Tiefen.

Und vielleicht ist das die wichtigste Lektion, die ich je lernen durfte: Dass wir nie wirklich allein sind, solange wir den Mut haben, uns zu öffnen und zu lieben.

Emilia